此生不顾

柠檬羽嫣 —— 著

Loving You
Regardless of
Everything

重庆出版集团
重庆出版社

图书在版编目(CIP)数据

此生不顾 / 柠檬羽嫣著. 一重庆:重庆出版社,2015.6
ISBN 978-7-229-09431-7

Ⅰ.①此… Ⅱ.①柠… Ⅲ.①长篇小说—中国—当代
Ⅳ.①I247.5

中国版本图书馆 CIP 数据核字(2015)第 023899 号

此生不顾
CISHENG BUGU
柠檬羽嫣 著

出 版 人:罗小卫
责任编辑:陶志宏　何　晶
责任校对:刘　艳
封面绘画:小石头
装帧设计:浪殿工作室·阿鬼
　　　　　重庆出版集团艺术设计有限公司·陈永

重庆出版集团 出版
重庆出版社

重庆市南岸区南滨路 162 号 1 幢　邮政编码:400061　http://www.cqph.com
重庆出版集团艺术设计有限公司制版
自贡兴华印务有限公司印刷
重庆出版集团图书发行有限公司发行
E-MAIL:fxchu@cqph.com　邮购电话:023-61520646
全国新华书店经销

开本:880mm×1230mm　1/32　印张:10.5　字数:225 千
2015 年 6 月第 1 版　2015 年 6 月第 1 次印刷
ISBN 978-7-229-09431-7
定价:28.00 元

如有印装质量问题,请向本集团图书发行有限公司调换:023-61520678

版权所有　侵权必究

目录

Contents

楔子 / 1

第一章　My Love / 2

第二章　云泥有别 / 14

第三章　我想让他好好的 / 22

第四章　还没分手 / 28

第五章　这辈子，别想了！/ 34

第六章　因为他是宋乔生 / 45

第七章　在劫难逃 / 55

第八章　我们怎么会失败 / 67

第九章　没有什么失去是承受不起的 / 78

第十章　当初我们害怕的分离 / 93

第十一章　顾然，我想找回你 / 105

第十二章　一记耳光 / 121

第十三章　如果喜欢就可以 / 145

第十四章　他的住处 / 157

第十五章　招桃花的男朋友 / 168

第十六章　她的好眼光 / 182

第十七章　我在 / 199

第十八章　离开过一次，就会有第二次 / 213

第十九章　非常恐怖的故事 / 228

第二十章　她不该犯的错 / 242

第二十一章　是谁犯的错，我们都难过 / 257

第二十二章　以为是否极，却不见泰来 / 270

第二十三章　这个女人有什么好 / 284

第二十四章　谁说的谎言，怎么会相信 / 298

第二十五章　此生不顾 / 310

尾声 / 327

楔 子

2002年9月9日13时20分：

"阿生，你在哪儿？"

2002年9月9日13时21分：

"阿生，他们说我爸出事了……"

2002年9月9日13时25分：

"阿生，母亲一直在哭，我该怎么办？"

2002年9月9日13时40分：

"阿生，我很害怕……"

……

2002年9月9日17时56分：

"我见到你的母亲了，听说你已经在飞往美国的途中，祝圆梦。苏顾然。"

第一章
My Love

蓝天，白云。

马萨诸塞州剑桥市的医院里，最后一遍读过这些文字，男子合上了手中的手机。

那已经是十年前的款式，漆也掉得零零落落，男子修长的手指将它紧紧地握在手心，他望向窗外，阳光明亮而耀眼。

已经过了许多个九月九日，异国十年，一别十年。

白大褂已脱下收好，他拉起早已收整好的行李箱向院外走去。

手中是越洋的机票，他在心中轻念：顾然，愿能见你一切安好如故。

……

清早，北京。

A院心外科旁边的教室里，反常地热闹了起来。

"糟糕！我文章的引文格式不对！"

"完蛋！我的字体字号忘了改了！"

"天啊……"

本科阶段的医学生生涯只剩下一个尾巴了,综述作业的"大限"到了,对写文章没什么经验的学生们一阵鸡飞狗跳。

唯有教室靠窗边的角落里,一名女生脸上尽是安然,她从容地最后一遍检查完自己的文章,确认无误后起身将东西交给了后排的男学委陈京。

那边,陈京与一旁的同学聊得热闹:"这次写的文章我还给一家核心期刊投稿来着,也不知道能不能过。"

另一人答道:"哪儿那么容易啊,人家杂志社要的都是名家的文章,三十岁都不到的小医生……"那人摇了摇头。

陈京倒是丝毫没被打击到,颇为励志地说道:"谁说的,我前两天听说有一个比咱们大不了多少的中国医生在美国已经发了好几篇文章上《柳叶刀》了!"

"《柳叶刀》?"

听到这三个字,班里的人一阵惊叹,都围了过来,有人不信,质疑道:"别瞎说了,《柳叶刀》那种期刊,能发得上一篇文章都是绝对的大拿级的人物,还好几篇……"

陈京倒也不恼,不紧不慢地解答道:"人家就是厉害呗!听说还是咱们医院哪个主任的儿子,好像最近就要回国了,没准咱们还能见着呢!"

哪个主任的儿子……

苏顾然拿着文章的手一紧,原本平整的纸上多出了几个难看的皱褶。

她的脑海中下意识地浮现了一个人的面孔,那个人,似乎也可以用这个短语来形容……

一别十年,音信皆无,也不知那个人现在如何,不过,总归会比她好吧……

眼前的同学聊得热闹，苏顾然没有打断，只是默默地走了过去将作业放在了陈京的桌上，正要离开，却被陈京大嗓门地叫住："对了，苏顾然，老师让我告诉你明天上午去参加一个会议，时间和地点在这里。"

陈京将纸条递给她，她接过一看，是前段时间学生里热议的一个高级别的学术交流会议，A院的本科生有一个名额可以去现场看看，于很多人而言都是一个可遇而不可求的机会。

又落在了她的头上。

周围的人听了，看向苏顾然的目光中又羡慕又嫉妒，原本热闹的教室里一下子又安静了下来，大家各怀心思。

倒是苏顾然更为坦然，平静地收下说了声"谢谢"又回到了自己的位置。

这么多年，不知不觉间，对各种目光早已习惯，如今的她只想安然地做好自己。

明天，会议。

这个时候，她还不知，她的人生会再一次地偏离现有的轨迹。

顾然，可是安然如故，谈何容易。

翌日。

国内高级别医学学术交流会议现场，许多记者早就举着相机坐在了前排等候，听众已安静就座。

已经过了预定的时间，由于飞机延误，今日的主角还未到场，会议被迫推迟。

苏顾然坐在座位上静静地等待着，她早就听说今日要来的这位嘉宾是刚从美国麻省总院回来的一位神经科医生，年纪轻轻就已在专业领域上小有名气，前途无量自不必说。

这一次会议的主题是青年，主办方邀请了一些国内优秀的医学与生物制药相关专业的学生，作为国内综合排名最高的医院A院的学生代表，苏顾然被会议安排方点名到提问环节向嘉宾提问。

苏顾然抬手看了一眼表，已经比会议原定开始时间晚了将近半个小时，许多人已等得有些不耐烦了，会场的门在这时被人推开了。

听到动静，苏顾然随众人一起回头，原本只是不经意的一瞥，却在这时面色一凝怔在了那里，恍惚之中还以为是自己眼花。

怎么会……

自门外进来的一行人皆穿着一身黑色的西服，可人群之中，她一眼就看到了他。

轮廓俊朗的侧脸、略显淡漠的神情，虽然刚刚从跨洋的飞机下来却并不显疲倦，状态好得可以直接上现场直播，他一面系着自己袖口上的扣子，一面认真地听着一旁的人说着些什么，忽然回头，视线扫过会场，苏顾然赶忙低了头。

你有没有想过自己无条件信赖的挚爱会在一夕之间从这个国家不辞而别？

你有没有想过会在十年之后在如此情形之下遇到自己昔日的情人？

是啊，昔日的情人，这五个字就好像谁在她的脸上狠狠地扇了一巴掌，火辣辣的疼。

苏顾然，你真是没出息！

过道的那边,同她一起来的钱倩倩脸上亦写满了难以置信,她对着苏顾然一通比画,手不停地指向那边的人,果然她也认出来了。

钱倩倩的口型不断在动,想要说些什么,苏顾然连忙将食指放在了唇上,示意她不要出声。

可是……

钱倩倩抬头再看一眼那边,震惊得不由连连摇头,她望向苏顾然,眼中带着些许不忍。

虽然还能认出来,可是彼时、此时,记忆中那个一身白色运动服的明朗少年、而今成熟稳重的西服男人……

顾然,这个人已不是故人了啊……

这几个人在一旁落了座,会议终于要开始了。

主办方代表上场致开幕词,聚光灯下,国内知名的医学专家站在讲台前,满面笑容地向大家隆重介绍今日的与会嘉宾。

"今日我们请到了美国麻省总院归来的宋乔生宋医生来为我们讲解青年与国际医学发展,Dr. Song今年年仅二十六岁,已然在国际顶尖外科杂志《柳叶刀》上发表论文数篇。"

"喔!"

介绍词还没有说完,四下已是一片惊叹之声。

在座的大多数都是医学界的学者,内行人听到《柳叶刀》这三个字就已明了这个外科医生的身价不菲。

苏顾然轻合了眼,眼前浮现的皆是钱倩倩脸上方才的不忍。

年仅二十六岁的Dr. Song,这已不是她认识的宋乔生。

可主办方的话还没有结束。

"他是国际医学新人奖获得者，今日他将与我们分享他的医学见解，让我们掌声欢迎。"

主办方代表的最后半句话被淹没在了会场里如雷的掌声中，所有人的目光都一齐投向了宋乔生所在的方向，艳羡与惊叹连连。

宋乔生在掌声中站起身来走向台前，面上带着礼节的微笑，他向大家略一欠身，鞠躬致谢，台下的掌声愈发热烈了起来，苏顾然听到后面有女生禁不住惊叹道："天啊，身价那么高、长得还这么帅，还让不让人活了！"

镁光灯不停地闪烁，让观众都觉得眼花缭乱，偏偏宋乔生却没有表现出任何不耐，依旧保持着微笑好修养地站在原地等待记者们照完，这样的绅士与大度让在场之人莫不印象深刻。

呼应这次会议"青年与国际"的主题，宋乔生讲的大多是他在国外医疗界的所见所闻，以亲身经历作为切入点，引得会场里时不时爆发出笑声与惊叹声，而后掌声连连。

唯有苏顾然，在整个过程中几乎一直低着头，她不断地用笔在本上比画着些什么，但本子上空空的，什么也没有，只有她自己知道，她在写的其实是他的名字：宋乔生，就像她从前常做的那样。

午后，教室，女孩将一摞书重重地砸在男生的桌子上。

"喂，下次再发书不许再让我帮你写名字！宋乔生、宋乔生，我差点把自己的作业都署上'宋乔生'！"

男生没有理会，翻开课本，嫌弃地蹙了蹙眉，"怎么写得这么难看？"

"你！"女孩瞪着他，气红了脸，他却浑然不知一般将笔塞入女孩的手中，牵过她的手在他的书上一笔一画地写：宋、乔、生……

宋乔生，Dr. Song……

苏顾然轻叹了一口气，抬头，正撞上那边钱倩倩望过来的担忧目光，像是做错事的孩子被人抓了个正着，她飞快地移开了眼。

很快进入到最后的提问时间，苏顾然的手不由紧握成拳，泄露了她此刻内心的紧张。

她从未想过会以这样的方式与他再见，如果她站起来，又该以什么样的表情和他对视？

怎么会这样，怎么可以这样？

她是主办方安排的提问观众却迟迟没有举手，眼见着就要没时间，那边的人等不下去了，索性点了她的名，"Dr. Song，听说您的父亲现在在A院就职，今日我们也请来了A院的学生，想不想听听她有什么问题想问您？"

面上保持着微笑，宋乔生点了点头，"洗耳恭听。"

无路可退，苏顾然索性心一横，微仰起头，站了起来。

宋乔生循着动静看了过来，其实原本并没有过多留意，待到看清这名A院学生面容之时，他只觉得耳边忽然"嗡"的一声，脑子里一片空白。

猝不及防。

再没有任何字眼能够形容他此刻的狼狈，短短的几秒钟在他的世界里却仿佛被无限倍的拉长，他望着站在那里的那个女人，眼中只有站在那里的那个女人。

她的目光直直地看着他，毫不退缩，她还一直努力着让自己扬起唇角露出谦恭的笑容。

宋乔生看到她的唇不停地在动，"请问宋医生对自己今后的职业规划是更倾向于留在国外还是回到国内？"

她一口气将这个问题问完，连一个停顿都没有，这是主办方事先准备的问题，对于宋乔生这样的海归精英，他们当然希望能将他留下，让苏顾然问这个问题就是为了试探他的口风。

她问完最后一个字，会场里安静了，大家都在等着他的回答。

诡异的沉默，长达半分钟之久，宋乔生看着她终于开口："A院的学生？"

身上是僵硬的，握成拳的手紧紧贴在裤线上，苏顾然却还强迫自己做出一副平静的样子，"是。"

"你刚刚……问的什么？"

观众中发出吃惊的声音，并不是多难的问题，宋乔生刚刚思考了那么久，却原来……没听清吗？

苏顾然语速飞快地重复道："我问的是宋医生今后是要留在美国还是回到国内？"

宋乔生是何其聪明的人，又怎么会听不出这问题背后的玄机？四两拨千斤道："还没有决定，得先看看国内有没有医院肯雇我。"

众人都笑了起来，主办方在一旁连声道："宋医生说笑了。"

散会了。

苏顾然起身，正要跟随着人流离场，却有人在身后拍了拍她，她一回头，竟然是主办方的工作人员。

"同学，请你留一下，宋医生找你有点事。"

苏顾然看了一眼这工作人员,又看了一眼在那里和主办方说话的宋乔生,想拒绝,可这里容不得她拒绝。

会场里的人渐渐走空了,宋乔生和主办方的谈话也渐渐接近了尾声,道别过后,宋乔生转过身来看到了她。

"A院的学生是吧?我的手里有一个课题,需要人加入,我们一边走一边聊吧。"

苏顾然看了一眼会场里正在收尾的主办方人员,还是跟着宋乔生出了会场。

拐过一道弯,来到一片安静无人的区域,她停下了脚步,"我知道你不是想说什么课题,有什么话就在这说吧。"

面前的人身形高大,一身简单的黑色西服,衬衫的领口微微敞开着,勾勒得他整个人英气十足。

他的眸依旧如从前那般墨黑,而岁月又在其中添上了一笔深邃,他看着她开口:"苏顾然,这么多年我一直在找你!"

整整十年,三千六百多个日夜,大洋的彼岸,隔着十二个小时的时差,用尽一切方法打探她的消息,也记不清问过多少人,忘不了听筒那边打着哈欠的声音:"苏顾然啊,听说她家里出了点事,也不知道怎么了,我还以为你清楚呢!"

可是他不清楚,从来没清楚过。

那年高中的时候他一直在准备出国留学的事,可离开的日子却定得十分突然,母亲没有告诉他就已经替他买好了去美国的飞机票,坚持将他送上飞机。

他想找苏顾然告诉她这件事,却怎么也打不通苏顾然的电话,母亲说她会替他去找苏顾然,然而过了十几个小时飞机落地时,隔着半个地球,母亲告诉他苏顾然的父亲因为交通肇事致人死亡入狱了,苏顾然也消失了。

他就这么不清不楚地问了十年、等了十年也找了十年，他几乎找遍了所有可能与她还有联系的人，可她却像是从人间蒸发了一般，没有人知道发生了什么，更没有人知道她去了哪里。

他险些以为这一生就只能这样阴差阳错地走失了，谁又能想到会以这样的方式找到她？

听到他这样说，苏顾然一脸不屑地嗤笑，"宋公子这话说的，倒好像十年前那个只字未留去了美国的人是我一样！"

她的目光明净而锐利，直望向他，宋乔生蹙眉，"你不接电话！"

苏顾然只觉得可笑，"对，我当时忙着料理母亲的后事接不了你的越洋电话真是对不起了！"

宋乔生一怔，没有想到，"你母亲……"

那个小时候会拿出一个西红柿从中间切开分给他和苏顾然吃的阿姨……

苏顾然咬紧了牙关，眼眶已然有些泛红，她看着宋乔生，每一个字都好像是从牙缝里挤出来的："心脏病突发。"

轻合上眼，仿佛还能看到那晚，急诊室里，是他的父亲一步一步向她走来，"对不起……"

这辈子都无法原谅了吧。

气氛一时凝重，很显然他提到了她的伤心事，他低声道："对不起。"

苏顾然偏了头，"没别的事我先走了。"

"把你的电话给我。"宋乔生这样要求。

十年前的那一日过后，她从没想过她的人生会再与他有什么瓜葛，又怎么会肯把电话留给他？

她不应，他亦不会退步，四目相对，苏顾然没有自他眼中看出一丝松动。

时间一点一点流逝，一个小时之内，她还要赶回A院，还要吃饭、查房，这样的僵持她耗不起！

终究是她妥协了，几番犹豫，可想要在这样的宋乔生面前讨到便宜她真是一点胜算也没有，苏顾然忽然想起钱倩倩曾经说过的一句话："这个世上，除了你，还有谁能拒绝宋乔生？"

而今，她亦没什么特别。

"1583……"

她的话还没说完，就被宋乔生打断："给我你的电话。"

苏顾然一怔，这才明白他要的是她的手机，他觉得她会骗他，而事实也的确如此。

心思被人看破，苏顾然只好自兜里掏出了手机递了过去，就见宋乔生在她的手机上按下了一串数字，紧接着，宋乔生的手机响了起来。

挂断电话，宋乔生又在她的手机上按了些什么，待到苏顾然接过一看，才发现是他将自己的电话在她手机上存进了通讯录，姓名那一栏上简单地写着两个单词：My Love。

似乎每一对情侣在彼此的手机通讯录上都有一个特别的名字。

当年苏顾然选择的就是这样一个词：My Love，因为这样每一次发信息的时候都会是"To My Love"，只要想起就会让人的心里泛起甜意。

曾经，真好。

苏顾然抬头，正撞进了宋乔生的眸子里，他看着她，眉眼间的弧度柔和了许多,他俯下身去,将她整个人笼罩在了他身前的阴影下,那般的不容抗拒,他在她的耳边轻声道:"Goodbye,My Love!"

第二章 云泥有别

"苏顾然，翻页了！"

被旁边的人一戳，苏顾然猛地回过神来，这才发现一节临床诊断学的课已然过去了大半，而自己的书却还停在章节的第一页！

走神得太明显，苏顾然一抬头就收到了老师警告的目光，要不是看在她平时成绩不错的分上，以严厉闻名的诊断学女教授大概就要把她叫起来发难了。

苏顾然只觉得头疼得很，这半节课以来眼睛虽然一直在盯着书，可是大脑皮层映出的却是上午宋乔生在她手机上按下的那两个单词，My Love，原来过了这么久，自己对这个称呼是如此的怀念。

分开这么久以来，不是没有想起过，只是她假装自己没有想起过，唯一的一次特别是她在大二时得知宋乔生的父亲转到了她要实习的这家医院做心外科主任的时候，那个时候她想，还真是冤家路窄。

她所想的只是好好地把这八年的医学读完,她在十年前那场变故后被转到了本市的一所三流高中,后来复读了三年才最终考上了全国最好的医科大学,成了那所高中连续几年用以夸耀的"奇迹"。

她这个人就是这样,又固执又不听劝,认定的事情就一定会坚持下去。但她同时很清楚进这所医学院的机会来之不易,她不想让任何人再影响到她。

轮转到心外科这几个月,她每日都离主任办公室远远的,她不知道自己再见到这位宋主任嘴里会说出什么话来,十年前急诊室的那一晚她这辈子都不会忘记,与宋乔生的离开一起,重重地刻在了她的生命里,再也无法弥补。

宋乔生,乔生……

一个恍神的工夫,再抬头书上已然多了一个名字,乔生,不算秀气隽美的字迹,却偏偏最能体现她此刻的心情。

终于熬到了下课,苏顾然已经等不及要出去透透气,严厉的诊断学老师却在看过手机以后突然又叫住了所有的学生,简短道:"我刚刚收到消息,下节课神经科的诊断开始,会由新老师来带你们的课,我的课就上到这里了。"

彼时苏顾然刚刚站起身,听到这话和同桌对视了半响,这才反应过来老师这是在道别,她记得这课刚开的时候前面的老师说起最后压轴登场的这位该是诊断学教学最出色的老师了,可听她这意思她是被人强行给换了下去?

会是什么人才有资格把教学最出色的老师换下去?

可总归这不是她该操心的,对此她倒也并不十分在意。

出了教室,苏顾然被人叫住了,她转头一看,是心外科轮转时带他们的医生,除了轮转的事情,她想不出其他任何与他的交集，更想不到他为什么主动找上她，看到那医生略显犹豫的表情时，她已经隐隐有了预感，果然，那医生问："是你叫苏顾然吧？你……认识宋乔生、就是心外科宋主任家公子吗？"

苏顾然蹙眉，反问他："为什么要问我这个？"

那医生抿了下唇，倒还是实话和她说了，"宋公子来医院看主任，刚刚院领导找宋公子，想劝他留下来，开了很多条件他都不为所动，到了最后他只问了一个问题就是谁知道医院里有个叫'苏顾然'的在哪里，我想起了你……"

苏顾然心里"咯噔"一声，"然后你就说了？"

那医生点了点头，大概也是怕她并不是宋乔生要找的那个苏顾然，他也有几分心虚。

苏顾然蹙紧了眉，一咬后槽牙，斩钉截铁地对那医生道："我不认识什么心外科宋主任家的公子，我只认识一个姓宋的，就是宋庆龄，你去告诉那位宋公子你记错了就是了。"

那医生的脸色一时变得难看无比，苏顾然才不管这些，还在考虑自己刚刚那句话的可信度，想了想又补了句："哦，还有宋美龄。"

却听身后传来男子的一声低笑，如大提琴一般温润悦耳的声音响在她的耳后："我就这么好骗？"

说宋乔生，宋乔生到。

那医生见状，总算松了口气，先一步走了，苏顾然僵在原地。

宋乔生倒也不甚在意，只是问："怎么才念到大五？"

她飞快地转了身，还顺势向后退了两步，"笨，多读了那么两三年。"

两三年，是足足三年！

他望着她的眼里是心疼，"是够笨的。"却又轻声叹气，"如果我在就好了。"

自那医生口中得知苏顾然竟然还在本科的临床轮转阶段后，宋乔生专程去教务处找了她的学生信息，没想到她的高中一读就是六年。

不难猜是因为什么，这个丫头从前就总是说她要去就得去最好的，想要学医，就要去最好的医学院，她绝不将就。

看到她迟了足足三年才来到这里，他不知该是高兴还是心疼，她依旧是他离开时那个固执又骄傲的苏顾然，没有用自己的梦想去与现实妥协，可是这多出的三年，那些不眠的夜晚，她又是怎样熬下来的？

如果我在就好了。

如果我在，那些难熬的岁月里，最起码还有我，可以做你陪伴。

听到他这样说，苏顾然看着他的眼中已是满满的难以置信。

宋乔生，你怎么敢这么说？

如果你在就好了，如果你在，可是那时你在哪儿？

填报志愿的时候所有人都对她说"放弃吧"，学校的老师说话更是直接："顾然，咱们学校自建校起从没有一个人能够接近A大的录取线，虽然你很优秀，但是想要突破也几乎没有可能，把志愿改了吧，B大怎么样？"

她固执地拒绝："不。"

虽然她表面上坚决无畏，可心里的压力只有她自己能明白，钱倩倩说她就是有病，女孩子有多少青春能耗费在这个上面?

钱倩倩从来都比她现实,她知道钱倩倩说的没错,可想着当初与他一起定下的目标,她却怎么也不想放弃。

她想要做最好的。

那时无助,多希望有个人能做她的支撑,拿起手机把通讯录翻了一遍又一遍,也曾想过输入他的号码,可是每到最后一位,她又强迫自己将号码全都删了。

最后还是按下了从前母亲的手机号,她一股脑将自己所有的委屈都说了出来,眼泪控制不住向下落,到了后来痛哭着说不出话了,她听着电话那边不断重复的"对不起,你拨打的电话已停机",整个人渐渐冷静了下来。

母亲不在了。

他也不在了。

他们都不在了。

"可是你不在,宋乔生,到此为止吧!"

她说得决绝。

她要离开,却被宋乔生拦下,"顾然,给我一个弥补的机会。"

苏顾然转过头来看着他,目光澄清而坚定,"不。"

可有些人,却不是你想避就避得开的。

诊断课,新老师就任。

门被人推开的那一刻,班里已经响起了惊呼声,所有的人都没有想到他们的新老师会这样的年轻而且还这样的……

英俊?潇洒?风流?倜傥?

好吧,一群理科生不得不承认自己的词语使用水平真该到高中的语文课回炉重造一番，这些字眼放在这位新老师的身上都未免显得有些太过俗气了。

所有的人中唯有苏顾然的面上并不是与其他人一般的惊喜，她怔怔地看着这个人从容地走上讲台、从容地拿起粉笔、从容地在黑板上写下了自己的名字：宋乔生。

他的袖子向上翻卷着，外科医生的手骨节分明，遒劲有力的笔法，如他的人一般干练。

忽然就想起那年刚进高中，她与宋乔生同校同班同桌，老师让每个人将自己的名字写到黑板上，宋乔生先她走上讲台，写完"宋乔生"以后紧接着又写下了"苏顾然"，他的个子很高，一身白色的运动校服站在讲台上，清晨的阳光自玻璃窗洒进教室，他站在这阳光里，整个人是那样的耀眼，他对着全班的人道："我叫宋乔生，我后面那个女生又笨字又难看，所以她的名字我替她写了。"

有一秒的沉寂，随后班里爆发了一阵惊叹声，所有人的目光在这一刻齐刷刷地转了过来投向她，苏顾然只觉得自己的脸上像是被烧着了一样，烫得厉害，心里却是甜的。

青春年少的时候，他对着一个班的人宣布，她是他的人。

后来钱倩倩想起这一日，问她："宋乔生当着全班人的面那么说你你也不生气？"

苏顾然不以为然道："他说的是事实，我有什么好生气的。"

"所以你承认你笨了？"

苏顾然的眼角一挑，又仔细回想了一下，才说："我只是承认我的字难看。"

钱倩倩："……"

那样的时候，每每想起，心中总是暖的，可这样的暖驱不走十年前那晚的寒意，就像是一场噩梦，总让人尖叫着惊醒。

彼时，此时。

宋乔生的后面再没了苏顾然。

网上A大的论坛在几分钟之内已经被刷爆了，有人偷偷拍了照片传到网上，随后的评论里先是齐刷刷的一排感叹号，而后热闹了起来，"我要上大五"成了校内最热话题。

宋乔生并没有更多的自我介绍，直接开始了讲课，这让大家的好奇心愈发提了起来，这个几乎是"横空出世"的诊断学老师究竟是何来历？

有知情的人很快在下面留言揭开真相："这是心外科主任家的公子，麻省总院博士毕业，导师是世界级神经外科界的大拿Pro. Wilson，而且在大学期间还和同学合资创办了一家生物制药公司，这身价，诸位小姑娘小伙子们就别多想了！"

看到这几行字的人莫不倒吸了一口凉气，再抬头看宋乔生时只觉得他整个人浑身上下都闪着金光。

一节课，所有的人听得都是极为认真，与想象中的不同，"金光闪闪"的宋老师并没有让人觉得高高在上难以企及，他将最难懂的神经诊断学讲得深入浅出，一堂课效率竟是前所未有的高！

临下课的时候，宋乔生给大家留了一点提问的时间，起初大家还一本正经地问些课堂上的问题，但最终还是不免问到宋乔生的身上，前排的男生勇敢地站起问出了大家想问而不敢问的问题："老师，您多大啊？"

宋乔生用眼角的余光瞥了一眼苏顾然，后者正低着头不知在记些什么，教室里一片安静，都在等待着他的回答。

"二十六。"

"哇！"

齐刷刷的一片惊叹声，随后有反应快地随口接道："我们班年纪最大的也是二十六！"

"对啊对啊，苏顾然……"

此时苏顾然正收拾着笔盒，没想到这话题一转两转竟转到了自己的身上，她一抬头，正撞上宋乔生望来的目光，心里仿佛被谁狠狠地捅了一刀，难得她还能很冷静地笑了一笑，十分配合地顺着大家的意思说下去："是啊，都是二十六岁，差距怎么这么大呢？"

苏顾然一直笑着，眉也笑，眼也笑，可唯独心里，空空的没有一点感觉，手上略一使劲，指甲就嵌进了肉里。

很疼，可再疼也抵不过此刻看着宋乔生眼中带着不忍望向她，曾经的金童玉女、郎才女貌，怎么就变成了今天这般云泥有别？

从前再艰难再困苦的时候她也从没觉得自己卑微过，可如今她的生活终于走上了她想走的那条路，她却被人提醒，和他相比，她是如此的卑微，如此的不值一提。

她从不需要别人不忍，更不需要他的可怜。

抬手看了一眼表，她平静地开口道："老师，下课了。"

第三章
我想让他好好的

所幸一周只有两节诊断课,其余的时间他们都在科室中轮转,不用上宋乔生的课,她还可以过回她之前平静的生活。

可树欲静而风不止,她躲了整整三个月的人在发现她的存在以后主动找上了她。

心外科,宋大主任。

主任办公室里,空调吹出的凉风习习,宋志民坐在电脑后面,一双眼睛自那副金框眼镜的后面看着进来的苏顾然,他轻叹了一声道:"没想到真的是你。"

她不过是一个还在本科阶段的医学生,轮转阶段经过心外科依旧是个不起眼的小角色,只要她想躲,堂堂科室大主任自然不会注意到她,可谁让她撞上了宋乔生。

宋志民一指旁边的沙发,"坐吧。"

苏顾然的声音很冷:"不用了,等一会儿我还要跟着陈医生去查房。"

听到她的语气,宋志民倒也算不上意外,再一叹气,"十年前那天晚上，我……"

他的话还没说完，就已经被苏顾然打断了，"我知道你其实并不想谈那天晚上，我也不想听你谈那天晚上，有什么话就直说吧！"

被苏顾然的话噎到，宋志民的脸色有些难看，却还是耐着性子要把自己的话说完："那天晚上你母亲的情况我的确没有想到，你母亲的死我的确有责任，但也能算是情有可原吧！"

"哈？"苏顾然怒极反笑，"情有可原？"

夜晚的急诊室里，消毒水的味道刺鼻，日光灯的灯光都显得冰冷，两辆担架车上同时躺着一男一女两个病人，可急诊室里却只剩下了一位心外科的医生，就是如今这位大主任，宋志民。

母亲因为承受不了父亲入狱的消息而心脏病突发晕倒，为了她的母亲，苏顾然几乎是跪下来去求的宋志民，可是简单的两下检查后，宋志民选择的是另外那名身上带着血的男子，他说另外一名医生几分钟内就会赶到，而她的母亲偏偏就差了这几分钟。

后来的事实证明，那名男子的确比她的母亲严重一点，可严重的那一点在颅脑外伤上，就因为这样简单的一个判断失误，宋志民送掉了她母亲的性命。

苏顾然忘不了那一天、那一刻，父亲、母亲还有宋乔生都离开了她，只剩下她一个人坐在急诊室冰冷的座椅上，在她模糊的泪光中，宋志民一步步地向她走来，"对不起……"

可那样的道歉就如同他此刻所说的一般，这并没有太影响到早已见惯了生离死别的宋志民，于他而言这样的失误情有可原，甚至即使走了司法程序他也有理由为自己解释，他的确救活了另一个人，于她，最多就是医院向她赔些款，可于她而言这样的事情却是永远也不能原谅的！

苏顾然扬唇笑着，甚至还能温柔了声音，"乔生他现在也是名医生，不如我们问问他的意见如何？"

不出意料，她果然看到宋志民的脸色变得难看至极，十年前的事，他果然没有告诉宋乔生。

"苏小姐，如果你真的为了乔生好，就不要再和他提当年的事了，你该明白，对于乔生而言，回美国才是对他人生最好的选择，不要再将他羁绊在国内了！"

宋志民以父亲的姿态说得也算是语重心长，换来的是苏顾然颇不在意地一笑，"我又不是他父母，自然不会像他父母一样为他好，如果没有别的事的话我先走了。"

宋志民有些恼了，"你这个女孩子怎么这样冥顽不灵？当初乔生为了找你不惜违背我和他母亲的意愿回国来，你却连这么点事都不愿意为他做吗？"

已经转身欲走的苏顾然听到这话脚步顿了一顿，转过头来看向宋志民，微一挑眉，"哦？那他最后回到国内了吗？"

看着苏顾然眼中的嘲讽，宋志民哑然，如果不是他去冻结了宋乔生的账户……

苏顾然一耸肩，"你看，宋乔生还是比较听你们的话，你们又来找我做什么？"

面对这样的质问，宋志民微张着嘴，却半个字也说不出，自这女孩的眼中，他分明看出了恨意！

下一刻，苏顾然拉开门出了房间，临走的时候"砰"的一声带上了门。

办公室内，注视着被撞上的房门，宋志民长叹了一口气。

还真是应了那句台词：出来混，迟早都要还的。

同样相信这句话的还有苏顾然最好的朋友钱倩倩，这位高中的时候和苏顾然还有宋乔生同校，当时她还是钱氏生物制药公司董事长的千金，人长得娇贵艳丽，大小姐的架子也十足，属于学校里名声很大的一号人物。

钱倩倩从前很看不上苏顾然，就像苏顾然也一样很看不上她。

钱倩倩嫌弃苏顾然总是一脸的清高，不知道的还以为她是高山上的雪莲花；苏顾然则厌恶钱倩倩的大小姐做派，用苏顾然的原话说，不过就是个高中生，每天打扮得像只贵宾犬。

可钱倩倩挥霍无度的生活很快就结束了，她父亲的制药公司在丢失了一份重要的资料后被一个名叫古月的生物科技公司狠狠地挤出了制药界，钱氏的破产让钱倩倩的生活一夜之间跌到了谷底，也被迫转出了之前所在的市重点高中。

而这之后没多久，苏顾然的家里也出事了，一夕之间失去了父母，她不得不搬去和姨妈一起住，姨妈家位置偏远，她也被迫转了学，到了那附近的一所三流高中，偏偏碰上了钱倩倩。

同是天涯沦落人，没有任何人能比她们更了解彼此的心境，虽然苏顾然依然不喜欢钱倩倩的大小姐做派，钱倩倩依然讨厌苏顾然的满脸清高，可两个人就是一面嫌弃着一面成了朋友。

命运就是这样爱开玩笑，谁能想到自己万般信赖的人会在你最需要他的时候突然就去了美国，而陪着自己熬过最艰

第三章 我想让他好好的

难的岁月的人竟是自己当初横竖看不惯的对象？

反正苏顾然是想不到。

家道中落以后，钱倩倩成了落难千金，但却依旧喜欢端着一副高贵的范，丢什么不能丢了大小姐的做派，后来美剧《破产姐妹》火了，苏顾然常常会和钱倩倩开玩笑说："你说咱们俩像不像这对打工姐妹花？"

钱倩倩一脸不屑地看了她一眼："你又没有Max的'胸器'，也好意思这样标榜自己？"

苏顾然听后只是笑，钱倩倩说的没错，她和Max的确没什么相像的，但钱倩倩那副大小姐的架子却是和Caroline一模一样的，可虽然钱倩倩的架子高，但对于生活，钱倩倩要比她现实很多，听说宋乔生回来了，钱倩倩第一反应是对苏顾然说："如果我是你，我一定哭着扑进宋乔生的怀里痛诉这几年的不易，然后让宋乔生和家里一刀两断作为对他爸的报复，再让宋乔生帮你找国内最牛的医学导师，有了这座大金山，你后半辈子就不用愁了！"

苏顾然却是沉默，这样的事听着过瘾，但放在自己身上她却是万万做不出来的，钱倩倩戳着她的脑袋骂她笨，指着她们白天也要开着灯才行的小公寓对她道："你都落魄到这个地步了，还守着你那点清高干什么！"

苏顾然沉思了一下，很是认真地答道："其实也不全是因为清高，虽然他当初在我最需要他的时候离开了，但我还是希望他能好好的。"

钱倩倩看了她一眼，随后讥讽地道："你还真是无私。"

其实这件事无关什么无私不无私的，认识宋乔生的时候苏顾然还是撒丫子满院跑的年纪，而后一起上了幼儿园、小学、初中还有高一，没有比这再好的对青梅竹马的诠释，在苏顾然从小形成的印象里，宋乔生的就是她的，宋乔生好就是她好。

还记得小学运动会的时候，她四百米跑了最后一名，正沮丧着，就听广播里播报宋乔生得了一百米的第一，当时她跟打了鸡血似的在众人诧异的目光中欢呼了起来，不知道的还以为她得了冠军，谁能想到她其实是倒数第一！

宋乔生嫌她丢人，把她拖到了一边，谁知道她不以为耻反以为荣地扑到他身上开心地道："反正我丢的人你都能给我赚回来，怕什么！"

宋乔生看着她，最终还是没忍住，揉了揉她的脑袋也笑了。

苏顾然希望宋乔生好好的，还因为于她而言宋乔生就代表着那些年她美好的青春岁月，她希望那些美好能一直好好地陪着她走下去，总归这样的单纯美好，她这一生大概也再不会有了。

第四章
还没分手

医院上下很快就传遍了，心外科主任家的公子宋乔生从美国回来了，这颗年仅二十六岁的医学界新星被院领导成功地留在了神经外科工作，众人私下都不由猜测，该是怎样的条件才能打动了宋乔生。

这位年纪轻轻的大人物更是邀请到了自己在美国的导师、神经外科界的大拿 Pro. Wilson 首次来国内作报告，地点就定在A院的礼堂。

医院上下近乎沸腾了，不管专业与神经外科有无关联，大家都希望能一睹大师风采，苏顾然也同样，就连生物制药专业的钱倩倩都想来凑个热闹，还特意让苏顾然早点去给她占个好位置。

距离报告开始还有半个多小时，礼堂里几乎已经满了，就连媒体也慕名前来做现场的追踪报道，相机架了前面满满一排，苏顾然不由庆幸自己来得够早，居然还能占到第二排靠过道的两个位置。

经历了半个多小时的等待以后，Wilson终于如期到了，那边宋乔生在讲台旁边正和自己的导师说着些什么，苏顾然就听手机震动了一声，拿出来一看，钱倩倩这货又说临时有事，来不了了。

四周如雷的掌声响起，闪光灯四面八方地闪着，苏顾然一抬头，只见讲座就要开始了，她心想这下浪费了个好位置，正想着，就有人毫不客气地走过来直接坐下，宋乔生。

钱倩倩来不了，这座位也就成了空座，虽然苏顾然不想，但也没有理由让他离开。

大教授在落座之后面对着一片严肃的听众，选择了先拿促成这次讲座的中间人开些玩笑活跃一下气氛，这个中间人自然就是宋乔生。

Wilson说起自己的这位弟子，那样厉害的教授脸上都不由泛起得意的荣光，足以见得宋乔生在这位大教授心目中的地位，的确，像宋乔生这样年纪轻轻就已在世界最顶尖的医学舞台上崭露锋芒的真是少之又少，若是一般人，怕是这位大教授也不会赏脸不远万里来到这里作一场报告。

"在我所有的学生中，宋是最年轻、最认真、最刻苦、最有天分、最有希望的一个。"这一连串的"most"让在场之人莫不欷歔，能够从Wilson口中得到如此的溢美之词，这宋乔生当真是前途无量。

一片欷歔声中，Wilson继续道："我曾问过宋，为什么他每天都用那么长时间去学习而没有去找女朋友，宋说因为他的女朋友在国内会比他更努力。"

比宋乔生更努力？会场里一片惊叹议论声。

Wilson的话还在继续，"我又问他，是什么一直支撑着他前进,宋说,是他和他女朋友一起定下的目标。"Wilson一耸肩,"What a girlfriend!"

大教授轻松调侃的语调,还有在关键问题中多次出现的"girlfriend"这个词,让会场里一时间笑声不断,而后大家一起鼓起了掌,为这样青春美好的爱情喝彩,向着未来互相激励努力前行的恋人,所有人都不禁在猜想,这样懂事体贴的女友,大概也是大户人家出身,优秀得很吧!

唯独苏顾然与宋乔生这一角落却异常地气氛凝重了起来,苏顾然撑着笑容与大家一同看向宋乔生,视线却正撞进了他目光灼灼的眼眸中。

仿佛被烫到了一般,苏顾然飞快地别开了视线。

一场报告,Wilson讲得妙趣横生,既有国际顶尖的水准,却又让人容易理解而后印象深刻,Wilson以他的个人魅力征服了全场,两个小时的报告时间很快就过去了,进入提问时间,大教授亲和的态度也让会场里的大家提问活跃得很,神经科专业的就问些神经科专业的问题,不是神经科专业的问题就广了,现场欢笑声与掌声不断。

苏顾然一面听着,一面转着手中的笔,低头看着自己本子上做的记录,其实从中途开始,她就一直有一个问题想问,可是……

她还有些犹豫,却在这时,她一旁的宋乔生开口叫住Wilson,"我旁边的这位同学有些问题想问。"

苏顾然手上的动作一顿,只觉得自己肾上腺素的水平直线飙高,宋乔生的右边是过道,所谓的旁边这位同学不是她是谁?

顶着众人一齐看过来的目光,苏顾然硬着头皮站起了身来，她尽力保持着平静用尽可能标准的英语发音提问："请问教授，您刚才提到的治疗方法是基于A假设提出的，但最近有一篇文章指出，Parkinson的发病机理是A和B因子相互影响作用的结果，据此教授要如何修正自己的研究呢？"

整个礼堂里安静得惊人，这是哪来的女学生居然敢和世界知名的教授谈最新科研成果？还让教授修正自己的研究？想表现自己也要掂量一下自己才是吧！

没想到Wilson听到这问题却是笑了，"我终于知道宋为什么让你来问问题了，你的想法和他很像。"

大教授夸奖了她的问题提得很好，而后仔细地为她做了解答，同时指出宋乔生现在有一部分的研究就在这个方向上。

"你要是有兴趣的话以后可以和他合作！"Wilson这样对她说。

苏顾然牵起唇角礼貌地笑了笑。

一鸣惊人。

在场的不乏院里的领导，看到苏顾然这样的表现都满意地点了点头，有眼尖的学生注意到了，私下的议论声中夹满了嫉妒之意："这一趟她算是来值了！"

"谁说不是呢？刚才我来的时候看到她旁边有个空位还问她来着，她说有人，怎么宋乔生就坐到她旁边了？"

话中之意莫不指苏顾然利用礼堂里满座的机会费尽心机靠近宋乔生。

另一人听懂了他话中的意思，不由咂舌叹道："如果真是这样，这女人的心机可就太深了！"

两个人撇了撇嘴没再出声。

会场里对Wilson的提问仍在继续，到了最后的时候，有一人玩笑般地问了句:"教授见过宋的女朋友吗?"

没想到最最玩笑的一句问话,却让Wilson严肃了起来,"没有。"他的目光自讲台上看向宋乔生,特意放慢了语速,"我很期待能与她见一面,事实上,我的团队中始终会为你们留下位置,随时欢迎你带她加入!"

忽然间,会场里安静了,大家忽然意识到,大名鼎鼎的Wilson教授这一趟中国之旅其实……其实是过来抢人的吧?

所有人目光的中心,宋乔生自座椅上站起身,用流利的英语答道:"多谢老师看重。"

这个男人一身黑色的西服站在那里,面上带着礼节的微笑,成熟稳重又风度翩翩,面对自己享有盛誉的导师,谦恭之余却不输气场。

眼见着时间到了,宋乔生代表大家作最后的致谢,而后带头鼓起了掌来。

Wilson教授自台上起身,鞠躬表示感谢,四下的掌声经久不息,闪光灯星星点点在整个礼堂各处亮起,足以可见大家对这位教授的欢迎。

讲座结束了。

苏顾然起身要走,可宋乔生却并不放行,"我有些事想要和你说。"

周围人流熙攘,苏顾然看着他警惕道:"什么?"

宋乔生看着她戒备的模样,不由一叹气,"Wilson一直很想见你,今晚为他饯行你和我一起去吧!"

苏顾然伶牙俐齿毫不客气:"他想见的是你的女朋友,和我有什么关系?"

闻言,宋乔生蹙眉,"苏顾然,你别忘了,我们还没说过分手。"

他的神情中没有半分玩笑之意，苏顾然一滞，"我……"

我们还没说过分手……

短短几个字，听起来真是再荒诞不过，可偏偏竟然是事实！

那个时候，他离开得匆忙，她消失得也突然，"分手"这两个字的确从来没有被说出口过，甚至在他们真的分开之前，连分手的想法都没有！

他们还没有分手就已然分离。

苏顾然只觉得好笑，"宋乔生，我们已经分开十年了！"

宋乔生的眸光微暗，声音很沉，"是，哪怕就当是吃最后一顿分手饭呢。"

果然是宋乔生，一句话戳中她的死穴。

当年中学的时候他们的关系稳定，但身边的人却是分分合合来来回回，苏顾然作为一个看客也难免受到影响，转过头来凶巴巴地对宋乔生说了句："要是哪天你敢跟我说分，老娘一定要在分手饭吃穷你赚足了本再分！"

宋乔生知道让她去见 Wilson 她一定不会去，分手饭这个说辞找得当真是极好的，苏顾然一怔，抿了抿唇，眼中有了几分犹豫，"然后我们就算分手了对吧？"

宋乔生合眼，心一沉再沉，却还是轻应了一声，"嗯。"

"我们走吧。"

第五章
这辈子，别想了！

本市最高档的中餐厅之一。

水晶灯的光芒璀璨而耀眼，照在精致的高脚杯上更带有奢华的意味。

与 Wilson 的这顿饭比苏顾然想象中要更私人一些，一行只有三个人。

服务生带他们进了一间小包厢，身形高大的宋乔生走在三人的最前面，进屋之后向服务生轻声致谢，那梳着小盘头的女服务生有些不好意思地笑了笑，临走之前偷偷瞄了宋乔生好几眼。

他穿着一件简单的白衬衫，袖口的扣子松开着，因为常年在外科做手术的原因，手腕上干干净净，连一块手表也没有，你可以看得出他很年轻，却带着这个年纪本无法拥有的沉稳，他会顾及到所有的礼节，那样的绅士优雅仿佛是从骨子里带出来的，这般气质干净的人可不常出现在这样的酒店里，很难不引人注意。

宋乔生为Wilson拉开了座椅请他落座，Wilson打量了一番四周才道："宋，今天可是你请客！"

宋乔生不以为意地一笑，"为老师饯行，自然不能惜财！"

Wilson很快捕捉到了他的画外之音，"这么说你不打算回去了？"

Wilson提到"回去"用的是"coming back"这个词，宋乔生听后一笑，"I've come back here。"

已经回到了最初的地方，大洋彼岸才是客乡，又还要回到哪里去？

Wilson有些失望地敛了眉目，叹了口气，却也只能接受。

气氛一时有些凝重，宋乔生轻巧地转开话题，他向Wilson介绍苏顾然道："Wilson，这位就是我的女朋友，苏顾然。"

Wilson明显有些吃惊，看了看她又看了看宋乔生问道："这不是刚刚讲座上你旁边的那个……"

苏顾然大方地伸过手去，"就是我，教授好！"

大教授惊讶过后随即看着宋乔生了然的一笑，"你们打算什么时候订婚？"

一个"订婚"，让两个人皆是一愣，对于他们这个反应Wilson不由有些奇怪，"不是吗？你们的手上都还没有戒指，不该订婚了吗？"

苏顾然面带尴尬的笑，Wilson哪里知道这其实是他们的分手饭，与订婚真是南辕北辙！

倒是宋乔生更从容一些，"在中国，这些要和父母仔细商议过才可以，现在还不知道。"

Wilson点了点头表示理解，"那你们认识多久了？"

这还真是个考验数学的问题，苏顾然记得他们最初相识的时候她只有四岁，而今是……

她下意识地开始进行小学数学的运算，但有人已确定而坚决地报出了答案："二十二年零七个月。"

若说内心一点震动没有那一定是骗人的，过了这么久，苏顾然没想到这个人把他们之间如此细枝末节的事情都记得如此清楚。

Wilson亦有些震惊，"这在中国是一个什么特别的数字吗？"

宋乔生摇了摇头，这让Wilson更加意外，"那你为什么会记得？"

其实这也正是苏顾然想问的问题，并非什么特别的数字，他竟也能在第一时间说出！

却见宋乔生一笑，看似十分轻松地说："就是记得。"

苏顾然看着他，一时无言。

她以为她的记性很好，她以为她算术很快，可所有的这些都抵不过他的用心。

Wilson这才认同地点了点头，这段时间的观察下来，他发现这两个人之间的客气与冷清并不像正情深意浓的情侣，尤其是当他问到订婚时女方尴尬的表情，似乎从来没想过这个问题一样，可方才那个问题宋乔生的认真却又做不得假……

Wilson不仅蹙起了眉，难道这就是中国人讲究的矜持？

因为是宋乔生预定的席位，同时也早已点好了菜，很快就有菜品被送了进来，宴席就要正式开始，宋乔生让服务生开了红葡萄酒，而后带头举杯道："致我最敬爱的导师。"

"Cheers！"

"Cheers！"

苏顾然亦扬唇笑着,可胸口却说不出的有些闷,仰头,杯中的液体一饮而尽,她放下酒杯却忽然发现Wilson奇怪地盯着她看,她微怔,耳畔响起宋乔生带着笑意的声音:"你还真是暴殄天物!"

她这哪里是在喝红酒?分明就是在干二锅头的样子好吗?

意识到这一点,苏顾然的脸上像被火烧过一样红得厉害,她有些委屈地瞪了宋乔生一眼,小声念叨:"我又不会喝酒……"

宋乔生微牵起唇角,那样的弧度让苏顾然隐隐有了些不祥的预感,他很自然地伸手揉了揉她的脑袋,"不会喝就好……"

不会喝就好……

要灌醉就容易多了……

苏顾然也记不清自己到底举了多少次杯,总归足够让她感到头晕晕沉沉的就是了,她不知道自己是怎么从酒店里出来的,站在外面被夜风一吹人才清醒了几分,可走路还是东倒西歪的。

宋乔生想要扶她却被她固执地推开,她晃晃悠悠地向前走着,一边走一边道:"很久以前我就想好了,如果有一天我和我的男朋友分手,我一定要留给他一个潇洒的背影。"

她依旧是那样的固执、不肯示弱,就好像这十年不过是他们臆想出来的,一切的一切其实都没有变,她还是有一点点清高、有一点点孩子气。

宋乔生两步赶上她,自身后用力地将她抱住,不顾她的挣扎,他抬手给她戴上帽子、拉严了风衣的拉链,将她转过来,他紧紧地盯住她的双眼,几乎是从牙缝中挤出了这几个字:"苏顾然,分手这件事这辈子你是别想了!"

苏顾然是被钱倩倩硬生生拖起来的。

一大早上,头晕得厉害,她还在回想自己昨天晚上到底都干了些什么,就被钱倩倩一句"你要迟到了"吓得一个激灵,赶忙爬了起来,穿拖鞋的时候一低头,她忽然发现地上躺着一件黑色的男士西服,她觉得这衣服有几分眼熟,伸手捡起一看,这不就是宋乔生昨日的外衣?

钱倩倩一面化着妆一面向她这边看了过来,见她拎着这件衣服,钱倩倩这才不急不忙地解释了句:"宋乔生怕你着凉就把外衣留下了。"

苏顾然震惊地瞪大了眼睛,"我有被子!"

钱倩倩点了点头,"我也是这样说的,他说他知道,他只是想留个理由让你去找他,他说得还挺情真意切的,打动了我,我就同意了。"

苏顾然很快明白了什么,双眼紧盯住钱倩倩,她逼问道:"不对,说,到底是什么打动了你?"

钱倩倩眼也不眨飞快答道:"当然是他的情真意切。"顿了顿,又继续道:"还有S&N的实习机会。"

果然!

苏顾然狠狠地瞪着她,"所以你就把我卖了?"

"是的,而且我认为还是笔超值的买卖。"钱倩倩合上手里的化妆镜,再次看向苏顾然,脸上半分内疚也无,"正如你所说的,虽然我对别人总是端着大小姐的架子,但我对生活可是一点架子也没有,既然向宋乔生妥协能够给我更好的机会,Why not?"

看着理直气壮的钱倩倩，苏顾然不由向天翻了一个白眼，只恨自己犯傻，居然把早上这么珍贵的时间浪费在和钱倩倩讨论道德观的问题上！

苏顾然迟到了。

又是诊断课，苏顾然走到教室后门拧了拧把手，门是锁着的，她自玻璃的部分看向教室里面，离门不远的地方明显有人注意到了她，她举起手向那人指了指门，本以为那人会帮她打开，却没想到她只是瞥了她一眼，嘴角露出了一抹讥讽的笑意，而后若无其事地转回了头。

苏顾然只觉得诧异，她与这女生平日里没什么太多交往，此番不过是要她搭把手开一下门，可这女生的反应却好似故意与她为难一般！

无从选择，苏顾然硬着头皮敲了敲前门，得到许可后，她推开门进了教室。

毫无疑问，整间教室的目光都被吸引到了她这里，她说了声"抱歉"就要走回自己的位置上，以免耽误更多的时间，却被人叫住了。

讲台上的人一身白衬衫，袖子高高地挽起，手中拿着一根白板笔，神情严肃，"你迟到了。"

从国外回来的人大概都很重视时间问题吧！

想到这里，苏顾然微低了头，"我的错，很抱歉。"

"既然错了就要接受惩罚，不如这样，我这里有一道题，如果你答不出，接下来的一个月我所有的门诊你都要到场，来帮我录入诊疗单。"

苏顾然一僵，面上的表情终于有了波澜，这根本不算是什么惩罚，跟着优秀的导师出门诊的机会对于他们这些医学生而言珍贵得很！

很快，学生中起了议论声，宋乔生却并不在意，他开口："舌下神经交叉瘫……"

他的话音未落，苏顾然已然开始回答："舌下神经交叉性偏瘫所涉及的结构和导致的症状有皮质脊髓束，损伤导致对侧痉挛性瘫痪；内侧丘系，损伤导致对侧上、下肢及躯干意识性本体感觉和精细触觉障碍；舌下神经核或舌下神经根，损伤导致同侧舌肌无力，伸舌时舌尖偏向患侧。"

她的回答很快很完整，让人不由惊叹，宋乔生却并没有评价她的回答，而是将白板笔递给了她，"舌下神经交叉瘫的英文全写。"

没有听全题就开口，她的所答并非他的所问。

可苏顾然分明隐约感觉到他是故意的，医学单词英文全写，哪怕错一个字母……

然而这样的情况下容不得她讨价还价，数十道目光紧盯着她，苏顾然咬牙走到了白板前，起笔，"Hemiplegia...Alternans...Hypoglassica..."

苏顾然看了看，再看了看，这才放下了笔，应该没错吧……

"写完了？"宋乔生问。

苏顾然点了点头，眼见着宋乔生的双眼微眯，她不禁有了一种不祥的预感。

他拿起笔，在她最后一个单词的中间画了个圈，"Hypo-glossica，很遗憾，下了课我会告诉你都需要在什么时候到门诊。"

一个字母之差。

苏顾然心里暗叹了一口气，她走回了自己的座位坐下，自包里拿出书的时候将同样放在包里的宋乔生的西服带出了一个角，她赶忙又将衣服塞了回去，只希望没有人注意到。

也不知是她自己想多了还是如何，苏顾然总觉着教室里有人在用不怎么友好的目光盯着她，那种感觉，如芒在背。

终于到了课间，她有了机会离开教室，顺着路走到了洗手间，可这里却也并非什么清静之地。

苏顾然还在隔间里没有出来，就听见有人在外面声音不小地议论着："真是的，明明是迟到了还得了个和宋老师一起出门诊的机会，我看她那个'a'就是故意写错的！"

另一个人亦是愤愤不平，"谁说不是呢，你看网上他们说的了吗，这苏顾然的心机真是够深的，变着法子想靠上宋老师，也不看看自己是谁，复读了三年才考上这里，跟昨天Wilson教授提到的宋老师的girlfriend比得了吗？"

"没错，现在她的那点心思在网上都被拆穿了，看她还怎么办！年级第一，哼，年级第一了不起啊，还不就是个复读了三年的老女人！"

苏顾然听着不由蹙紧了眉，她今日就觉得有哪里不对，果然，只是……

网上？上面有人说了什么？

拿出衣服兜里的手机，她一登录，果然看到了那两个女生所说的。

网上发的是一条状态，发状态的人说她故意在前排占了两个座位，别人想坐在她旁边她都说有人，其实就是为了等宋乔生在满座的礼堂里找不到其他座位时坐到那里去。

"她事先下足了功夫，向Wilson的提问是早就准备好的，为了得到宋乔生的赏识。"

那个人这样说她。

评论里他们将她复读三年的事一遍遍提起，他们不停地说着她与宋乔生之间的天壤之别……

是啊，天壤之别。

不想再看下去，苏顾然将手机收了起来，也说不清为什么，明明怒极，却反而冷静了下来。

她拉开门出去，微仰着头从还在议论的那两个女生面前走过，连偏了目光瞥她们一眼都不屑，径自离开了这里。

一抬头看到她，之前一直念念叨叨的两个人一下哑了。

再次回到教室，苏顾然发现自己的座位旁围了许多人，见她回来了，那些人看向她的眼里都是讽刺的笑意。

她觉得不对，两步走了过去，就见原本该在她包里的那件宋乔生的西服不知道什么时候被人翻了出来！

有人向她走了过来，双手环胸、高仰着下巴看着她，是座位在苏顾然后面的祁雪珍，"哟，这不是我们的年级第一吗，包里怎么有件男人的衣服？看这牌子、看这做工，价格不菲啊……"

肯定是从包里拿书的时候露出的衣角被她看到了，苏顾然揉了揉额角，只觉得有些头疼。

祁雪珍向来与她不对付，入学几年，她们的怨就积了几年，因为苏顾然总是占着年级第一的位置，这女生被她挤在第二，许多机会也就没了她的份，就像是上次去那个会议听宋乔生的报告，本科生只有一个名额，自然落到了苏顾然的头上，这次有机会能好好奚落苏顾然一番，祁雪珍当然不会放过！

"好端端怎么放件男人的西服在包里,看这牌子,这样的衣服弄皱了多不好!"

苏顾然根本不想理会她,面无表情道:"我这人一向不认得什么牌子,你若是觉得皱了心疼,去熨熨就是!"

"熨熨就是,啧啧,好大的口气,弄坏了我可赔不起!苏顾然你果然好手段,这衣服的主人必定身价不菲,能攀上这种人,后半辈子该是不愁了吧?看来你再不用复读三年升学了啊!不如说说是哪家的少爷,让我们也见识见识!"

既尖酸又刻薄的话,似一把把刀子向苏顾然刺来,就连教室另一边自习的女生听了,也不由抬起头担忧地看了看她。

祁雪珍想要坏她名声,在班里这么多人的面前让她变得不堪,她的确找了个好时机也找了个好说辞,网上有人说她对宋乔生居心叵测,祁雪珍说她想要傍上富家少爷,总归都是个攀高枝的形象,众口铄金,她还真是有口难辩!

正想冷言回她一句"就你也配",那边自习的女生忽然看着门口惊喜地喊了一声:"宋老师!"

苏顾然偏头,就见宋乔生冷着脸看着她们这边,他在众人的注视中走到了苏顾然的身边,"人家在问你这衣服是谁的,怎么不说话?"

那女生原以为宋乔生必定会制止这边的争端,却没想到宋乔生开口却是这样问,一时间,周围的人都愣在了那里。

未等她回答,宋乔生自她桌子上拿起那件西服,他有些不满地蹙了蹙眉,"好好的一件衣服被你弄成这样,去给我熨好了再还回来!"

宋乔生说着,又把衣服扔给了她,转身走上了讲台,"上课了。"

意识到刚刚发生了什么，所有的学生几乎都惊呆在了当场，祁雪珍抬头看着讲台上眸光微冷的宋乔生，只觉得心里一紧，这衣服……这衣服竟然是宋乔生的？

苏顾然，你果然好手段！

最让人震惊的还是宋乔生对苏顾然说话的语气，责备之中带了三分宠溺的意味，那样子好像……好像他们早就认识了，甚至不只是认识……

想到这里，祁雪珍的心一沉。

她不停地安慰自己想得太多，苏顾然哪里像是能和宋乔生搭上什么关系的人？可越是这样想，心里却越觉得没底，她的脚下好像生了根，一步也挪不动。

看着班里的人都僵在了那里，宋乔生食指轻叩着讲台桌，似是在思索着些什么，片刻之后他忽然凝眸，整个人冷峻了许多，他开口："我说，上课了！"

他凌厉的目光扫过，祁雪珍一个激灵，头也不敢抬，坐回了自己的座位上。

从前没见过宋乔生生气的样子，只觉得他温柔而又风度翩翩，却没想到他动怒时真是可怕得很，让人不寒而栗。

教室里的空气仿佛被凝滞了一般，安静到近乎死寂，带着说不出的压抑感。

就在这一片沉寂中，苏顾然拿起自己的包，背上就走向了门外，头也不回。

第六章
因为他是宋乔生

宋乔生听说了网上对苏顾然的骂战，从一个实习医生的口中。

那小医生颇为感叹道："我和这女生接触过几次，挺清高的一个人，不像是会有这种心机干出这种事的人……"

宋乔生拿着那实习医生的手机翻过那些状态和评论，每往下多看一行，眸光就愈冷了一分。

那实习医生大概也察觉到他的样子不太对，连忙再补充道："宋老师你别生气啊，虽然他们这么说，但苏顾然接近您也未必真的有什么特别的目的啊……"

宋乔生将手机还给他，自心底冷笑了一声道："她当然没有，我有。"

苏顾然没有去门诊跟诊，其实这对宋乔生而言也算不上意外，那样清高的笨蛋，在这种时候虽然嘴上不说什么，但心里一定会想离他越远越好证明她才没有对他有什么企图。

一上午的门诊，想见的人未来，却有人专门寻他来。

女子笑容满面地坐在他的对面："Dr. Song，还记得我吗？"

看到来人，宋乔生下意识地拧紧了眉。

古月集团，胡静颜。

宋乔生与胡静颜第一次见面该是在半年前，美国，S&N新药发布，请了许多国内外医药界的人士去参加发布会与晚宴，古月制药就是其中之一。

胡静颜是古月集团董事长胡万成的女儿，那天跟着父亲一起到了晚宴，她一身小礼服裙，手里拿着一杯香槟站在一旁，宴会厅里往来的人群，她一眼就看到了宋乔生。

那时宋乔生一身简洁的西服套装，穿着并没有什么特别，正在和人交谈着，只是那样的气质，在一屋子商人中间显得那样的与众不同。

她抿了一口杯中的酒，面上缓缓露出了一抹笑，她踩着她细高的水晶跟，迈步向他而去。

却在这时，她脚下一歪，重心一个不稳，整个人就摔在了地上，脚也被狠狠地崴了一下。

手里的高脚杯"哗"的一声碎在了大理石地面上，这动静引来了注意，一阵凌乱的脚步声后，许多人向她这边而来，人前光鲜的胡家千金只觉得丢人极了。

父亲想要扶起她去医院，可是稍一动，脚上就有剧烈的痛感，真是动也不是不动也不是，就在这时，胡静颜觉得脚踝处忽然有了一种微凉的触感，她听到有人问她："胡小姐，这里疼吗？"

正是宋乔生在替她检查伤势。

他的手法娴熟，几次捏拿就已有了初步的诊断结果。

"骨头应该没有问题，静养一段时间应该就会好，不过为防万一还是要去医院拍个片子。"

他的双眼注视着她,以眼神相安慰,他是那样的镇定而可靠,她很快平静了下来,心中还带着一点暖意。

"谢谢。"她轻声道。

宋乔生轻点了一下头,站起了身来,简单的几句话将周围的人群疏散,晚宴继续进行,这一小小的风波很快过去。

和朋友交代了几句,宋乔生将她送去了医院,检查结果证明了他的诊断,她向他致谢,他不以为意道:"你是客人,在晚宴上受了伤,这是我该做的。"

其实这只是原因之一,他也不喜欢商业晚会那样的气氛,虽然他也是S&N的董事之一,但商业运筹这些方面并不由他负责。

"所以……你是医生?"

宋乔生应了一声,"嗯。"

胡静颜做出一副恍然大悟的样子,"怪不得S&N刚成立两三年,在研发与临床方面就有这样好的建树,原来有这样一位医生在这里保驾护航!"

宋乔生只当是玩笑话,笑了笑,也没说什么,等到她父亲找到人替她去买药,他道了别就离开了。

原本不过是晚宴上的一个小插曲,宋乔生并没有在意,却没想到过了两个月,他却在上班的时候见到了她。

那时胡静颜的脚还没有好彻底,走路的时候还有点疼,也穿不了高跟鞋,尽管如此,她还是仔细打扮了一番,与医院显得有些格格不入,她就站在走廊里,等着别人将他叫出来。

等了一会儿,他终于出现,看到他面带讶然的样子,她有些得意地笑了,"原来你真的在这里!"

晚会那天他只是就近带她去了一家医院,她本不该能够找到这里,宋乔生不由蹙眉,"你怎么会知道我在这家医院?"

胡静颜耸了下肩,"又不是什么机密,问对了人自然就能问出来。"

宋乔生原本有些在意她是不是找人查过他,但胡静颜说的倒也没错,又或许她的确是找他的朋友问出来的呢?

也没有多想,他只是问:"有什么事吗?"

胡静颜展唇一笑,带了些许女孩子家的娇羞气,"今晚我们一起吃饭吧?"

话到这里,宋乔生又怎么会不明白胡静颜的意思?也不挑明,他找借口敷衍道:"我今晚要值班。"

"明晚呢?"

"有约。"

胡静颜不死心,咬咬牙继续道:"后天呢?"

宋乔生没有立即回答,有片刻的思索,他想了想还是说:"我有女朋友了。"

胡静颜活了二十多年,身边的人从来都只会捧着她,被人当面回绝,犹如一盆冷水兜头而下,她只觉得有些恼了,却又不甘心,"我不信,如果你真的有女朋友的话,那天S&N新品发布那么重要的事,她怎么能不陪在你身边?"

宋乔生看了她一眼,平静地答道:"她在国内。"

胡静颜望着宋乔生,自他的脸上她看不出什么破绽,大概是真的,可就这么放弃却又不是她的风格,她问:"所以你拒绝我就是因为你有女朋友了?"

这样的问题让宋乔生一时不知该怎么回答,正想着,他就接到了紧急呼叫，也顾不上那么多，宋乔生说了句"抱歉"转身就跑了回去。

还好胡静颜后来没再来找他，倒不是因为胡静颜死心了，只是因为古月公司里出了些事，父亲让她回去处理，她本想着等到把事情都解决了就再回美国找他，没想到他回了国。

这样好的机会她自然不会错过，从父亲那里听说了这件事她就过来了。

最新款的小礼服裙加上精致的妆容，今日这番打扮着实花费了她不少心思，她走到坐在座椅上的宋乔生面前，单手撑着桌子，居高临下地看着他，开口，语气不容拒绝："我要见你女朋友。"

没料到胡静颜会这样说，宋乔生一怔。

"就算你再忙，别说你回国没安排时间留给你女朋友！"

胡静颜从小就是个公主一样的人物，但成长在胡氏这样的家族里，比起一味娇气的公主形象她更多了几分手段，越是不容易得到的东西就越要去得到。

对于宋乔生之前提到的女朋友，她更愿意相信那只是宋乔生的一个借口，她去问过他的同事和朋友，没有人真正见过这样的一位人物，连电话都没有见宋乔生与她打过。

就算真的有这样一个人，远隔大半个地球联系如此之少的两个人感情自然也好不到哪里去，于胡静颜而言不足为患。

宋乔生忽而觉得哑然，他只觉得有些可笑，看着这位小姐得意的神情，他连多说的心思都没有，抬手看了一眼表，已经到了下班时间，他收拾了东西站了起来，"我不会带你去见她，不送。"

他说完，关了灯，径自走出了诊室。

再吃闭门羹，胡静颜的忍耐已经到了极限，她拿出手机按下了一串号码，片刻之后，电话被接通，她的声音很冷："你上次提的条件我都答应，去给我查出关于宋乔生的所有资料，所有！"

出了医院，宋乔生开车直接去了苏顾然和钱倩倩租住的公寓。

虽然宋乔生的记性一贯很好，但在那些曲曲折折的小路中，他也险些走错了方向。

这附近很乱，有的巷子很深，宋乔生看着不由担心，下班稍晚等到天黑，苏顾然一个女孩子走在里面该有多危险！

将车停好，凭着记忆找到房间，他抬手敲了敲门，门里传出钱倩倩大喊的声音："谁啊？"说完又是一阵剧烈的咳嗽，大概是被油烟呛到。

"宋乔生。"

随后一阵忙乱的脚步声，还有苏顾然的声音："别开门！"

但下一刻，门被钱倩倩拉开了，她转过头理直气壮地看着正恼火的苏顾然，一摊手道："别开玩笑了，我怎么敢把我老板关在外面？"

苏顾然气得狠狠地翻了一个白眼，转过头不想再看见他们。

钱倩倩也懒得和她多说，回头来问宋乔生："你吃饭了吗？"

宋乔生很快明白了她的意思，"还没有。"

"苏顾然，过来帮我盛菜招呼客人！"

苏顾然正在气头上,听着钱倩倩和宋乔生一唱一和,她咬牙恨声道:"我不去!"

和她待了这么久,钱倩倩才不管她生没生气,"有客人来了你在那里磨叽什么磨叽,除非你不把他当成客人,哦,也对,你男朋友,严格来说也不应该算是客人!"

钱倩倩这样用话堵她,苏顾然气结,咬着牙站在原地就是不动。

钱倩倩看着她直翻白眼,"真是上辈子欠你的!"说着,自己去把饭菜盛好。

三个人挤在一张很小的餐桌周围,简单的两道菜,三碗饭,没有人说一句话,气氛一时有些压抑。

苏顾然偶尔会趁夹菜的时候偷瞄宋乔生几眼,她仔细地观察着宋乔生的表情,想要找出证据证明他一点也不享受这顿晚饭,她就可以用话嘲笑他,比如"早就让你走了,谁让你非得留下来"之类的,但没有,宋乔生的表情很是平静,与其说是平静,其实不如说是一种安然。

他很安于这样的时刻。

一抬眼,视线正撞上,苏顾然立即别开了目光,而宋乔生只是看着她,微微扬起了唇角。

吃完饭钱倩倩就找借口离开了,留下苏顾然和宋乔生两个人。

苏顾然只当宋乔生这个人不存在,将桌上的碗筷收拾到厨房,她打开水龙头开始洗碗。

宋乔生跟了过去,他将苏顾然推到一旁,替她洗碗。

水很凉,起初的时候还可以忍受,但随着时间的增长,那寒意就好像有数不清的针一直在刺着你,很疼。

厨房里没有热水器，只能忍受，他终于将碗碟都洗完，等到苏顾然将它们码回柜子里，宋乔生直接抓起了她的手来看，这么多年，她吃了多少苦？

苏顾然用力想要挣脱他，却比不过他力大，她又急又恼，"我不需要你可怜我！"

是了，除去对当年的不肯释怀、对当下的无从选择，于他，她无法坦然面对的最重要的原因还有这个，她怕他可怜她。

"宋乔生，你真的不必为了愧疚死缠着我不放，无论如何，你改变不了这十年我所有的际遇！"

宋乔生平静颔首，"是，所以我来找你不是因为愧疚，你呢？苏顾然，你像这样抵触我，真的就只是因为十年前我的离开吗？"

苏顾然咬住了唇，看着她。

这是她的小心思。

钱倩倩之前对她这样说："宋乔生回来找你就说明他在意你，你不肯放下当年就说明你还在意他，两个互相在意的人就应该在一起，我要是你，现在不知道在哪儿偷着乐去了！"

有的时候生活的确很奇怪，旁的人看不懂，只觉得你是身在福中不知福，可唯有你自己，几番辗转思量，心里的滋味却怎么品也品不出点甜意。

他们曾经一起定下目标，美好地憧憬未来，可是十年两茫茫，而今回想，好像只是一眨眼的工夫，他成了金光闪闪的海归精英，而她……

而她啊……

苏顾然的眼眶忽然发酸，她努力瞪大了眼睛，不想让他发现端倪。

"对，不只，我嫉妒你，宋乔生，我嫉妒你！"

她的眼眶已然发红，宋乔生看着，心疼，却还是沉默着等她说完。

"这十年于我就像是一场噩梦，我尽了所有的努力，好不容易、好不容易等到一切重新踏上正轨，我告诉自己这一切都是值得的，我已经做得很好了，可是你的出现提醒了我，我所失去的、我再也无法得到的，你的金光闪闪一直在告诉着我，我是如何的一无所有！"

最后一句话近乎是喊出来的，苏顾然最终还是哭了出来。

十年来，她对待自己近乎苛刻，这是第一次，她这样宣泄自己的情绪。

却在这一刻，灯忽然灭了。

停电了。

老楼线路不好，停电的情况时有发生，黑暗袭来，就如她此时的心情，似乎怎么找也找不到一丝光亮。

"对不起。"

宋乔生这样说。

"对不起，顾然，是我让你想起了这十年里那些不好的际遇。"

苏顾然没有出声，一句"没关系"卡在喉咙里就是怎么也说不出，眼泪一直流，她忽然很庆幸，还好停电了，黑暗之中他看不到她的泪水。

"可是我一直觉得，只有能够面对才能真正放下，顾然，我想试着和你一起放下。"

宋乔生的声音带着一种能够安抚人心的力量，苏顾然渐渐平静了下来。

他的手已经不再像刚从凉水中出来时那样冰冷，掌心有了些许暖意，他握住她的手，与她十指相扣，"走吧，我们出去转转。"

黑暗中，她看不清他的表情，只是那样的眸光，温柔中带着丝丝点点的宠溺。

后来临睡觉的时候，钱倩倩问她："你们这算是和好了吗？"

苏顾然看着天花板，眼也未眨，"没有。"

钱倩倩觉得她在当初宋乔生离开的这件事上就是得理不饶人，"高一的时候我们相互骂成那样，后来成了朋友你也从来没在意过那时的事，怎么就不能原谅宋乔生呢？"

苏顾然笑，带着涩意，"因为他是宋乔生。"

第七章

在劫难逃

　　心外科的轮转期结束了，苏顾然的最后一个轮转科室是 Neurosurgery，神经外科。

　　不知该说是缘分还是巧合，第一天到科室报到，她就在门口遇到了宋乔生。

　　见到她，宋乔生扬起了唇，向她伸出手来，"欢迎来到神经外科。"

　　苏顾然抬手回握宋乔生，微笑，"还请宋老师多多关照。"

　　宋老师，完完全全的客套话。

　　比起之前总是避开他的状态，苏顾然的态度似乎好了许多，可这并不是宋乔生想要的，这样的客套、礼节，还有那标准的微笑，这不是他想要的苏顾然。

　　两手交握在一起，可等了许久，苏顾然却未见宋乔生有要松手的意思，她挣了挣，没挣脱，宋乔生是故意的。

　　他看着她开口："晚上有时间吗？"

　　苏顾然几乎想也没想，"没有。"

宋乔生没有立即回应，短暂的安静，苏顾然听到有她同学的说话声传来，越来越近。

他在威胁她！

如果她不答应，他就不会松手，他知道她不想让她的那些同学知道他们之间的事。

只要宋乔生想，他不会给你拒绝的机会，又有什么人能拒绝宋乔生？

之前电话的事已经验证了这一点，苏顾然也不再挣扎，咬了咬牙，还是说："我知道了。"

宋乔生唇畔的弧度加深，那些人说话的声音已经很近，他松了手，苏顾然立即往旁边走了两步，装作只是刚好路过。

"宋老师！"

"宋老师好！"

见到宋乔生，那些同学纷纷向他打招呼，宋乔生面无表情地微一点头应了，眼见着苏顾然向科里走，他忽然又出声叫住她："苏顾然，等一下。"

不知道他到底想干什么，苏顾然停下了脚步，心中隐隐有些紧张，回望向他，"啊？"

他的目光落在了她的脚上，两步走到她的面前，在周围所有人的注视下，宋乔生蹲下了身去，修长的手指微动，他很快替她系好了鞋带。

四周霎时静寂，大家都仿佛被定住了一般，许久回不过神来，用目瞪口呆来形容真是一点也不夸张。

唯有宋乔生平静地起身，对周围人的反应恍若未见。

"好了。"他对苏顾然如是说。

他看着她，眼里满是温柔的笑意，那样的笑，就连医院里灰白的墙面似乎都有了温度。

在这一刻,苏顾然忽然明白了,这一次,或许她真的是在劫难逃。

来到新科室的前两天,苏顾然需要尽快地熟悉科室情况,在病房的走廊里转着,她忽然听到某个拐角里传来两人说话的声音。

"主任,这个手术不能做,这样的垂体瘤切除太危险了,不能因为宋乔生在美国有过类似的病例就听任他胡闹啊!"

苏顾然本无意听人墙角,正要走开,却听到宋乔生的名字,脚下不由一顿。

另一名男子的声音传来:"宋乔生把他在美国的病例情况已经详细向我报告过了,那个病例手术后恢复很好,的确如他所说,值得一试。"

"主任,宋乔生再厉害也不过是个二十六岁的年轻医生,来医院没多久,手术没做几台,花边新闻满天飞,手术的消息已经放了出去,明天媒体还有其他医院都会关注着手术的情况,如果宋乔生的手术稍出差池……"

与那一人的焦急不同,主任的声音显得很是镇定:"那就是宋乔生的事了,他愿意承担风险,你又急什么?"

"……"

对话听到这里,苏顾然总算听出了些端倪,宋乔生要做一例十分危险的垂体瘤切除手术,听这两人的语气,其实两个人都不怎么看好吧?

这个主任的态度应该并不似他表现出的"值得一试",最后那句话里,苏顾然分明品出了些许旁的味道。

若说起来，宋乔生的确也只是个二十六岁的年轻医生，来到医院这么短的时间，无论是从院领导的重视还是在医院里的风头甚至都快超过了堂堂科主任，虽然现在他还不足以对科主任的地位产生动摇，但这样的人存在，科主任很难管理。

或许这才是主任同意宋乔生手术的最重要的原因吧，既然主刀医生甘愿冒风险、病人也愿意让医生冒风险，何不顺水推舟促成这件事？他倒要看看这个宋乔生有多大的能耐！

整个手术过程中宋乔生但凡被外界分一点心或有半分准备不足，后果……

整个下午，苏顾然一直有些心神不宁，终于挨到下班，苏顾然去找宋乔生，她觉得或许他应该知道主任对这台手术的真实想法，取不取消手术由他自己决定。

刚走到医生办公室门口，正撞上从里面出来的宋乔生，他的表情看起来很是严肃，眉头蹙紧，见到她，他没给她机会开口，牵了牵唇角歉意道："临时有点急事，今晚没法带你出去了，抱歉！"

他俯身在她额上落下一吻，而后转身出了科室。

苏顾然站在原地，看着他渐行渐远的背影，凝眸，她敏感地察觉到有哪里不对，可是哪里呢……

晚高峰。

被堵在路上，宋乔生有些烦躁。

原本难得有机会，终于可以把苏顾然带出来，却偏偏在临下班的时候接到了一通陌生来电，电话那边女人的声音于他而言算不上陌生："宋乔生，别来无恙。"

又是胡静颜。

宋乔生蹙眉,"什么事?"

胡静颜笑,"还不是想和宋大医生你共进晚餐吗?"

也不和她浪费时间,宋乔生直截道:"我没时间。"

胡静颜倒也不恼,笑意盈盈,"别拒绝得这么快啊,不是为了我,为了苏顾然,啧啧,这女人的人生可真是够坎坷的……"

她去查了他,而且不只是他!

"六点,云景酒店,我在那里等你。"

车开开停停,迟了半个多小时,宋乔生终于到了云景酒店,按胡静颜发来的房间找去,推开门,果然见到胡静颜坐在里面。

见他进来,胡静颜翻着手中的菜单,问他:"要吃点什么?"

"不用了。"

宋乔生的回答语气有些生硬,胡静颜抬头看了他一眼,合上了手里的菜单,交给一旁的侍者,"就这些吧。"

侍者离开,屋里只剩下了他们两个人,在胡静颜的对面坐下,宋乔生直截了当地问:"你找人查了我?"

胡静颜坦然承认,"是,不查不知道,原来你和你前女友的故事还真是有趣,你们明明十年都没有联系,你却还一直对人说你有女朋友了。"

"与你无关!"

胡静颜不屑地轻笑了一声,"苏顾然是吧?复读了三年,终于考上了A医大,父亲是杀人犯,现在还在监狱里,你说如果我把这消息在你们医院公开了,她的人生会不会更坎坷一些？"

她在威胁他！

过了十年，苏顾然好不容易从十年前的阴影中慢慢走了出来，如果这件事再被传开，无异于将她再推落下悬崖。

他沉了声音："你想要什么？"

胡静颜得意地笑，这么长时间，终于轮到她来提条件。

她将后背靠向椅背，双腿交叠，不急不忙道："也没什么，就是最近缺个男朋友，觉得你还算合适，等到我玩够了，自然会把你甩了，到时候你再去找你的苏顾然也不迟啊。"

有两秒钟的安静，宋乔生看着她，目光平静到有几分冷清，"说完了？"

视线触及他面上的表情，胡静颜的心里不由一紧，"说完了。"

"胡小姐，每个人都有一些不想被人知道的事，顾然如是，胡家亦如是，你又何必如此咄咄逼人？"

胡静颜冷哼了一声，"不是每个人都有像苏顾然这样难看的事，你说胡家，胡家怎么了？"

宋乔生一字一句道："偷窃资料、盗用研究成果，倒不知是谁更难看一些！"

胡静颜的脸色一变。

十年前古月盗用了钱氏制药的研究成果，抢先一步推出新药，使钱氏在研究上投入的巨额资金无法收回以致破产，这件事是她父母精心策划的，她也只是后来听说了个大概，具体细节她都不清楚，宋乔生又怎么会知道这件事？

仿佛一脚踏入了一个无底深渊，胡静颜看着眼前的宋乔生，忽然觉得可怕。

她以为她抓住了他的软肋，她以为她就要赢了，可这个人，他明明早已知道古月当年的黑幕，却一直等到她将自己全部暴露后才最终开口。

"你没有证据。"她故作镇定道。

宋乔生看向她，四目相对，这一刻电光火石，"你可以试试。"

短暂的交锋，却是胡静颜先偏了目光，她不敢。

胜负既定。

宋乔生起身就要离开，眼见着他伸手去拉开门，胡静颜怎么也不甘心，她亦站了起来，对着他的背影大声喊道："宋乔生，你真的以为苏顾然会回到你身边吗？别做梦了，十年前E院急诊室，是你爸的误诊害死了她母亲，她永远不会原谅你们的！"

宋乔生正要开门的手一顿，"我不会信你的。"

"不信的话你可以去问你父亲，他该比谁都清楚！"

"砰"的一声，宋乔生出了房间，狠狠地带上了门。

静谧的夜，月明，星稀。

住宅楼下，宋乔生靠在车旁，看着自家的楼层亮着的灯光，前所未有的犹豫。

他知道胡静颜的话不值得信，更何况是在她被气急的情况下，他不应该因为她的胡言乱语而去怀疑自己的亲人，可是不知道为什么，他却有了一种害怕的感觉，不敢去求证，如果她说的是真的……

他无法控制自己这样想。

还记得刚回国那日,走廊里,他曾向苏顾然问起过她母亲的事情,当时她只说了五个字:"心脏病突发。"其余的,她什么也没提。

如果胡静颜说的是真的,如果她母亲的离去真的和他父亲的失误有关,当时她又该是一种什么心情?

在下面犹豫了许久,宋乔生终于还是上了楼。

开门的是母亲,客厅里,他的父亲坐在沙发上看着报纸,见他回来,宋母忙问他吃过饭没有,他的心思不在这里,含糊应了一声就让母亲忙别的去了。

他走到沙发前,父亲自报纸后抬头看了他一眼,"回来了。"

"爸,我有些事想问你。"

宋乔生的语气十分严肃,宋志民闻言,又仔细地看了他一眼,收起了报纸,"你说吧。"

宋乔生抿了下唇,却还是开了口:"爸,苏顾然的母亲在十年前去世了。"

听到宋乔生提起这件事,宋志民很快意识到了什么,"你到底想说什么?"

宋乔生看着父亲,"有人说她母亲是因为你的误诊而离世的,爸,是吗?"

终于还是问出口了,宋乔生仔细观察着父亲的每一点变化。

宋志民站了起来,额上的皱纹深陷,情绪明显不对,已然有些恼了,"谁告诉你的?"

"我只问你是不是真的?"

"是不是苏顾然告诉你的?"

"是不是真的?"

两个人的语气越来越重,情形一时很僵,在别的屋收拾东西的宋母听到动静赶忙跑了出来,"怎么了?有什么话不能好好说非得吵吗?"

随后是一段时间的沉默,宋乔生看着自己的父亲,心中其实已有了答案,却又不免抱着一份侥幸,多希望事实并非如此。

"那天晚上她母亲和另一个人一起被送到急诊,当晚急诊医生不够,初步检查后我决定先救情况更紧急的另一人,但后来发现自己的诊断被那人的颅脑外伤干扰,以当时的情况,这样的失误也是没有办法……"

原来是真的……

他看向一旁的母亲,"这些,你也早就知道了对吗?"

母亲别开了目光,默认了。

"为什么不告诉我?为什么全都不告诉我?"

"我们也是为了你好!"

"为了我好?"宋乔生怒极反笑,"为了我能安分地在美国学习,所以你们就要让我和苏顾然断绝音信?她在你们眼中是麻烦可于我而言从来不是这样!"

宋乔生看着自己的父母不由冷笑连连,"真是谢谢你们了!"

他说完,推开门就出去了。

他的身后,宋母焦急道:"怎么就成这样了,他怎么会知道这件事?"

宋志民冷哼了一声,"除了苏顾然还有谁会和他说?早就知道这个女孩不是善类!"

他的面色阴沉得厉害,开口,声音中带着决绝:"无论如何,绝不能让乔生再和她走到一起!"

从家里出来,原本只是开着车漫无目的地在街上乱转,可开着开着却又开到了苏顾然家楼下。

十年前的事情,他的父母瞒着他是怕她拖累他,而她亦从未向他提及过,这样的隐忍甚至都已不似他当初认识的那个苏顾然!

一日之内,父亲、母亲还有他接连丢下她,始料未及的剧变,那时的她该是何其绝望。

他站在她家的楼下,抬头看着她所在的楼层上亮着灯的窗户,他的脑海之中不断闪过他们重逢后的一幕幕。

为什么不说呢?顾然,为什么不告诉我你有多委屈?

若不是因为胡静颜去查了我们,我是不是永远也不会知道当初究竟发生了什么,也永远不会得到你的原谅?

原谅,谈何容易。

微风起,树影婆娑。

夜很静,可人心喧嚣。

手机的铃声突兀地响起,宋乔生拿出一看,竟是苏顾然的来电。

他有些惊讶,接起,"顾然?"

电话那边,苏顾然忽然沉默了。

从下了班到现在,她一直在犹豫要不要打这个电话,关于明天他的手术,她还是想告诉他她今天所听到的议论,可他们现在的关系这么尴尬,她一时又不知该如何开口。

"我……"

该怎么说呢？直接说陈主任其实并没有那么支持他做明天的手术是不是太突兀了？

感觉到她的犹豫，宋乔生知道她有话想和他说，不由问："顾然，怎么了？"

"我今天听到蒋海成和主任说话了，他们在说你明天的手术……"

没想到她会和他说这个，宋乔生还是耐心地问："嗯，怎么了？"

"他们听起来都不太支持这台手术，你要不要……再考虑下？"

宋乔生应："嗯，我知道。"

"你知道什么？"

隔着电话看不到苏顾然的表情，但宋乔生猜她此刻一定有些紧张，他开口："我知道他们不支持。"

他不过是新来的医生，风头却快要盖过科里的主任，作为领导，主任必定会想要用失败杀杀他的风头，所以才会同意他去冒这个风险。

他不喜欢权力争夺，却并非不懂，但不管是因为什么，只要主任同意了，他就可以去做这台手术，这于他就足够了。

他知道苏顾然也担心手术的风险，担心一旦手术出现问题会影响他以后的职业生涯，但是他早已仔细研究过病历，如果因为担心风险而放弃治疗这个病人，于病人而言太过可惜。

他安慰苏顾然道："别担心，我都明白，谢谢你还会为我担心。"

苏顾然很快反驳："我不是在担心你，我是担心那个病人!"

微扬唇,宋乔生轻应一声:"嗯,谢谢你担心我的病人。"

此刻的宋乔生让苏顾然觉得有些奇怪,她猜不出是因为什么,但就是觉得奇怪。

她蹙眉,"那我挂了。"

宋乔生没有出声。

"我真的挂了啊!"

他突然开口:"顾然,我很想你。"

顾然,我很想你,我一直在想你。

想当初那个无忧无虑有点任性的你、想现在这个依旧固执清高的你。

"顾然,你有没有想过我?"

电话那端,苏顾然默然。

又是何必,一句想过或没想过又能有多大区别?

"你明天还有一台大手术,今晚早点休息吧!"

苏顾然很快挂了电话。

楼下,宋乔生抬头看着那扇窗,目光中藏了太多的不能言说。

顾然,晚安。

第八章
我们怎么会失败

天亮。

A院内充满了大事来临的紧张气氛,这一日的医院里异常热闹,记者、摄像以及其他医院的人员在院里来来往往,墙上的电视也都被早早地打开了,只等直播这一场意义非常的手术。

最年轻有为的神经外科医生、最复杂高风险的垂体瘤切除手术,众人瞩目。

神经外科原本今日同时间段的两台手术都被推迟,全科上上下下都对这台手术极为重视,也因这是难得的病例,主任特许所有学生来看手术的直播。

大概是因为这台手术的分量,大家此刻都不由有些紧张,看着屏幕上病人被推进了手术室、麻醉师开始为病人进行麻醉,学生们三两成群的小声讨论着,一面对着教科书、一面研究着这次的病例,最终莫不摇头叹息,太难了,着实太难了!

一群旁观者内心已然有些担忧与焦虑,然而电视里,面对着镜头,宋乔生却是异常平静与镇定地站在手术台旁,目光专注,心无旁骛。

麻醉开始起效,病人体征平稳,宋乔生向一旁的助手伸出手去,"手术刀。"

手术开始了。

由于肿瘤的蝶鞍上部分大,这次手术只能选用开颅的方法完成,助手已经用碘伏消毒后铺巾完成,宋乔生接过手术刀切开皮肤与腱膜、游离皮瓣、撑开切口、切开骨膜、锯开额骨……

一系列动作,宋乔生完成得干脆漂亮,动作利落,又让人觉得稳妥放心,手术进行得异常顺利,待到看着他切开蛛网膜、放出脑脊液的时候,教室里有学生禁不住低声感叹了一句:"如果将来我也能有宋老师这技术就好了!"

说完又不由咋舌,想到宋乔生也不过只大他们几岁而已,人和人的差距果然是大!

进一步牵开额底,显露鞍区,终于露出了视交叉池,待到看清里面的情况时,所有人莫不倒吸了一口凉气。

从片子上大家早已看出这垂体瘤很大,然而真正亲眼看到的时候却还是被吓了一跳,肿瘤的周围密布着血管与神经,一不小心就会造成无法补救的伤害!

先时还表情平静的苏顾然此时也不由蹙紧了眉,她看到电视上,手术室里的其他人眼神中也充满着担忧,风险太大了,更何况是在这样万人瞩目的压力之下,稍有差池……

苏顾然的手在桌子下面不由紧握成拳,她在心中暗念,宋乔生,你到底是有多自信?

"双极电凝。"

助手将工具递给宋乔生，宋乔生熟练地对肿瘤包膜进行了处理，接下来就到了关键的取出肿瘤的步骤。

电视机前，苏顾然凝眉注视着电视，专注程度不输于此刻台上的宋乔生，只希望宋乔生千万小心，顺利地把肿瘤去除。

宋乔生开始剥离了。

周围满是血管和神经，宋乔生的动作谨慎之余又必须干净利落，一点、再一点，他小心地清理着肿瘤周围，手术的进度相比于之前被放慢了许多。

教室里安静得惊人，在这个关口，大家几乎都屏着气在看着屏幕，那样的紧张，没有人敢在这个时候多说一句话。

手术进行得似乎很是顺利，剥离肿瘤的工作完成了大半，众人正要松口气的时候，却突然，有血不知道从什么地方渗了出来，很快充满了手术视野。

"抽吸！"

宋乔生一面对助手下指令，一面飞快地向组织中塞入凝血纱布，可是血很快漫了过来，取出再放，不行，再放，还是不行……

他的眸光微沉，在那一瞬间，他忽然想起昨晚，他的父亲对他说，十年前的诊断因为病人的颅脑外伤而被干扰……

颅脑外伤……

大概，那时也是这样血流不止的情景吧……

……

这血出得有些古怪，很快，血压、血氧饱和度开始全面下降，监控仪响音报警，情况急转直下。

电视画面前，苏顾然看着这一切，心里猛然一蜷，手上一紧，指甲嵌进了肉里，她却好像没了知觉。

手术室里，镜头前，宋乔生还是没能完全止住血，其他人皆有些慌了，一切没了头绪，偏偏这台手术干系太大，所有的所有都被直播出去呈现给了外面的人。

这台众人瞩目的手术，本院的领导、外院的领导，还有那么多同事、病人的关注……

在这一刻，所有的压力一齐袭来，或许从开始的开始，他们就不该相信这个年轻的医生能够完成……

现在，该怎么办？

"把摄像机关掉！"

慌乱之中，一个人的声音有些突兀地响起，众人闻言，皆循声望去，却见宋乔生手上的动作没停，外科医生良好的心理素质在此刻显露无遗，他镇定道："把摄像机关掉！"

一旁的手术护士会意，伸手按下了摄像机的开关。

突然，画面一片漆黑。

这一瞬间，苏顾然只觉得自己的眼前也变得一片漆黑。

教室里有长达两分钟的寂静，而后，不知是谁先开的头，议论声渐起。

"刚刚到底发生了什么？"

有还没回过神的，说话的时候表情里满是惶恐。

有反应快的答道："病人出血很厉害，宋老师似乎……还没能止住血。"

闻言，众人不由倒吸了一口凉气。

而后是很长一段时间的沉默，直到有一个很微弱的声音问道："你们说……宋老师能成功完成这台手术吗？"

没有人回答，每个人的脸上都写满了担忧。

医院里炸开了锅，不只因为这台年轻海归医生力保的手术出现了紧急情况，更因为他在这种时候敢擅自切断直播，手术室外的众人对里面的情况一无所知，原本来观摩手术的外院同仁此刻也只能面对着一片漆黑，院领导的脸色有些难看。

手术直播被意外终止，苏顾然这一班的学生也只好回到科室里如常上班，可说是如常，在这种情况下，大家的心都是悬着的。

时间在忙碌中过得很快，手术室那边一直到下午三点半都没有任何消息，已经过了六个小时，手术还没有结束，虽然担心，但苏顾然更明白这或许是一个好消息，这意味着尽管艰难，但宋乔生应该已经挽救了关摄像机时的那个危机，手术才得以进行到现在。

只是现在呢？一切还顺利吗？

她正想着，从医生办公室里迎面疾步走出科室里的一名主治医生冯易良，他一抬头看到苏顾然，正好叫住她："同学，你去一趟手术室告诉三号台，那边手术晚二十分钟再开始准备。"

说完，冯易良快步走向了病区里面，大概是他的哪位病人出现了紧急情况。

苏顾然放下手中的东西，转身就往手术室的方向走，发现手术室外的等候区等着几位带着相机的人，是记者，应该也是在等宋乔生手术的结果。

她推开手术室最外面的门走了进去，换了手术服，找到手术室的人，她将冯易良手术推迟的事告知。

前后不过几分钟的时间，要从手术室离开的时候，她路过宋乔生所在的手术室门口，不禁驻足。

一门之隔，却像是两个世界。

里面现在怎么样了？

手术室的门在这个时候突然开了，从里面走出一人，待到苏顾然抬头看清那人面容之时，两个人皆是一怔。

宋乔生。

因为刚经历了一台长时间的手术，他的神色中带着些许疲惫，推开手术室门的时候就看到一个熟悉的身影站在外面，没想到真的是她！

宋乔生眼中的惊讶不加掩饰，苏顾然觉得有些尴尬，哪里知道怎么会这么巧！

两个人站在原地大眼瞪小眼长达半分多钟，还是苏顾然先绷不住了，小心地开口问道："手术……做完了？"

宋乔生轻应了一声："嗯。"

苏顾然迟疑了一下，还是问："怎么样？"

她尽量控制自己的表情平静，然而眉眼间神色的紧张还是泄露了她心中的担忧。

宋乔生悉数收于眼底，心里竟因她这抹担忧泛起了些许温暖，他不由抿唇，忽然莞尔，他开口："我们怎么会失败？"

简单的七个字，音容之间皆是暖意。

苏顾然闻言一顿，微仰头与他视线相接，他的眸光清澈明晰，眼底映出她的模样。

我们怎么会失败……

我们……

她几乎是下意识地向后退了一步，别开目光，有些牵强地笑了一笑,她应道:"是啊,你们这个手术团队那么厉害,怎么会失败?宋老师,我还有事,先走了。"

宋乔生从手术室里一出来就被几名记者围住了,面对记者们的盘问,宋乔生应对得倒也从容,只简单的一句"虽然过程有些波折,但目前为止结局还是好的"概括。

回到科室里,宋乔生先去了主任办公室,虽然知道手术成功的消息必然已经传到了主任耳中,但于情于理他还应该亲自去告知并且表示感谢,毕竟自己临时关掉了摄像机,那个时候科主任也一定承担了不小的压力。

办公桌后,正看着不知道什么文件的主任听到敲门声抬起头来,见来的是宋乔生,主任心情很好,招呼着他进来,满面笑容道:"小宋,你手术成功的事我们都听说了,非常好,以后继续努力!"

这倒是真心话,这次手术若是不成,那便是杀一杀宋乔生这个新人的威风,若是成了,提高了A院神经外科的知名度,他这个做主任的也风光,无论哪样,对他而言都没太大坏处。

宋乔生微笑回应,主任继续道:"往后工作上有什么需要帮助的直接来找我就可以。"

宋乔生其实就在等这句话,他开口:"主任,这次来我其实有一个不情之请。"

"哦?"

没想到宋乔生早有想法,主任看着他问道:"是什么?"

宋乔生抿唇,似有些许为难,"主任,咱们科里现在有一批本科实习生来轮转。"

第八章 我们怎么会失败

这件事主任自然知道，主任应道："嗯。"

"我想带一个学生。"

这其实原本不该是多为难的事，只是宋乔生虽然能力足以胜任，但他刚刚到院里不久，自己也算半个新人，没有特殊情况这一年适应期是不带学生的。

主任很快明白了他的意思，"那个女学生？"

宋乔生倒也没有回避，坦然地点头承认了。

宋乔生这段时间可以说是院里绝对的热点人物，他的花边新闻作为一科的主任自然也有所耳闻，主任的面色微沉，"小宋，不是我想说你，但你和女学生之间的确不宜牵扯不清，影响不好。"

主任的话说得已然有些直白，倒是宋乔生面色未变，那样的冷静与从容与他方才在手术台上的表现如出一辙。

"我和她并没有牵扯不清。"

主任蹙眉，"那你这是……"

宋乔生看着他，眸光平静又透着坚定，在主任不解的目光中缓缓启唇道："我认识她二十二年了。"

主任的脸上露出了难以掩饰的讶然。

而宋乔生继续道："我比谁都知道她能成为一名多优秀的医生，我也比谁都知道她想成为一名多优秀的医生，我只希望在这不长的一段时间里，我可以尽我所能，帮助她实现她的愿望，因为她配得上。"

苏顾然下班又下课回到家里的时候已经不早了，钱倩倩正坐在那里看电视，见她回来，钱倩倩一指桌上的餐盒对她道："你的晚饭。"

苏顾然放下包走过去一看，是本市一家高级饭店安辰酒店的饭菜，不由有些惊讶，她看向钱倩倩，问："你买的？"

钱倩倩不以为然地一扬眉，"当然不是，公司里庆祝宋老板手术大获成功，高层掏钱请员工们吃的庆功宴，我们部多了一份，我就带回来给你了。"她说到这里一顿，原本游移在电视上的视线忽然转过来望着苏顾然，"总归你才是最该庆祝的那个人。"

钱倩倩话中的意思苏顾然怎么会不明白，不想争辩什么，她没有说话，只是默默地去厨房拿了一双筷子，安静地坐下来开始吃晚饭。

她饿了，尽管钱倩倩故意拿话噎她，但是她还是能好胃口地把饭吃下去。

苏顾然的平静倒是让钱倩倩不平静了，她关掉电视，走到苏顾然的面前，"你知道吗，今天公司上下都在关注着宋乔生的手术，得到手术成功的消息时几乎所有人都在赞叹，宋老板果然不负众望。"

这样的场景苏顾然又怎么会想象不出？她从科里离开前，手术成功的消息终于传到了他们班里，她的同学们莫不欢呼雀跃，赞美之词不绝于口。

这就是宋乔生，现在的宋乔生，一贯的宋乔生。

钱倩倩看着面无表情的苏顾然，继续道："我身后的两个女员工当时就在小声议论，不知道宋老板有没有女朋友，漂不漂亮、温不温柔，不管怎么样，能遇到宋乔生那一定是一个幸运儿！"

幸运儿……

正嚼着一棵娃娃菜的苏顾然一不小心就咬着了舌尖，不是那种刺入骨髓的疼,只是格外的磨人,过了许久那种微痛的感觉还萦绕在舌头上,就像这么多年,一个人的时候,每当想起宋乔生这三个字,心底那份说不清道不明的难过就会久久不能散去。

前途无量的医学精英、上市医药公司的创始人之一,宋乔生这样的身份,大概所有人听说了他们的事都只会觉得她苏顾然是一个幸运儿,似乎只要和宋乔生在一起,未来就会多么地美满,最起码比起现在,一定会有一个翻天覆地的变化,就像是灰姑娘终于穿上了水晶鞋,可是,可是啊……

她伸手拿过一旁的纸巾,擦了擦嘴,这才抬头对上钱倩倩的目光,"我想要做的从来都不是什么'幸运儿'!"

这么长时间以来,她其实宁愿他们都只是当初那个高中学生,然后他们一起努力,一起变得更好。

就算宋乔生是王子,她也不会是灰姑娘。

可不知不觉之间,什么都不一样了。

又来了,钱倩倩看着冥顽不灵的苏顾然翻了一个大大的白眼,她的话犀利到有些刻薄,"苏顾然,你不是自卑了吧?"

钱倩倩原本只是随口一说,没想到一向在她面前嘴又硬又毫不示弱的苏顾然在这一刻忽然没了声音。

钱倩倩看着她凝了眸,似乎很认真地在想些什么,半晌,忽然出声问她:"如果晋维宇现在出现在你面前,你会觉得自卑吗?"

晋维宇,晋城集团的少爷,很多年前,钱家还安好的时候、钱倩倩还是大小姐的时候,晋维宇是与她门当户对的男朋友。

钱倩倩曾玩笑般说起那个时候的自己与晋维宇,一个傲慢任性、一个薄情淡漠，倒也算是"般配"。

钱倩倩总说那个时候自己与晋维宇不过是因为家庭原因而被拼凑在一起的，后来钱家不在了，他们的关系自然也就不在了，自钱家破产的那天起，钱倩倩再没联系过晋维宇，晋维宇也从未联系过她。

眼下，钱倩倩蹙眉，似平常那般没心没肺地笑，"不一样的，顾然，不一样的，总归晋维宇不是宋乔生。"

用二十多年的生命去喜欢一个人，这样的事情放在晋维宇身上，想想就只会让人觉得可笑，让人想要惊叹，怎么可能？

钱倩倩了解晋维宇，比她以为的还要了解。

她顿了一下，低下了头，停顿了片刻，似自言自语一般喃喃道："我也没有那么喜欢他。"

第八章 我们怎么会失败

第九章
没有什么失去是承受不起的

周四。

在科室里已经转了两天，大致的情况学生们都已经熟悉，科室里主要负责他们实习的主治医生陈知一同这一班的学生又简单交代了下科里病人的情况，每个人主要跟一个病例。

说完这些，陈知一就让大家散了，苏顾然跟着人流正要往外走，没想到被陈知一叫住了，"苏顾然，你留一下。"

突然间，所有人都转过头来看向她，目光之中夹杂着嫉妒。

不管陈知一要说的是什么，所有人里只有苏顾然被叫住了，其他人只怕陈知一连名字都记不住，她怎么总是那个最特别的？

被留住的那一刻，苏顾然的心里其实就已经隐约猜到了是什么事情，果然，陈知一打量了她一眼，随后开口对她道："你在科里的实习不由我负责，宋乔生会带你的。"

她的第一反应是想质问陈知一为什么，然而话到了嘴边，她却又生生咽了回去，扬起唇，礼貌而客气地对陈知一道："我知道了，谢谢老师了。"

苏顾然去医生值班室找宋乔生报到的时候他正在写着昨天手术的那个病人的病历，她轻敲了几下门，随后进了屋走到宋乔生的身边，恭恭敬敬地叫了一声"宋老师好"。

医生值班室里还有其他几个医生，听到苏顾然脆亮的声音都回过了头来奇怪地看着。

苏顾然的心思宋乔生又怎么会不懂，他拿起桌上的另一本病历递给了她，他开口，声音中带着疏离感："去熟悉一下这个病人的情况。"

他说完，随后低下头继续完成自己手上的病历，简洁得让一旁的苏顾然一愣，半响才应了一声："好。"

这个病人是六号床，一位不到六十岁的女人，因头痛、不明原因多次呕吐、肢体无力及突然开始的癫痫在下级医院做了初步影像检查，显示颅内有病变，肿瘤，刚来到A院，还在做进一步的检查以便确认。

这名中年女人叫陈虹，人看起来精瘦干练，因为病情的原因，脸色及精神状态都算不上很好，耐心不足，第一次去查看病情的苏顾然只觉得并不太好接触。

病床上，陈虹将手掌用力压在额上，看上去并不舒服，大概是头疼。

苏顾然觉得有些不对，不由担心，"我要查看一下您的瞳孔。"

她掏出手电正要做检查，没想到陈虹直接转过了头去，说话直接毫不客气："你们实习生要练手去找别人，别在我这

第九章 没有什么失去是承受不起的

里晃悠！"

苏顾然一僵。

一旁，陈虹的家属赶忙道歉："不好意思，我妈她现在不舒服，心里不痛快，你别介意。"

苏顾然蹙眉，她看着陈虹很是担忧，可陈虹态度坚决，她也没有办法，只好去找宋乔生，偏巧拉开门，她正撞上宋乔生要进来。

苏顾然简单地和他说了一下情况，听到是自己的主治医生要做检查，陈虹这次倒是同意了。

宋乔生的动作利落，手上翻开眼皮，手电照过，瞳孔反射还正常。

将手电收回到白大褂兜里，宋乔生询问道："这次头疼多长时间了？"

一旁的家属赶忙答道："早上一睁眼就说疼了。"

"跟之前比更疼了吗？"

陈虹蹙眉，想了想，"疼。"

家属在旁边焦急地问道："医生，我妈到底是什么情况啊？"

"还得看影像结果才能下结论"，宋乔生看向一旁进来换药的护士，"病人如果有什么变化立刻来找我。"

跟着宋乔生从病房里出来，因为之前在陈虹那里碰到的钉子，苏顾然的情绪有些低落。

病人对实习医生不够信任其实也算是人之常情，可这不过是一个瞳孔检查，同样是二十六岁，宋乔生却能够比她更熟练，更让人信赖。

拐过一道弯,来到一个走廊的死角里,宋乔生忽然停下了脚步,转过身来对她道:"等会你去影像科看看陈虹的CT结果出没出来。"

苏顾然轻应了一声:"嗯。"

她无意间细微的表情泄露了她的心思,宋乔生自然明白她在想什么,轻叹了一口气向她走近了两步,原本苏顾然刻意留下一米远的距离被缩短到了一步之遥。

宋乔生问她:"学过瞳孔检查吗?"

"嗯。"

"做给我看。"

苏顾然一怔,抬头看着他,"没有病人。"

宋乔生说得干脆:"把我当作病人。"

拿自己的老师练手,这几个字滑过脑海,苏顾然觉得不太合适,可既然是宋乔生提出来的,多一个练习的机会也是好的,她也不必推拒。

从兜里拿出手电筒,她伸出手正要去够宋乔生的眼皮,因为身高差距,苏顾然必须踮着脚尖才能看清他的瞳孔,他们之间的距离很近,近到苏顾然忽然有一瞬的恍惚,就好像是很多年前在学校走廊的某个拐角里,她好不容易磨着他答应了周末陪她一起去打工,她看着宋乔生脸上那种拿她完全没有脾气的表情,心情大好,踮起脚吻上了他的……嘴角。

不对,苏顾然,你在想什么?

强迫自己集中精力,她抬手以拇指和食指快速撑开宋乔生的眼睑,手电打过,瞳孔缩紧,避光反射正常。

她随后放开了手,却在这时觉得腰间一紧,整个人就被扣进了宋乔生怀里,头上一沉,是宋乔生的下巴颏压在了她的额上。

和他离得那么近，简直就是"羊入虎口"。

索性这周围并没有人来往，苏顾然没有挣扎，她告诉自己如果动静太大一定会引来别人的注意，到时候更没法收场，可心里真正的原因到底是什么她也说不清。

他的胸口很温暖，苏顾然轻靠在上面，无喜无悲。

他只是抱着她，紧紧地抱着她，她觉得似乎应该说些什么，可是在这样的时候，又有什么是该说的？

她的手上是还没来得及收起的小手电，苏顾然重复按着手电的开关，开、关、亮、暗，一遍一遍，地上闪过一次又一次的亮斑。

她每一次按下开关的时候都会有轻微的"嗒"、"嗒"声有规律地响起，像是计时器，不知疲倦。

宋乔生将她拥紧在怀里，可是越是用力，却觉得顾然离他越远。

这么多年，大洋彼岸，半个地球的距离他都从没觉得遥不可及，可是此刻……

沉默。

最怕的莫过于沉默。

并不是真的没话可说，可是她想说的他其实都明白，这世上再没有一个人能够比他更了解她，了解到让人绝望。

片刻的时光在沉默中变得悠长，终于，宋乔生松了手，他向后退了两步，重新拉开两个人之间的距离，偏开目光就像是刚才的一切都没发生过一般，他开口道："去影像科把陈虹的片子拿回来吧。"

苏顾然连眼也未眨，"好。"说完，她抬手将手电放回了白大褂的口袋里。

影像科在外科大楼的地下。

出了电梯，苏顾然走到影像科的前台，对坐在电脑前的医生问道："请问神经外科陈虹的结果出了吗？"

那医生抬头见她穿着白大褂，一面在桌角摞好的片子里找着，一面随口问道："你是神经外科的？"

苏顾然轻点了下头应道："轮转到神经外科了。"

那医生也就不到三十岁，估计也是刚毕业来工作不久，听她说自己是在神经外科实习的本科生，顿时来了兴致，双眼放光地看着她问道："你们班是不是有个叫苏什么什么的，和神经外科新来的特别厉害的那个医生宋乔生有点什么？"

好事不出门，八卦传千里。

周围的人也都看了过来，目光中满是好奇。

在这种地方，这个时候被人问起这样的事情，苏顾然说不出是尴尬还是难堪。

"没有。"两个字，干干脆脆、冰冰冷冷。

"没有？"那医生有些惊诧，一面将片子递给她一面继续问道，"怎么会？不是说宋乔生特别偏袒她，还帮她系鞋带什么的……"

他的话还没说完就被苏顾然打断了，她举了一下手里的片子示意他，"谢谢。"

说完，转身就走。

那医生还不明白到底是怎么回事，只觉得眼前刚走的这个小医生脾气有点怪，一边的另一名女医生捅了捅他的手臂，表情有些难看道："你没看过网上的照片吗？刚刚那个就

第九章　没有什么失去是承受不起的

是苏顾然!"

那医生一怔,看着苏顾然身影消失的地方,半晌发出了一个单音节:"啊?"

随后又喃喃自语道:"不像啊,我还以为这苏顾然得是个什么样的角色才能被那个宋乔生看上,真是不像啊……"

回到科室将CT结果交给宋乔生,苏顾然向他身后站了站,拉开老师与学生的距离。

打开观光灯,胶片上的影像立时变得清晰,宋乔生看着检查结果,眉心皱紧,结果不容乐观。

额叶的胶质母细胞瘤。

这种细胞瘤在CT片子上很容易分辨,肿瘤中央部位的密度减低区域,周围为环形异常强化的肿瘤组织,特点鲜明,苏顾然看在眼里,不禁开口问道:"还有办法吗?"

宋乔生没有说话,只是摇了摇头。

并没有什么真正的好办法。

星形细胞肿瘤中恶性程度最高的胶质瘤,浸润性生长,如果不治疗,患者只有几周到几个月的生存时间,现在陈虹的肿瘤还可以手术治疗,将额叶切除大部,但即使是这样,术后复发率是非常高的,只能延长时间,不可能彻底治愈。

苏顾然不由一声叹息,做医生最怕的大概就是这样了,倒是宋乔生更平静一些,将片子收好,他对苏顾然道:"去和陈虹的家属说,要尽快手术了。"

将情况向陈虹的家属说明,他们的脸上都多了一分阴云笼罩,陈虹的儿子沉思了片刻,问:"手术以后大概能延长多长时间？"

苏顾然谨慎地答道："这个说不准，手术效果好的话几年，不好的话可能也就几个月。"

"几个月？"陈虹的小女儿在旁边被吓了一跳，用手捂住嘴看样子快哭出来了，她的哥哥揽了揽她的肩膀安慰她，又问苏顾然道："那手术的风险有多大？"

苏顾然抿了下唇，如实答道："肿瘤的恶性程度很高，脑组织有水肿和坏死，要切除额叶的大部分，风险还是很大的，而且时间越晚风险越大。"

"可能……下不了手术台？"

毕竟陈虹也是六十岁的人了，被病痛折磨的人身体也很虚弱了，苏顾然看着他，点了点头。

家属的眼中更暗淡了几分，"我们还要再和母亲商量一下。"

苏顾然自然了解，"可以，但请你们在今天下午三点前给我答复，不然手术就要再往后排了。"

"好。"

中午休息的时间到了，从科室里出来，她走向食堂的路上，无意间看到了一个特别的人。

人来人往中，那个人十分显眼，他身形高挑，一身银灰色的西装剪裁合体，周身有着一种特别的气场，不愧是大家族的继承人。

苏顾然不由觉得真是巧了，她昨天才刚和钱倩倩提起过他，没想到今天就在这里见到了。

晋维宇，晋城集团的少总，钱倩倩的前男友。

第九章 没有什么失去是承受不起的

从前晋维宇同钱倩倩还在一起的时候，晋维宇曾去过钱倩倩学校几次，每一次都是高档轿车接送，在他们的学校门口格外显眼，也因此，学校里的人大多都认识晋维宇，苏顾然也不例外。

她与晋维宇不过只是见过，晋维宇并不认得她，她之所以对晋维宇有所熟悉也不过是因为后来同钱倩倩住到一起，听钱倩倩偶尔提起以前的一些事罢了。

因为钱倩倩的缘故，苏顾然总觉得晋维宇薄情，钱家破产以后他竟然连半个字都没同钱倩倩说过，可是在这一点上，当事人钱倩倩倒是很看得开，反问苏顾然道："就算他来找我，我们又能说些什么？祝钱家早日东山再起？还是祝我找到真爱？"

苏顾然与钱倩倩向来人生观不合，冷笑了一声道："你们在一起一年多，他就连一点想说的都没有？"

钱倩倩坦然地点了点头，"应该吧。"

苏顾然追问："为什么？"

钱倩倩耸肩，"因为他对外人薄情呗！"顿了顿，又补充道："不过如果不是因为他薄情，我们那时候也不可能在一起。"

苏顾然蹙眉，"什么意思？"

钱倩倩看似不以为意道："他以前有一个女朋友，和他从小一起长大，只不过那女生的家庭条件达不到他母亲的要求。"

"所以就分了？"

钱倩倩扬唇，像是在笑，却更像是一种无奈，"所以就分了，苏顾然，你别用那个表情看着我，其实这根本就没有什么,放下和忘记一个人并没有那么难,不是每一个人的记性都那么好,最起码不是每一个人的记性都像宋乔生一样好。"

十年的念念不忘,其实谈何容易。

钱倩倩长了一副伶牙俐齿,总能一句话戳进她的心窝里。

苏顾然无言,钱倩倩想了想又补了一句:"其实你的记性比他还好,只可惜感情不是账,正正负负、加加减减,记得越清楚,这份感情也就越沉重,更何况你们二十多年的细枝末节,都变成了负担。"

感情不是账……

想起昨晚钱倩倩的话,苏顾然在心底轻叹,她明白钱倩倩的意思,其实就是想告诉她,十年之前发生了什么、谁欠了谁什么并不重要,在这一点上,她应该放过宋乔生,也放过她自己。

谈何容易。

更多的时候,忘记比记得还要艰难。

苏顾然站在原地有些走神,再仔细去看的时候晋维宇已经进了外科大楼,她不由有些奇怪,上市公司集团副总为什么会在百忙之中来到医院?是看望熟人还是他自己……

如果是熟人,又该是什么样身份的熟人能让他这样费心?

答案在下午被揭晓。

午休过后回到科室,她就觉得周围的人似乎都在议论着什么,她去找宋乔生的时候发现宋乔生并不在医生办公室,冯易良对她道:"宋医生和主任去院里开会去了。"

消息最灵通的就是在科里轮转的学生,陈京不知道是从哪里听来的消息,很快就在科里传了开,"院里来了一个很重要的病人,现在确定不了病因,有关科室的大拿们都去会诊了。"

有好奇的人围着他问:"什么重要的病人啊?"

"晋城集团的女董事长!"

晋维宇的母亲!

如果说一点也不惊讶那是假的,原来晋维宇今天中午之所以会来是为了他的母亲,可是他的母亲怎么了?

确定不了病因,为什么会确定不了病因?

她正想着,陈虹病房那边来了动静,宋乔生不在,苏顾然赶忙和冯易良一起跑了过去,病床上,陈虹挣扎着要坐起来,嘴里不住地说道:"今天有两个病人要下大手术,那些小护士应付不来,我赶紧得去看看!"

这话倒是让苏顾然有些意外,陈虹原来是医院里的护士长?

她的病很重,根本没有力气,手上还连着输液的管子,哪里坐得起来?

一旁的子女阻拦她,小女儿一个劲儿地跟她解释:"妈,您都退休几年了,没有大手术,也没有病人,您病了,您好好休息吧!"

陈虹听到这话一怔,"退休几年了?我才四十几岁怎么就退休了?"她看着自己的儿女,眼里尽是陌生,"你们是谁?"

意识障碍,时间和空间的错觉。

将陈虹安置好重新入睡,一干人离开了病房,走廊里,冯易良对家属道:"必须尽快手术了,我会去告诉你们的主治医生,争取把你们母亲排在明天上午。"

苏顾然注意到听完这话,陈虹的家属脸上并没有出现赞同与激动,反倒是有些为难的样子,她很快明白了,对冯易良道："冯老师，他们还没有决定要不要做手术。"

"还没有决定？"冯易良吃了一惊，"不做手术命就没了，这种情况还需要决定什么？"

陈虹的子女们相互对视了一眼，最后还是大儿子站了出来解释道："母亲她不想做，她是一个对人对事十分苛求的人，讲求完美，她说如果这样做完手术也延长不了多久的生命，生命质量还没有保证，一旦复发就要更受罪地躺在医院里，那还不如就这样……"

他没有再说下去，冯易良和苏顾然已经懂了。

能延长多久的生命谁也说不准，复发的可能性是极高的，病情的后期一定会十分受罪，陈虹如果以前是护士长，在医院里待了那么久，见了那么多，自然是明白的，更何况可以看得出，这个家庭算不上富裕，这样还能为自己的子女省些钱……

从这个角度来讲，陈虹也没什么错。

冯易良想了想，只是说："试试总比不试好，还是有希望控制一下病情的。"

总比不试好……

陈虹的家属低了头，沉默，气氛一时有些凝重。

看到这样的场面，苏顾然忍不住开口道："这世界上哪有什么所谓完美的办法？可是无论如何她都应该试一试，因为生命本身就是这个世界给我们的最完美的礼物，她还有你们，还有那么多值得她留恋的人和事，如果这样她都放弃了，她就配不上'完美'这两个字！"

在场的人忽然转过头来一齐看向她。

"可是……"

陈虹的家属还有些犹豫，毕竟是他们母亲自己的意愿，就这样违背……

倒是苏顾然更为坚决，她注视着他们道："你们的母亲出现了意识障碍，她已经没有办法决定做不做这个手术，但是你们可以，要么现在跟我去签手术同意书，要么回去在最后的时间里守在你们母亲床前看着她越来越衰弱，由你们选择。"

一语出，陈虹的家属没有立即说话，几个人以目光相互询问，最终还是大儿子出声道："好吧，我们愿意试一试。"

得到了肯定的回答，苏顾然这才松了口气，偏头看向冯易良，面上多了一分欣慰的笑意。

吃惊于她方才的坚决与气势，冯易良看着她，眼中第一次有了不一样的神色。

手术同意书终于签完了，苏顾然和冯易良再去病房查看陈虹情况的路上，冯易良忽然转过头来问她："你是不是经历过什么？"

没想到冯易良会这样问她，苏顾然心里一紧，面上还是装作没事一样笑了笑，"我能经历过什么？不就是考学升学呗！"

冯易良扬起唇角摇了摇头，"你刚才说话的时候可不像！"

说话的时候？苏顾然蹙眉，努力开始回想，她刚刚说了什么特别的吗？

似乎……没有吧？

"我只是在尝试着说服他们，我还觉得词有点老套呢！"她说着，不好意思地笑了一下。

冯易良没有再说些什么，只是轻摇了摇头。

不是的，其实并不是在于她刚刚说了什么，而是在于她说话时的神态和语气，他看到她眼中的光芒，那样的坚决与肯定，面对着生命的态度，她哪里像是一个只有二十多岁、没经历过什么世事的学生？

这边，苏顾然微低下了头。

其实真的又有什么？不过是十年前那一天顺便学会的道理。

那一天，她的世界里就像是经历了最骇人的恐怖袭击，袭击过后的世界一片狼藉，她对未来所有的计划和期待在这一天分崩离析。

那一天，她看着母亲，脑海中不停地闪过一个念头：为什么躺在那里的不是她？

对事苛求，苏顾然亦然，若非如此，她也就不会复读三年只为考到这里，她总是希望所有的人和事按原有的轨迹运行，该怎么样就怎么样，可是那一天，所有的事情都失控，而她，束手无策。

她也想过软弱，想过放弃，然而转念又一想，这世上真的就没有任何值得她留恋的吗？

不是，只是她觉得那些都已经离她远去，她仅剩的梦想和希望都已经离她远去。

有多远？

这世上再没有一种距离能远过生与死，再艰难的路，走下去总有出口，可是生命啊，一旦放弃就真的一无所有。

直到后来、直到今天，她承受了那么多她原以为自己承受不起的失去，为了自己生命中仅剩的光芒，她终于站在了这里,以一个不同的身份来到医院里,在梦里,她偶尔会回到那一天,她会觉得庆幸,为自己那一瞬间的勇敢。

比起生命,没有什么失去是承受不起的。

第十章

当初我们害怕的分离

宋乔生是直到下班前十五分钟才回来的，这一次的会诊竟然进行了整整一下午，可见晋维宇母亲的病情的确复杂。

他一回来，就在忙着写今天的病历，苏顾然走到他身边他也没有抬头，只是问："怎么了？"

"陈虹的家属签了手术同意书。"

"嗯。"宋乔生应了一声，"我会让手术室去排手术。"

苏顾然点头，"那我先走了。"

到了下班时间，苏顾然换好衣服从医院里出来，也不知道因为什么，今天的公交车格外难等，站在车站足足半个多小时才来了一辆，因是晚高峰，上面已经挤满了人。

好在苏顾然不胖，仗着自己身材优势，生生挤上了这辆车。

一路在"夹缝"中艰难生存，苏顾然咬牙忍过，然而没走几站，公交车竟然抛锚了！

所有的乘客被迫在路边下了车，这里处在两个公交车站中间，离哪个都不近，苏顾然正犹豫着是往前还是往后，一抬眼看到了熟悉的大厦，这里离她十年前住的院子很近，也说不清是因为怀旧了还是怎么样，她忽然起了心思想要回去看看。

沿着街巷走过去，很多年没来了，这周围的路并没有什么太大的变化，因为临近国宾馆，路两旁都是高高大大的银杏树，枝叶繁盛，正值晚春，叶子正绿，到了秋天会金黄一片，漂亮极了，是城里的一景。

这是原来她父亲工作单位的家属院，宋乔生的母亲也在这家单位工作，两家的住房都被分到了这里，因而他们从小在一个院子里长大。

小的时候，他们院子里的孩子常会捡些银杏叶、银杏果什么的回去玩，也就是因为院子里外这些树，她从小就没觉得银杏是一个多珍贵的品种，还是后来，上了学，她才听说原来银杏号称是"活化石"。

人有的时候就是这样，在身边看多了，也就不觉得珍惜了。

进了院子走走看看，原来她所住的楼已经被推翻重盖了，从前熟悉的院子现在也有了陌生感，身边走过的那些陌生面孔以一种无声的形式在告诉着她，一切都不一样了，这里已经没有什么旧可以让她感怀。

轻叹一口气正要离开，一回身却遇上了一个熟悉的人，宋乔生。

见她出现在这里，宋乔生的面上也带着几分惊异，"顾然？"

院子不算大却也不小，而且这个时间点，苏顾然也没想到会这么巧，有些尴尬地解释道："我只是路过，就进来找小超市想买瓶水。"

宋乔生似是了然地一扬眉，又问："买到了吗？"

买水不过是她找的托词罢了，被宋乔生这样一问，她先是下意识地摇头，又赶紧点头，只想赶紧离开。

宋乔生却不管她那么多，抓住她的手腕带她走，"跟我来吧，超市重建，改地方了。"

改到了院子的另一边，苏顾然刚才没有注意，此刻站在超市门前，她不禁觉得这变化的确够大。

进了超市随意拿了一小瓶水，结了账，苏顾然和宋乔生道了谢，以为终于可以说出"再见"那两个字，宋乔生却抢先她一步道："既然回来了，就再转转看吧。"

苏顾然怎么会答应？干脆地回绝道："不了，天快黑了，我得赶紧回去了。"

"一会儿我送你回去，应该不会耽误你多长时间。"

苏顾然面无表情道："那样太麻烦老师了，还是算了吧。"

她想借"老师"二字与他划清界限，可同样的招数用多了，宋乔生早就有了免疫。

"求之不得。"

宋乔生看着她，简单的四个字堵绝她的出路。

苏顾然默然，就听宋乔生继续道："你应该很久没回来过了吧？我也很久没有好好转过这个院子了，走吧！"

一路上苏顾然始终很安静，和宋乔生故地重游其实并不合适，故人、故地，总带着别样的回忆，她只是拒绝不了，不只是言语上拒绝不了，其实心里也并不是那么想拒绝。

如果不是宋乔生，她又能和谁一起来这里故地重游？

真是奇怪的逻辑。

走走停停，宋乔生看着那些新盖起的楼，总是会和苏顾然说起这些地方原来的模样，这些苏顾然大多是记得的，也有一些印象并不是那么清楚了，只能借着宋乔生的描述朦胧忆起，她想起钱倩倩说"并不是每个人的记性都像宋乔生那么好"，这样看来，宋乔生的记性果然很好。

来到小花园，苏顾然发现这里似乎并没有什么太大的变化，亭子还是原来的亭子、长凳还是原来的长凳，只是这周围的地砖已经被人撬开，看样子也要重建了。

宋乔生迈过地上的泥，走向了一条长凳，坐下。

苏顾然跟了过去，坐在了长凳的另一边，和宋乔生之间隔着一个人的距离。

他偏过头看着她，"你还记得中考结束的那天吗？"

中考结束的那天，她同他也是坐在这里，坐在这条长凳上，他还记得那天他们穿着同样的校服，她的表情中带着烦躁和懊恼，嘴里不停地念叨着："怎么办怎么办怎么办怎么办？我英语选错了一道阅读！"

他想安慰她，拍着她的肩说："一道阅读两分而已，不会有什么太大影响的。"

她哭丧着脸道："这次写作文时间不够，字有点潦草，万一阅卷老师心情不好，宋乔生，我们的同学生涯就到此为止了！"

他们报的同样的志愿，要是这两分一个不凑巧……

宋乔生心里一紧，"你别瞎说！"

她原本担心得要命，此时发现宋乔生比她还紧张，心情一下好了许多，反过头来安慰他道："你也别太担心了，我其他的考得都还可以。"

而且后来，苏顾然的确就凭着这个"还可以"又成了宋乔生的同学。

结果未知的那个时候，他们是那么害怕分离，可是现在，一条长凳，各坐一端，她觉得无措只想离开。

一旁，苏顾然云淡风轻地笑了笑，"记得啊。"她抬头看着天空中淡淡的白云，想了想，忽然问："你说如果我们那个时候就分开了，现在是不是就没有那么难过了？"

他偏过头看着她，"你还会难过吗？"

分别十年，还会难过或许就是好的。

苏顾然扬唇，那种半笑不笑的弧度，她开口："会的，会很难过我们只剩下过去了。"

她话中的意思他听得分明，只剩下过去，她其实是想说他们之间已经没有未来。

可是现在说未来未免太远，宋乔生没有接话，只是看了看表说："时间不早了，我饿了，我们去吃点什么吧。"

苏顾然摇了摇头，站起身来，"倩倩她还在等我回去吃饭。"

宋乔生却早有准备，"她没有和你说吗？她们这几天要加班。"

S&N这几天在准备一个重要的项目，全体加班，他虽然不参与公司这方面的事务，不过因为是大项目，公司的进程他还是清楚的。

苏顾然摸出手机，果然看到一条未读短信，是钱倩倩的，点开，简单的几个字："加班，晚饭自便。"

她将视线从手机屏幕上收回，面前的宋乔生微弯起唇角，不给她任何拒绝的机会，他开口说："走吧。"

宋乔生带她去了最近的麦当劳，这么多年，附近的饭店生意不好，拆的拆、改的改，倒是这家麦当劳一直还在，对面还开起了一家肯德基。

在前台点餐，两个人各点了一份套餐，营业员指了指前面的宣传纸板对他们说："套餐升级成大号的加十元送这样一对情侣的钥匙扣。"

情侣，这个词真是让人尴尬。

苏顾然赶忙摇了摇头，哪知宋乔生却说："可以，把我的那份升级就好。"

饭钱是宋乔生直接全付了的，他端着餐盘在前面带着她上了二楼找了个位置坐下，苏顾然拿起托盘中的小条，算过了价钱还钱给他，宋乔生没有推拒，收下了。

他很清楚苏顾然的性格，那种固执又清高，他知道在这种时候她只想和他算得越清楚越好，他成全她，只为了能让她在和他相处的时候更自在一些。

他将钥匙扣给她，"你从前不是最喜欢收集麦当劳的这些小礼品吗？"

他还记得从前每次开心乐园餐的小礼品换新，她总要把全套集齐才肯罢休，开始一套四五个的时候还好，后来一套八九十个，她妈妈不让她总去吃麦当劳，她就来磨他帮她收。

她不太会求人，这种时候总是很没新意地抱着他的胳膊一脸虔诚的笑，看着他，"乔生，我知道你一定会帮我的对不对？"

乔生，我知道你一定会帮我的……

从前他听到这句话总觉得头大，因为一般她这样固执又要强的人找他帮忙总没什么好事，可是现在，他是那么怀念那个时候她对他那样的信任，看到她难过他是那么想帮她，可更多的时候，他什么都不能说，什么都不能做，因为他很清楚，现在他的帮助都有可能变成一种伤害。

像是为了避嫌一样，宋乔生将两个钥匙扣都给了她，说来不过是一对钥匙扣，再推来推去未免矫情，苏顾然收下了。

饭吃到一半，原本因人少而比较清静的二楼里传来了有人笑闹的声音，苏顾然回头循声望去，是穿着附近中学校服的两名学生，一男一女，桌子上摊满了作业本、练习册之类的，两个人面对面坐着，隔着一张桌子，女孩站起来探出身子努力地想去够那个被男生举在手里的小册子，口中念念道："快把答案给我！"

昨日今夕，似曾相识。

也是这家店、也是这层，有一次数学竞赛前，他们在这里复习，她卡在了一道选择题上，涂涂抹抹、勾勾算算了两张A4纸竟然也没算出来，他在旁边看着，时不时逗她说："我告诉你答案吧！"

苏顾然哪里肯，一个劲地推他："不许说不许说！"

大半个晚上苏顾然都在算这一道题，怎么算最后都差点，把她自己气得都快哭了，宋乔生看着既无奈又心疼，指了指算式里的一个加号说："你第一个式子求导求错了，这是减……"

她一看，还真是！

从一开头就错在了最简单的地方，而她又觉得这么简单她怎么会错？白费了一晚上的时间，还委屈得不行，宋乔生

第十章 当初我们害怕的分离

在一旁看着只觉得哭笑不得。

这回苏顾然真是要把自己气哭了，她抬起头看着宋乔生，千言万语汇成一句："你怎么不早说！"

宋乔生："……"

后来那一次数学竞赛，他们两个都获了个什么奖来着，可是后来，奖状发到学校的时候，他们两人一个远赴异国他乡、一个转学不知道去了哪里。

之后一次偶然的机会，宋乔生听以前的同学沈安说起那次升旗仪式表彰颁奖，副校长特意前来，读了三个获奖的名字，两个都不在，剩下那个男生一个人站在台上尴尬得要命。

也是那次升旗仪式之后，全校的人都在传言中知道了这对从前的金童玉女已经分别，天南海北，各自一端。

那边的情侣闹得正欢，他们这边的气氛却越来越沉寂，苏顾然索性先开口问道："对了，听说你们今天下午去会诊了？"

"嗯。"

"晋维宇的母亲？"

宋乔生抬头看了她一眼，表情倒也算不上意外，只是说："你们消息倒是灵通。"

苏顾然笑了笑，"这么多人满医院走，总能听到点风声的。"她停顿了一下又继续问，"情况怎么样？"

宋乔生摇了摇头，"症状很多，但可能的病因前前后后都被排除了。"

因突发癫痫就诊，而后出现了间歇性的神经症状，从多发性硬化一路排除到血管瘤，因为患者脑子里原有小囊肿被判定为良性，病人更担心手术为自己带来的损伤而没有进行切除，血检和CT平扫又没有检查出其他异常，使得诊断又多了几分难度。

这倒是让苏顾然不禁有些意外，"还没有结论？"

宋乔生依旧是摇头。

几个科室主任与专家会诊了整整一下午竟然还没有得出结论，看来晋维宇母亲这一次的病的确不同寻常。

"那晋维宇母亲的病情怎么样了？"

"目前还在努力控制，但是不知道病因，很难判断还能控制多久。"

是啊，找出病因是根本，不知道病因一切都只能是走一步看一步，一旦病情有所变化只会让所有人措手不及。

苏顾然蹙眉，迟疑了一下，还是问道："那你……有没有什么猜想？"

宋乔生拿起一根薯条，蘸了蘸番茄酱，神色中有几分犹疑，"没有根据，猜想就是没用的，现在说还太早。"

如苏顾然一般熟识宋乔生，她猜出了这个表情代表的含义，问他道："你是不是和其他专家意见不合？"

没想到被苏顾然这么快看了出来，宋乔生颇为无可奈何的一耸肩，承认了。

他觉得晋维宇母亲现在的症状是由新的疾病引起的，可找不到根据，大多数专家更愿意相信是之前的良性囊肿情况发生了变化，造成了脑功能受损。

"有几个人支持你的看法？"

宋乔生没有说话。

没有。

苏顾然明白了，现在病因未定，他同其他专家意见不合，而前去会诊的所有专家中他应该是资历最轻的，这种状况下他要衡量的因素有很多。

的确棘手，苏顾然心里也不禁为宋乔生感到担忧，但面上还是积极乐观的样子，"没事，我觉得你很有可能是对的！"

她的语气很是确定，让宋乔生有些惊讶，"为什么？"

苏顾然很认真地想了想，很认真地说了两个字："直觉。"

钱倩倩加班回家的时候已经很晚了，苏顾然正复习着诊断学，见她进屋，如常问道："今天怎么样？"

钱倩倩打了个哈欠，一面躺倒在沙发上，"累死了，公司在准备一个新药上市，全公司上下忙得团团转，以后加班的日子还长着呢！"

之前宋乔生只说这几天加班，没想到钱倩倩却说加班的日子还长，苏顾然觉得有些奇怪，"啊？那员工不得怨声载道啊？"

钱倩倩一面活动着脖子一面说："这就是这些年轻的老板们厉害的地方啊，在那里工作的时候不仅没觉得累反倒觉得还挺励志的，大家都干劲十足。"她叹了一口气，又小声地加了一句："钱氏从前就没有这样的氛围，我父母他们总相信那句'重赏之下必有勇夫'，一切都靠钱来摆平，后来公司的人心也就不齐了，要不然那个商业间谍也就不会那么容易得手了……"

对于当初钱氏的破产，苏顾然知道钱倩倩一直没能释怀，这也是她学习生物制药专业、执意进生物制药公司的原因，倒不是对从前在钱家优越生活的怀念，是一种不甘心，为自己家族的不甘心。

虽然钱倩倩自己也很清楚以她现在的能力想要再建起一个钱氏几乎是不可能的，可是她不甘心就这样放过那些用卑鄙手段害她们钱家破产的人，苏顾然知道钱倩倩看似漫不经心的外表下其实一直在等待着什么，她等待着自己成长、成熟，也等待着一个时机。

这些事情对于苏顾然而言太过遥远，她并没有接话，只是留给钱倩倩时间自己去细想，很快，就听钱倩倩又打了一个哈欠，而后问苏顾然道："对了，你们今天上班怎么样？有宋乔生在你是不是被格外地特殊关照了？"

钱倩倩原本只是一句玩笑话，没想到苏顾然叹了一口气道："全班那么多名学生就我一个被单分出来跟他了。"

"这么好？"钱倩倩啧啧惊叹，又像是忽然想起了什么，问，"对了，宋乔生他爸是不是也在你们这个医院来着？也不知道他爸要是知道了会是什么感想？"

钱倩倩说这话完全是以一个看热闹的心态说的，可说者无意听者有心，想到宋志民，苏顾然的心底微寒。

是啊，她先前还真是忘了，宋志民也在这家医院，这段时间她和宋乔生之间的桃花新闻宋志民不可能没有耳闻，她家家变后，尤其是她母亲的事之后，宋志民不可能会同意宋乔生再和她走得那么近，宋乔生和他的父亲之间……

苏顾然忽然有几分担忧。

注意到她异常的沉默，钱倩倩和她相处了这么久，还是很了解她的，不由蹙眉，有些嫌弃道："喂，苏顾然，你不会是在担心宋乔生和他爸因为你闹掰了吧？"

苏顾然没说话，就听钱倩倩一脸不屑地嗤笑："苏顾然，你也知道宋志民压根就没告诉宋乔生你母亲的事，当年为了让你们分开,他妈不惜临时买机票让宋乔生出国,谁知道现在他们又会用什么办法?你还在这里替人家担心!"

苏顾然忽然开口打断她:"钱倩倩,如果现在告诉你晋维宇的母亲生病了,你会替她担心吗?"

都是前男友父母的问题,钱倩倩知道苏顾然常常用晋维宇和宋乔生来作类比,想让她也"感同身受"、"换位思考"一下,只是她从没有真正在意过,她对晋维宇的感情与苏顾然对宋乔生的相差太远,担心晋维宇的母亲?那她未免太自作多情!

她不以为意道:"为什么要担心?"

听到她这样说,苏顾然似是放心了一般道:"那就好,我正要告诉你,晋维宇的母亲病了,现在在我们医院,各科专家会诊还没确诊病因。"

足足过了得有半分钟,苏顾然听到钱倩倩说了一句:"是吗?"

第十一章
顾然，我想找回你

陈虹的手术在第二天下午进行。

手术进行前，冯易良正好遇见宋乔生和苏顾然，他玩笑般地对宋乔生道："这台手术你可得仔细点做，这是苏顾然向患者家属全力争取来的手术！"

他们说话的时候，科室的另一名医生蒋海成刚好进来听到冯易良的话，他有些好奇地随口问道："什么手术？"随手拿起宋乔生放在桌子上的病历看了一眼，"胶质母细胞瘤？"他蹙眉，"这种瘤子手术价值不太大，后面不停地放疗化疗，一旦复发更是痛苦，不如安然过好生命最后的一点时间，还能少痛苦几天。"

蒋海成的说法实在太过消极，苏顾然听着有些不满，反驳道："随着病情一天一天的恶化也是会越来越痛苦，左右都是痛，还不如放手一搏，没准还能搏出一分生机！"

她的语气很是激进，很是符合她的二十几岁的年龄，蒋海成放下病历看了她一眼，见她只是个实习生，目光就似是在看着一个孩子,微挑眉不置可否道:"也许吧。"态度却明显是在敷衍。

苏顾然看着蒋海成,尽管对他的态度不满,却也无法再说什么。

气氛一时有些僵,还是宋乔生先出声对她道:"我们走吧。"

一路上苏顾然一直低着头没有说话,宋乔生知道她还在想刚才蒋海成的话,想了想对她说:"劝陈虹手术这件事你没有做错,在这件事上我和你是同一个观点,她的病还没有到最糟糕的情况,尚可一试。"

苏顾然轻轻应了一声:"我知道。"不然宋乔生根本就不会做这个手术。

看来仅赞同她的观点并不能很好地激励她啊,宋乔生看了她一眼,又说:"而且我觉得陈虹很有可能会恢复得不错。"

苏顾然突然抬起头有些期待地看着他,"为什么?"

宋乔生很认真地想了想,又很认真地答道:"直觉。"

"你真是……"苏顾然看着他,哭笑不得。

虽然在医院实习已经一年半了,但对于苏顾然而言能进手术室的机会并不多,更何况是只有她一个学生同老师进手术室的机会,虽然只是观摩,但进手术室前的准备她做得格外认真。

手术室的大门打开,病人已经实施了麻醉,苏顾然默默地跟在宋乔生身后站到手术台旁,头顶上是无影灯强烈的光线,眼前是医院新进的显微手术的设备,而手术室的中心是一条鲜活的生命,可以因为他们的作为而变得更美好的生命。

在这一刻,医生这个特殊职业的神圣感与使命感涌上了苏顾然的心头,她想起她之前这么多年的努力,忽然觉得值得。

她想要做最好的,即使付出再多。

一台手术,宋乔生完成得从容,将肿瘤摘除,虽然周围会有水肿,但并没有影响到他,整个手术过程就像是在完成一个艺术作品一般,那样的流畅、细心。

被切除的部分额叶被放在托盘中的时候,苏顾然仔细地审视着,那部分组织说来不过半个巴掌大,却承载着一个生命的希望。

缝合头皮。

宋乔生的动作优雅从容,必定是在下面练过很多很多遍才能达到的熟练,苏顾然忽然意识到,对于这些年宋乔生在美国的经历,她亦一无所知。

她和所有的人一样,只知道他现在是前途无量的医学海归高才生,可是成为世界级大拿导师的学生、二十六岁前在国外攻下医学博士学位、《柳叶刀》的论文以及现在这样出类拔萃的手术技术,无论哪一样都是很多人努力许久都无法达到的。

"苏顾然,完成这个手术结。"

宋乔生忽然出声,让她有些意外,整台手术只差这一个结,他选择交给她。

打结是她已经练了很久的技术,此时宋乔生给她机会,她坦然接下宋乔生手上的持针器和线,两只手腕轻转,快速地完成了一个非常正的结。

手术顺利结束,宋乔生剪断缝合线的那一刻,手术室里响起了一阵掌声,麻醉师还有手术室的护士们早已见多了各种各样的手术，但是今天这个年轻的医生却让他们感到赞叹，他的手术做得干净漂亮，尽可能将手术创伤对病人的伤害降到最低，别人可能要做到晚上的手术在他这里一切按部就班、顺畅地提前了时间。

苏顾然也跟着鼓起掌来，这是她真心的祝贺。

出了手术室，摘下口罩，宋乔生对她道："结打得不错！"

被人夸奖，苏顾然却并没有表现出高兴，反而问："和你比呢？"

她的话挑衅意味十足，宋乔生看着她自信的样子，微牵唇角，忽然来了兴致，"想不想试试？"

这是"战书"。

正中苏顾然的心思，她爽快地应道："求之不得！"

同宋乔生一起去了练习室，找齐器具，一人一个模型，就比最初级的间断缝合，拼的就是基本功。

一切就绪，只等宋乔生的医生口令，苏顾然的双眼微眯，心底的那份好胜与信心在她眼中汇聚成最耀眼的光芒，她抬头的那一瞬间，宋乔生不由一怔。

很久没有见到这个样子的她了，自他回国见到她的第一面起到现在已经有不短的时间了，他从没有见到她露出这样的表情，就像很多年前的她，会在考试结束后还疯狂地算着一道数学题，只为了证明自己可以，然后向他得意地笑着说："我做出来了啊！"

那个倔强、不服输的姑娘，是她一直留在他脑海中的模样，这才是真正的苏顾然，那个带着灼灼光华的苏顾然。

"3、2、1，开始！"

开始的口令出来，苏顾然与宋乔生同时开始了手上的动作，计时三分钟，她心无旁骛，只专注于眼前的缝合与打结。

可她的身边，宋乔生的手上虽然一直没停，他却总是忍不住斜眼偷看苏顾然。

她身侧的窗户照进阳光，映着她侧脸的轮廓，那样的干净美好，她鬓边的碎发垂落，她却恍然未觉，只是继续做着手里的缝合。

很多年前，这是他们曾经设想过的场景，他们两个人，身穿着白大褂，并肩而立，一起练习着外科的基本技术。

不用多说一句话，因为他们的默契，彼此之间心中所想全都明白。

苏顾然的动作渐渐慢了下来，直至完成手里这最后一个结，她放下手中的器械，抬头看到宋乔生正注视着她，眸色深沉。

原本的"偷看"被人发现，宋乔生却一点避闪的意思都没有，就那样继续注视着她。

不对了，已经不对了。

她低下头，说了一句"我先回科里了"，紧接着就要离开，却被宋乔生突然从身后抱住，他强行将她的身体扳过来，正拥着她入怀。

"宋乔生，你放手。"六个字，苏顾然强压住自己心里复杂的情绪，以最平静而决绝的语气说出。

宋乔生没有说话，只是抱着她，没有放手。

怎么可能再放开？他找了十年，十年那么久，久到……

久到什么呢？

从最初的焦急、担忧，到后来的念念不肯忘，时光过得那么快，一转眼竟然就有了十年之久。

第十一章 顾然，我想找回你

他忽然笑了,"顾然,你知道吗?我在美国的时候,身边唯一两个听我说起过你的人告诉我,即使我能找到你,我也不可能再找回你了。"

找到,找回,两个词,相差甚远的含义。

他很可能找不回她了,这是他这么长时间以来心中的恐惧所在。

那年的冬天,他将她一个人丢在了这座城市里,他怎么也想象不出,这个姑娘扎着如现在一般简单的马尾辫,穿着他们高中的白色运动校服,在那个寒冷彻骨的急诊室里,是以怎样的形容熬过的那个夜晚。

他是那样地了解她,可是他却想象不出,他害怕看到她痛苦的模样。

他们啊,在那一天走失了。

他们那么努力地给彼此打了几十通的电话,可越是努力,越是徒劳。

都是错过。

从来没有想到,原来再也找不到一个人是那么容易的一件事,好像忽然之间,这个人就从你的生命里被谁给勾去了。

"可是我不死心啊,顾然。"

耳畔是宋乔生近乎叹息的一句话,苏顾然就听他继续道:"不是你亲口说的,我就是不死心啊。"

眼角染上了些许湿润,她开口,声音却冰冷:"我们回不去了。"

刹那间,死寂。

屋子里的温度似要降至冰点,空气都仿佛要被凝结。

苏顾然感觉到抱着她的那双手臂明显一僵,她也不知道究竟过了多久,她听到宋乔生说:"即使你说了,我还是不死心。"

他轻吻上她的眼睛,她被迫合了眼,眼泪终于流了出来。

他的唇沿着她的泪痕一路向下,停在了她的唇角上,这个吻里是他这十年的思念,那种纯粹的美好。

她的眼泪越下越快,她竭力想要控制却怎么也控制不住。

她哭了。

宋乔生看着心疼,小心地替她拭去泪水,只是怎么也擦不干净,他长叹了一口气,轻轻捧起她的脸颊,与她四目相对,神情是那样的认真,"顾然,我很想找回你,请你帮我,好吗?"

陈虹在术后进了重症监护室,这种手术之后病人一般在五到六个小时苏醒,苏醒时间是检验手术成功与否的重要标准,早就到了下班时间,苏顾然并没有回家,而是选择留在医院等着陈虹醒来。

宋乔生猜到了她会如此,去食堂为她带了饭菜回来,和同事换了班,留在医生办公室里陪她。

因为诊断学很快就要考试了,苏顾然抱着她的诊断学书在努力复习,她的嘴里念念叨叨,默背着知识点:"脑脊液化学检查:正常脑脊液内蛋白含量为20到40毫克/公升,当脑膜或脑实质有炎症、肿瘤等病变时,脑脊液蛋白质含量可增加,定性试验为不同强度的阳性,正常脑脊液内氯化物的含量为700到……到……"

卡住了!

到多少来着?她明明记得她刚才看到过,怎么就突然想不起来了呢……

"760毫克每公升。"一旁，宋乔生开口提醒她。

对了，就是760!

可紧接着，苏顾然转过头去怒瞪着宋乔生，"我马上就要想起来了!"

这反应跟他原先预想的真是一点也不差，宋乔生伸出手心情甚好地揉了揉她的脑袋，"这样吧，咱们两个交换着相互问，看谁卡住的次数最多怎么样?"

苏顾然有些不满地看着他，"神经这部分你是老师，欺负学生不太好吧?"

倒是宋乔生满不在意地一笑，"谁说就神经这部分了？范围是这本书上全部的内容，这些内容你是初学，而我则是有些部分许久不用，这样比下来总还算公平吧?"

苏顾然有些狐疑地看了他一眼，想了想，点头。

"来吧!"

苏顾然问他的时候竭尽全力避开他最熟悉的神经科内容，从循环系统到腹腔疾病甚至到生殖器，她倒真是一点也不含糊。

宋乔生也不和她客气，越问越细节、越问越刁钻，几次下来，两个人互有输赢。

苏顾然问到胸腔穿刺的时候，宋乔生忽然想起了自己第一次给病人做这个的经历，饶有兴味地对苏顾然讲了起来："虽然先前在模型上练了很多次，而且当时老师也在身边，但真到自己对病人动手的时候感觉还是不一样的。"

她点头，"我知道，就好像无论自己在家用猪皮练了多少次缝合，在急诊室真的面对伤者鲜血淋漓的伤口时感觉还是不一样。"

他赞同地应声，随后又似是有些惊讶，"猪皮？你真的用猪皮练缝合了？我记得你以前最讨厌生肉的味道……"

她也要生存、也要生活，现在的她哪里能像以前一样想讨厌就讨厌？

她轻描淡写带过："你也说了那是以前，然后呢？你的穿刺做得怎么样了？"

宋乔生同她说起自己在美国时的经历，苏顾然听得津津有味，待到他说起自己导师Wilson的一些尴尬事的时候，苏顾然笑得险些直不起腰来，她禁不住对他道："我觉得你说你不回美国，Wilson心里估计得高兴死了！"

后来夜深了，累了，苏顾然趴在桌子上就睡了。

这一觉睡得很深，待到她半夜因为觉得硌着不舒服，好不容易迷迷糊糊醒了过来，窗外是树影婆娑、风声作响，她揉了揉惺忪的睡眼，往四周一看，竟然只剩下了她一人，若不是此刻她的身上还盖着宋乔生的外衣，她恍惚以为之前留下来陪她的宋乔生都是她臆想出来的。

她忽然就醒了。

也不知怎么了，她的胸口处突然有一种空荡荡、空落落的感觉，就好像突然回到了十年前的那一天，她满面泪痕，拼命地给那一个手机号拨去电话，可怎么打怎么都是"您拨打的电话已关机"。

那是她很久不敢去回想的场景，这么多年，第一次，突然变得那般清晰。

那是他的离开。

她怎么找，他都不在。

"顾然,你醒了?"

耳边传来熟悉的声音,她猛地抬起头,看到他,随后别开了目光,轻应了一声:"嗯。"

宋乔生察觉到此时的苏顾然有些不对劲,不由担忧地问:"做噩梦了?"

苏顾然摇了摇头,没有说话。

"刚才有个病人有点情况,我去处理了一下。"

苏顾然目光怔怔地看着桌角,似是没在意般应了一声:"嗯。"

宋乔生走到她身边,坐下,看了眼表,随后道:"时间快到了,没什么意外的话,陈虹快醒了。"

苏顾然闻言抬头,揭晓结果的时候到了,她隐约有一点紧张。

的确没出什么意外,陈虹顺利地醒了过来,宋乔生为她做了一些检查,术后各项指标和功能均正常,苏顾然为她松了一口气。

接下来的夜晚就变得特别的漫长而难熬,明明已经很疲惫,苏顾然却怎么也睡不着了,趴在桌子上,眼前一幕幕晃过的尽是十年前碎片般的记忆,像是被解了禁一样,疯狂地向她袭来,都像是一场梦,让她分辨不出现实与虚无。

她转头,那边,宋乔生睡颜安然。

迷迷糊糊半睡半醒直到天亮,鼻端萦绕着浓浓的茶香,她睁眼,是宋乔生为她准备的。

接班的医生已经陆陆续续来了,宋乔生要去交班,她主动说:"我去买早餐。"

出了科室往楼外走,因为睡眠问题,她的脑子此时并不太清醒，却有一种感觉，好像有人正在盯着她看，那种目光算不上友善，她突然回身望去，只见远处似有一个衣着光鲜的年轻女子在注视着她，可是等她想要看清的时候，那个人却已经不见了。

她揉了揉额头，还以为是自己出现了幻觉。

心外科，主任办公室门外。

精心打扮过的胡静颜抬起手，轻敲了敲门，听到屋里的人说"进"，她才轻按下了门把手，进了房间。

一进屋，她先是站在那里，微笑着格外礼貌地对宋志民道："主任您好，我是前天和您电话里约过的，古月集团胡静颜。"

宋志民抬眼打量了她一番，"我记得，你是为你爷爷的病来的对吧？"他指了指自己对面的座位，"坐吧！"

胡静颜这才走了过去，还不忘客气道："谢谢您了。"

她费大心力查出了与宋乔生有关的一些情况，除了苏顾然父母的事情，能知道宋乔生父亲的情况也算是一大收获。

当年宋志民对苏顾然母亲的误诊就已经注定了苏顾然和他之间的关系不可能和睦，苏顾然恨他，他又怎么会让一个恨他的人进宋家的家门？

这就是胡静颜的胜算。

以她爷爷的病情作饵，接近宋志民，她自然有办法让宋志民认定她就是宋家最合适的儿媳！

她将自己爷爷的病情向宋志民详详细细地描述了一遍，其中内心的焦急与担忧之情溢于言表。

她一个年纪轻轻的小姑娘，为病重的爷爷如此担忧，宋志民也不由安慰她："也别太担心了，还是会有办法的，不过总要先见到病人再说。"

胡静颜看向他，眼中充满着期待，"我爷爷身体太过虚弱，来不了A院，能不能请宋主任您去我们家一趟？"像是怕被拒绝，她赶忙又补充道，"会有司机专程接送您，保证不会耽误您很长时间的。"

宋志民迟疑了一下，还是同意了，"这样吧，今天下午我正好没有手术安排，下班后可以去看一看病人。"

胡静颜惊喜地笑，"太感谢您了！"

到了下班的时间，胡家的车早就已经在A院门外等着了，胡静颜站在外科楼外，见宋志民出来，很快迎了过去，带着宋志民走到了车旁。

这一次来，胡静颜特意选用了一辆奥迪，最常见的商务车，并没有那样乍眼浮夸，但也重视了宋志民主任的身份，她一向懂得该怎么在这些细节的地方下功夫。

因为晚高峰，车在路上堵了一段时间，胡静颜一边不停地向窗外的车水长龙望着，一边转过头来充满歉意地对宋志民道："抱歉之前没有想到今天的路上会堵成这样，耽误您时间，请您别着急。"

宋志民先前心里是有些焦急，听胡静颜这样一说却反倒平静了下来，笑了一下对她道："你不用道歉，是我挑的时间，路上的情况也怪不得你。"

终于到了胡家。

是在市区里的独栋别墅，因为胡静颜先前报了自己的来历，宋志民此时倒也算不上吃惊。

跟着胡静颜进了胡家，门口的地方有早已为他备好的拖鞋，他换好，胡静颜引着他走过客厅，向上楼的楼梯处走去，在经过一套沙发的时候，家里的电话忽然响了，胡静颜向他歉意地一笑，赶忙去接电话了。

宋志民站在原地，无意间一低头，看到茶几上放着几张照片，最上面的那张是胡静颜摔倒时一个人用专业的手法试探着她脚腕的伤势，那个人虽然是侧脸对着镜头，但是宋志民还是认了出来，那是……

乔生？

胡静颜与乔生曾经见过？

那边胡静颜很快应付完这通电话，走了过来，见宋志民正看着茶几上的照片，解释道："这些都是我一两年前去美国的照片，今天翻出来刚好整理一下。"她说着，弯下身去，把她摔倒的那张照片压到了下面去，露出的照片是她在美国游玩时留下的。

宋志民犹疑地问道："刚才那张照片是……"

胡静颜不好意思地一笑，"就是我去参加一个制药公司的新品发布会，脚崴了一下，摔了，多亏当时在场的一个医生，说起来，后来都没什么机会当面好好谢谢他，还挺遗憾的。"

她停顿了一下，审视了一下宋志民的表情，从这个表情中，她看得出，她的目的达到了。

"宋主任，您跟我来吧！"

她将宋志民带到她爷爷的屋子里，老人家卧病在床已经有不短的时间了，先是神经系统出现了问题，后来心脏也有了毛病。

宋志民看过之后也只能叹了口气,"这情况比单听你描述来得复杂多了,目前也没有什么好办法,只能是维持,能维持多久也不一定。"

胡静颜的表情一下僵住,像是受到了极大的惊吓,此时有些心灰意冷。

她敛了眸,低声道:"谢谢您了。"

宋志民安慰她:"你也别太难过了,尽人事,听天命吧。"

胡静颜点头。

送宋志民回家的一路上,胡静颜的情绪一直有些低落,却还在强撑着笑颜,充满歉意地对宋志民道:"抱歉让您白跑这一趟。"

富家小姐里能似这般礼貌客气的并不多,几番下来倒让宋志民都有些不好意思了,"抱歉没能帮上忙。"

胡静颜赶忙摇头,"您别这样说,是我爷爷的病太重了,医生不是圣人,我懂的。"

这话引得宋志民不由一声叹息,"是啊,医生不是圣人,有的时候我们也会觉得自己很无能。"

"怎么会呢?最起码在我们家里一直都很佩服医生的,我觉得肯定有很多人像我们家一样。"

"哦?"这话让宋志民有些意外,"是吗?"

"是啊,因为医生身上有一种特别的神圣感,我妈还时常说,以后我要是能嫁给一个医生就好了!"

她将这后半句话说得像是一个玩笑,同时又确保要让宋志民听进去,语气拿捏得真是多一分也不对,少一分也不行,可偏偏她就是有这样的能力。

她看到宋志民眉眼间微小的弧度变化,心知自己已经博得了他的好感。

　　此时若是再多说就会有些过了，好在很快就到了宋志民家楼下，她下车将宋志民送至楼门口，晚辈对长辈的尊重之礼真是半分也不差，待到眼见着宋志民上了楼，她面上的笑容才卸了下来，一面揉着自己的脸颊一面坐回车里，将车窗摇下大半，她对司机冷声冷语道："先回胡家，然后你去云景酒店接厨师去。"她看了眼表，"一个小时之内必须赶到。"

　　对晋城集团董事长车玉英的第二次会诊时间比第一次还要长了一个多小时，宋乔生下班的时间也因此晚了许多，来到自家所在的院子门口，迎面正出来一辆奥迪，两辆车相对而过的时候，他无意间一瞥，从那辆车半摇下的窗户中看到了一张算是熟悉的面孔，胡静颜！

　　她为什么会出现在这里？

　　宋乔生的心里立即警觉了起来，若说是碰巧，他绝对不信。

　　回到家的时候，他仔细地打量了一下家里，并没有外人刚刚来过的痕迹，他的母亲看着他有些奇怪地问："怎么了？"

　　他摇了摇头，心中却并没有因此而觉得安心。

　　胡静颜，似乎从第一次见到这个女人的时候，他的心里就隐隐存下了一分戒备，若说原因，大概就是两个字：直觉。

　　后来她的所作所为的确证实了他的这个直觉，之前她拿着自己查出来的关于他和苏顾然的资料来威胁他，虽然他并不怕她的威胁，可他担心威胁不成之后的胡静颜会再做一些什么，不是对他，是对顾然。

　　胡静颜的好胜心也极强，大概因为家庭的原因，从小到大总是如愿,上一次他领教了这个女人的手段,她绝非善类,若她敢对顾然做些什么……

胡静颜,胡家……

宋乔生的眼微眯,透着危险的光芒。

一旁的母亲接过他手里拎着的袋子,问道:"今天怎么样?"

宋乔生含糊应了句:"还好,我累了,先去休息了。"说完径自向自己的房间走去。

他的身后,宋母眼见着他离开,不禁长叹了口气。

自从乔生知道了十年前苏顾然母亲的事以后,家里的气氛就大不如从前了,乔生一向懂事知分寸,从前虽也有不高兴的时候,却也从没有像这般,真是不知道这样的情况什么时候才能结束。

苏顾然啊,这个女孩子真是个祸害!

第十二章

一记耳光

陈虹术后的情况不错，在重症监护室三日之后又转回了普通病房。

苏顾然同宋乔生一起去查房，宋乔生进行了一些功能性的检查，都没有什么问题，他又向病人和家属做了一些简单的情况问询："这几天头还像以前那么疼吗？"

陈虹摇了摇头，她的儿子替她答道："没有了，这几天我妈的状态不错，不像以前一样总是抱着头了。"

宋乔生点了点头，"那就好。"

苏顾然在一旁看着也微笑起来，应该可以说这一次的手术成功了，切除肿瘤确实有了比较好的术后效果，宋乔生做得很好。

陈虹的家属对宋乔生很是感激，查房短短的二十分钟里不知道说了多少次感谢，还不停地在夸奖："宋大夫虽然年轻，但技术真是好，多亏了宋大夫了！"

整个手术过程中一直在宋乔生身边的苏顾然知道，这样的赞誉宋乔生当之无愧,但他只是淡淡地一笑,"客气了。"

跟在宋乔生身后正要离开病房,身后却忽然有人将她叫住:"苏医生,等一下!"

她有些惊讶地回身,就见病床上的陈虹注视着她开口:"不需要再检查一下眼底吗?"

检查眼底……

苏顾然听到这话先是一怔,但很快明白过来,上一次她要替陈虹检查眼底被拒绝,陈虹现在觉得自己当时的做法欠妥,因而想要弥补。

还有那句苏医生,"医生"二字称呼是对她的认可,先前陈虹觉得她不过是一个医学生,不会什么,检查也不过是在拿病人练手,但现在……

心里有一股暖流淌过,她看着陈虹,微牵唇角,摇了摇头道:"不必了,刚才宋医生已经把该查的都查过了,你现在恢复得很好,祝你早日康复!"

陈虹沉默了片刻,随后颔首道:"谢谢。"

苏顾然出了病房,身后,陈虹的大儿子追了出来,他再次将她叫住,在病房外面对苏顾然道:"我母亲知道是你劝我们选择手术以后一直挺感谢你的,但是她好面子,我就替她说了,谢谢小苏医生了!"

苏顾然面上依旧是平静的微笑,"客气了。"

转过身,她向前方正在等着她的宋乔生走去,她的手臂里抱着病历本,只觉得每走一步,自己的脚步都变得越来越轻快。

他偏头看向她,颇为无奈地开口道:"想笑就笑出来吧!"眼里却尽是温柔笑意,他是为她感到高兴。

苏顾然像是终于得到了解放一样，起初只是嘴角微微弯起的弧度，而后这弧度越来越大、越来越大，整个人都笑成了一朵花。

她之前的实习阶段大多时候都像是一个旁观者，有时打打下手，可是这一次、在这一位病人这里，她是不一样的，那种被需要的感觉让她心里满满的。

脑海中不断回想起当初宣誓时的医学生誓言，苏顾然不由背出了声："我决心竭尽全力除人类之病痛，助健康之完美，维护医术的圣洁和荣誉。救死扶伤，不辞艰辛，执着追求，为祖国医药卫生事业的发展和人类身心健康奋斗终生！"

她突然转过头去看向宋乔生，眸子里闪耀着期许和向往的光芒，"乔生，我已经等不及想要成为一名正式的医生了呢！"

突然之间，宋乔生一怔，先是震惊，而后很快变成了一种喜悦。

终于不再是宋先生、宋老师、宋乔生，他怀念的，她唤他的那个称呼，她在他身边时自由自在的那种感觉。

他的目光渐渐变得炽热。

反应过来自己刚才脱口而出了什么，苏顾然面色一僵，她很快别开了目光，"不好意思，老师，我只是想说我很想成为一名正式的医生。"

宋乔生看着她，眼中是浅浅淡淡的、没有消退的笑意，"没关系。"

对于她，他一向有耐心。

忙碌的一天。

下午的时候,宋乔生参加了对晋城集团女董事长车玉英的院内会诊,所有的专家们都已然不似平日里那般沉稳,各自意见分歧实在很大,又无法拿出一个定论。

到目前症状都并不典型,颅内压增高、血检极少指标的微小变化以及癫痫和间歇出现的神经学症状,没有明确的指征表明这是某一项特别的疾病,争议在所难免。

然而到了最后,却始终没有一个定论,因为没有人敢贸然站出来承担责任。

在整个过程中,宋乔生亦是沉默,直到最后,当副院长问到他的时候,他才简单地说了自己的意见:"血管炎,我觉得是血管炎。"

一语出,议论纷纷,他的意见与大家先前所考虑的肿瘤方向相差甚远。

副院长看着他认真地问道:"你有什么根据?"

"症状符合,还有MRI显示颅内压增高,颅内压增高引发神经学症状,可以解释得通。"

可这并不足够,"你要怎么证明?"

脑部的活检风险大,患者家属并不同意,可除此之外还有什么更好的办法?

"治疗,我们可以用类固醇对抗炎症,如果她有所好转就证明是血管炎。"

质疑之声随之而来,"如果不是呢?"

宋乔生说得平静:"那肿瘤的可能性就更大了一些。"

有专家反对:"胡闹!病人的情况已经很糟糕了!"

"但还能承受得起这一次治疗,就算是判断失误,我们也还来得及挽救,如果再晚,那就连这样的机会都没有了!"

宋乔生说得坚定，话音落，会议室里忽然安静了，大家都在思考着这个年轻的医生刚才所说的话。

已经进行了三个多小时的会诊在这个时候似乎终于看到了一些曙光，副院长见状，开口道："既然如此，那就如宋医生所言，开始抗炎症治疗吧。"

宋乔生同神经外科主任林卫国一起成为了车玉英的主治医生，为了方便查看病人的情况，车玉英被转到了神经外科的单独病房。

看到晋维宇出现在神经外科的病区里，先前并不清楚情况的苏顾然有些惊讶，紧接着就被宋乔生叫了过去。

连着几日手术再加上前天留下来陪她的那个通宵，宋乔生的脸上也出现了些许倦意，他揉了揉额角对她道："林主任和我现在是车玉英的主管医生，所以车玉英的病情你也要了解一下。"

"有诊断了吗？"

"血管炎。"

"你下的诊断？"

虽然是问句，但是苏顾然的心里已经有了答案，若非如此，宋乔生又怎么会成为车玉英的主治医生？

果然，宋乔生点了一下头。

"林主任赞同你的诊断吗？"

宋乔生沉默了片刻，随后只是说："不知道。"

那应该就是不赞同了，只是一时想不出更好的办法，索性等着看宋乔生治疗的结果。

苏顾然蹙眉，因为他的这句话而觉得有些紧张，她想了想,又问:"大剂量强的松治疗?"

"嗯。"

"我知道了。"

苏顾然说完,转身正要走,却被宋乔生叫住了:"没有别的想说了吗?"

她回身,抬眼望向天花板做出一副认真思考的样子,突然又看向宋乔生,扬唇,"我觉得你会是对的。"

宋乔生看着她的表情,他知道她想安慰他,就像她上次所做的一样,他原本有些烦躁的心里忽然变得温暖而安定了下来。

几乎让所有人都没有想到的是,这一次的治疗进行得异常顺利,注入强的松之后,车玉英的情况很快有了好转。

一时之间,宋乔生又成了院里最热门的话题,这个许多科室的主任和专家讨论了许久都没能得出答案的问题,被他这样一个年轻的医生轻松解决,院内哗然。

虽然经历之前的垂体瘤手术就已经见识过了这位年轻医生的厉害,但此番事态的发展还是让所有人大跌眼镜,连在食堂吃饭的时候,苏顾然听到周围的人都在议论这一件事。

然而她却并没有从宋乔生脸上看出有什么欣喜,她知道宋乔生是在担心车玉英的病情,事情进展得太过顺利,顺利到让人觉得蹊跷,她因而也时时去病房查看,只怕突然发生变化。

病床上,车玉英已经可以坐起身来进食,食欲不错的样子。

见苏顾然进去,她皱眉问:"你是?"

她自我介绍道:"我是宋医生的学生,来查看一下您的情况。"

车玉英了然地点了点头,"就是那个年轻的留洋医生?对了,你见到他的时候替我谢谢他。"

苏顾然又看了看车玉英,无论从神色还是情态上都已经好了太多,治疗真的起效了,并非仅是心理作用,她松了口气,应声:"好。"

车玉英的情况好转得这么快,起初苏顾然也有过一些疑虑,但此刻亲眼看着车玉英的状态的确很好,不由觉得自己大概真的是多心了。

去医生办公室将情况告诉给宋乔生,宋乔生正忙着翻找些资料,她简单向他汇报:"你的诊断很准确,她恢复得很好,超乎了所有人的想象。"

"不对,"听到这话,宋乔生却连连摇头,"我总感觉有哪里不对,就算她真的是血管炎也是非典型的血管炎,治疗过程太过顺利,如果真的只是这样简单的病情,我们之前那么长时间的犹豫未免显得毫无意义。"

苏顾然安慰他:"也许就是这么简单,大家之前没有想到而已。"

此刻也只能这样解释了,不然的话……

宋乔生没有说话,然而从他的神情中,苏顾然看得出他还在担心。

可事实证明,宋乔生的直觉是对的。

在一次换药的时候,车玉英突发大癫痫,比之前病情更严重,情况危急。

林卫国紧急召开科室的紧急会议,除宋乔生以外,科室里其他的医生没有级别限制,大部分也都参加了。

突然之间的变化,情况急转直下宣布了宋乔生治疗的失败,不是血管炎!

"现在可能性最大的就是肿瘤了,影像里没有找到新发病灶,应该就是那个原来被判定为良性的囊肿导致的了。"

仔细看过一遍病历之后,蒋海成说出自己的结论。

听到这话,蒋海成身边的医生也跟着点了点头,看来意见相同。

先时院内会诊,院内有些专家的意见也是这样,却在这时,宋乔生斩钉截铁道:"不对,不是因为那个囊肿!"

这次的CT影像和几年前的影响相比,那个不大的囊肿占位并没有什么变化,不应该。

林卫国蹙眉,看着他有些不满,"宋医生,先前在院内会诊你也说了,如果不是血管炎那么肿瘤的可能性就更大了,现在又变了?"

不对,就是不对!

有什么非常重要的地方一直被他忽略了,他有一种感觉,答案似乎已经就在他的面前,他却看不清。

他低着头努力地在思考和回想,在场的其他人只当他无言以对,主任林卫国做出决策:"准备开颅切除肿瘤。"

因为情况突然恶化,车玉英今晨并没有进食,从昨天晚上到现在,术前12小时禁食的条件已经具备,此时手术并没有什么障碍。

不对不对不对!

"不是那个肿瘤的原因,一定不是肿瘤,请再给我一点时间!"宋乔生抬头看向四周的医生，希望能得到支持，可是此时大家大多刚刚接触这个病例，谁的心里对当前的情况也算不上清明，都不敢在此时多嘴。

关于血管炎的诊断宋乔生已经错过了一次，病人情况危急，宋乔生拿不出更合理的判断却还要延误治疗，林卫国作为一科的主任，没有再接宋乔生的话，转而直接去对蒋海成道："去准备手术吧。"

他已经并不打算再让宋乔生插手这个病人的治疗。

散会了。

人渐渐都走得差不多了，宋乔生还坐在原地没有动，林卫国收拾好东西，走过宋乔生的身边时轻拍了拍他的肩，"年轻人经历失败是正常的事情，不要太在意了，这台手术我会主刀，你好好歇歇吧!"

宋乔生没有说话。

林卫国的脚步声渐渐远去，屋子里只剩下了宋乔生一人，他在脑海中一遍遍地回想着车玉英入院以来所有的症状，却还是没有找到那个关键点。

就要进行手术了，如果在手术过程中出现了什么意外，到时候无论于病人、于医院……

他抬手重重地一拍桌子，"真是该死!"

苏顾然同另一名医生一起在病房里时刻监看着车玉英的情况。

先前谁也没有想到会出现这样的情况，晋维宇从公司急忙赶了过来，推门而入，看着自己母亲突然更加虚弱的样子，有些焦躁地问："这到底是怎么回事？怎么突然情况就恶化成这样了？你们主任还有宋乔生呢？我要见他们！"

此刻的晋维宇情绪极不稳定，那种关心与焦急不是能伪装出来的，要不是因为这是他母亲的病房，他此刻大概都能把桌子掀了！

苏顾然同另外那名医生对视了一眼，而后对晋维宇道："你先别着急，主任还有宋医生他们会诊去了。"

晋维宇的眸色一凝，他是何其聪明的人，很快明白过来，"不是血管炎？"

此时最终的诊断还没有出，按理不应该多说什么，可晋维宇已经猜到了这里，苏顾然迟疑了一下，还是摇头，"应该不是。"

这句"应该"惹恼了晋维宇，他冷声质问道："什么叫应该不是？"

苏顾然低头，默然。

她只是一个实习学生，自然也无权对车玉英的病情下结论，这句"应该"都已经超了界线，多余的话，她什么都不能说。

三个人一时间僵在了那里，就在这时，晋维宇的手机突然响了起来，他接起，那边不知道说了些什么，大概是他们公司里的事，苏顾然只见他的脸色越来越差，最后极为生硬地扔出了一句："我不管，我只要结果，告诉他们做不到就立刻给我从公司走人！"说完就挂了电话。

他双手插兜，也不再理苏顾然他们，只是站在病床前看着自己的母亲不知道在想些什么。

就在这时，病房的门被人忽然推开了，苏顾然回头，是蒋海成和其他两名医生，宋乔生不在，她的心里不由一紧。

现实没有辜负她的预感，当蒋海成对晋维宇说要立即准备肿瘤切除手术的时候，苏顾然几乎是下意识地问："宋医生同意吗？"

一个实习生也敢多嘴，蒋海成回头不悦地看着她，"这是主任的决定。"

"也就是说宋医生不同意？"

蒋海成有些不耐道："你去问他吧！"

作为一名轮转到这个科室里而已的学生，苏顾然管得的确有些太多了。

晋维宇亦有些顾虑，"为什么这么着急？"

蒋海成解释道："车女士的情况突然恶化，如果再耽误下去我们担心像癫痫这样的情况再发会造成永久的、不可逆转的脑损伤，况且现在车女士的颅内压很高，再不手术怕是有性命危险！"

性命危险，听到这四个字，晋维宇的面色一变，"请你们尽快。"

从病房里出来，苏顾然在科室里找了一圈，终于看到了宋乔生，她到的时候，空阔的屋子里，只剩下他一个人坐在那里在努力地思考着什么。

她敲了敲门，走进，"蒋海成已经带人去做术前准备了。"

宋乔生抬眼看了她一眼，平静地答道："我知道。"

听到这个消息，宋乔生的平静出乎了苏顾然的意料，"所以你也认可是肿瘤的原因了？"

"不是肿瘤。"他抬手揉了揉额角，看上去有些疲惫，"可是什么呢？"

在这一件事上,林卫国也并没有做错,一个拿不出根据的年轻医生的意见,确实没有什么说服力。

太累了,这段时间真的是太累了,累到宋乔生都忍不住开始想,如果真的是肿瘤的原因呢,如果真的是因为肿瘤,那自己这段时间又到底是在做些什么?

"再想一想,再努力想一想,你一定知道的!你现在的怀疑一定是有原因的!"苏顾然走近他,坚持道,"血管炎的治疗虽然失败了,但我们一定也得到了什么,类固醇开始的时候是管用了的,为什么会突然失效?"

为什么,为什么啊……

苏顾然低头,缓缓合了眼,在这一刻,她忽然觉得有些绝望。

那边,蒋海成他们就要将车玉英推进手术室了,而他们这边却还找不到答案,如果肿瘤真的不是车玉英现在的病因,手术可能会带来更大的伤害,到时候……

难道真的就这样了吗?难道真的就只能寄希望于自己一直相信的都是错的了吗?

肩上却忽然一重,她抬起头,只见宋乔生看着她的目光中带着新的光芒。

他注视着她,认真地问道:"顾然,我还需要一点时间,请你帮我让他们等一下好吗?"

从他的表情中,苏顾然忽然明白了些什么,她坚定地点头道:"我知道了。"

既然答应,不惜代价,一定做到。

转身,飞快地跑出房间,赶向手术室。

一路飞奔,撞上了好几个路人,终于在蒋海成他们进手术室前赶上了。

她一面大喊着"等等",一面快速跑到前面挡在了手术室的大门前,因为之前跑得太急,她此时已经上气不接下气,一面大喘着气一面说:"等……等一等,宋……宋乔生有……有新的诊断。"

她的突然出现让其他准备手术的人皆是一惊,站在前面的蒋海成看到她直接恼了,呵斥她道:"苏顾然,你到底想要做什么!"

她好不容易喘匀气,"宋医生有新的诊断,让你们等一下。"

蒋海成连最后一点耐心也没了,"宋乔生已经错过一次了,苏顾然,你只是一个本科实习生,根本没有资格插手这件事,如果你还挡在这里,我会去向教务处说,要求开除你的学籍!"

她是复读三年才进来的,这一点之前被"有心人"宣传得很多人都知道,蒋海成也有所耳闻,现在是本科的第五年也就是最后一年,如果现在被开除了,她八年的努力就全都白费了!

果然,话音落,蒋海成看到苏顾然的面色一变。

他冷哼了一声继续道:"苏顾然,这不是你该管的事情,回去好好复习你的功课去吧!"

不是她该管的事情,她也没有资格管。

"我知道。"顿了一下,苏顾然咬牙道,"我只是想争取一点时间。"

真是执迷不悟!

蒋海成的眉蹙得更紧,他看到周围已经有路过的人停下脚步在围观，车玉英本身的病情就已经足够复杂，他可不想再在手术室门前闹出这样一出乱子成为全院的笑柄！

他走上前去，想要拉开苏顾然，"过来，跟我去教务处！"

苏顾然又哪里肯，必定拼命挣扎，"等一会儿，一会儿我自然会跟你去！"事情到了这个地步，她也已经破釜沉舟，再无退路，如果最后证实宋乔生的想法是错的……

苏顾然手心里都是汗，却还是仰着头固执地对蒋海成道："一会儿要开除要处分随便你！"

蒋海成的态度强硬，"现在就跟我走！"

"等一会儿，再等一会儿！"

苏顾然用尽全力向后躲，原本抓着她手腕处的蒋海成也不知是有意还是无意，手上一滑，突然就脱了手，苏顾然整个人的重心都是向后的，此刻不受控制地向后摔了下去。

很疼，如果不是她反应快，只怕整个人都要仰面撞到地上，回过神来的那一刻她的第一反应是庆幸自己的后脑勺没有被磕到，只是手撑地的时候冲击力太大，关节处有些疼。

变故突生，谁也没有想到会发生这样的事情，四周霎时安静，所有的人都怔在了那里，就在这片安静之中，有脚步声响起，是那样的清晰，只见一个人快速挤进人群里来到苏顾然的身边。

"你怎么样？"

是宋乔生，他来得还真是正好。

苏顾然这才松了一口气。

还好，她做到了，豁出一切争取来的这点时间总算帮上了他的忙。

她龇牙咧嘴地扶着宋乔生从地上爬起来，只是问他："怎么样?"

"去通知车玉英家属取消手术吧。"

看到他坚定的神情,苏顾然终于放了心,点头应道:"好,我先去了。"

蒋海成走到宋乔生的面前,质问道:"你凭什么取消手术?"

宋乔生比蒋海成高,再加上刚才看到蒋海成对顾然的作为,之前的不满已经转变为了一种怒意,他的周身带着极强压迫性的气场,强势地回应道:"就凭车玉英的病因不是肿瘤!"

蒋海成早就料到他会怎么说,继续质问道:"不是肿瘤是什么?"

"寄生虫!"宋乔生坚决道,"脑囊尾蚴病!"

蒋海成一怔。

"如果用强的松治疗脑囊尾蚴病,病情先会好转,随后急转直下,还有癫痫、意识障碍都符合脑囊尾蚴病的症状!"

蒋海成不屑地嗤笑一声,"你觉得一个大集团的董事长得这种寄生虫病的可能性有多大?"

没错,的确不大,这也就是之前为什么他们花了那么长时间都没能找出病因的原因,谁能想到晋城集团女董事长会染上寄生虫病?一叶障目,这也正是为什么他刚刚需要苏顾然来为他争取这一段时间。

"车玉英在4个月前去过一趟印度做慈善活动,并在当地艰苦的条件下住了两天。"

他刚刚给晋城公司打电话找到车玉英的秘书,终于问清了这件事。

原来是这样!

在场的其他医生恍然明白了过来,因为脑囊尾蚴病有3个月的潜伏期,车玉英从印度回来后与往常无异,以为自己现在的病与印度之行无关,也就没有和医生提这件事。

看到大家都没有再提出任何质疑,宋乔生对他们道:"去做一个X光检查她的大腿肌肉吧,如果那里发现了虫子,就间接证实了我的说法。"

几句话,掷地有声。

这一次,准备充分的宋乔生就算说服不了蒋海成,但他说服了在场的其他医生,他们对视了一下,还是决定先将车玉英推去影像室。

事情到此似乎算是快要结束了,周围的人见没了热闹可看,也就散了,只剩下宋乔生和站在一旁看着他、心有不甘的蒋海成。

他们之间却没有那么容易能散。

最先出声的是宋乔生:"跟我过来。"

他冷声说完,转身就走。

进了楼梯间,这里是人来往不多的角落,宋乔生停下脚步,转身,扬手就给了蒋海成肚子一拳,他怒道:"欺负一个女生算什么本事!"

这一拳他为的是刚刚摔倒的顾然,他看得出那一下她摔得很重,蒋海成突然松手着实过分!

蒋海成被这一拳打得向后退了两步,捂住肚子缓了一会儿,可他又怎么会甘愿挨打,随即快速抬手还了宋乔生一拳!

他自有他满腹的不满:"宋乔生,我还以为你有什么特别,也不过是被一个女学生迷了眼!你以为你是谁?来医院不久,和那个女学生的桃色新闻闹得全院都知道了,主任的手术你说停就停,她一个实习生想拦就拦,我就不信你们能一直都对!"

凭什么?凭什么他们在这个科室这么多年辛辛苦苦、默默无闻,可他宋乔生不过刚来就能事事破例?

就凭他是心外科主任的儿子?就凭他是麻省总院回来的?就凭他的导师是Wilson?

是嫉妒,他就是嫉妒宋乔生了,凭什么这个人时时、事事都能得到所有人的关注?

为了一个女学生放弃原则,宋乔生也不过如此,他蒋海成就不信了,宋乔生的好运气能到什么时候?

宋乔生,我们等着看!

宋乔生极少和人打架,但蒋海成对顾然话里话外的刻薄是他无法容忍的,此时也已红了眼,平日里的风度都已放下,这一次他也发了狠。

病区里。

苏顾然在车玉英的病房里找到晋维宇,他正处理着公司的一些紧急事务,见她进来,晋维宇有些担忧地问道:"手术怎么样了?"

这正是苏顾然要说的,她简要地告知他:"宋医生让我来通知你,手术取消了。"

"什么?"

一日三变,到现在连一个确切的病因也说不出,晋维宇的脸色难看得很,"刚才你们的医生告诉我如果不手术我母亲就会有性命危险,现在你却告诉我手术取消了?"

苏顾然撞在了枪口上。

她竭力想要解释清楚:"是……颅内压增高这种情况的确很危险,但……"

可晋维宇根本就不想听她把这话说完浪费时间,直接问道:"你们主任呢?"

苏顾然犹豫了一下,含糊答道:"主任他……不在。"

"是你们主任决定取消手术的吗?"

苏顾然看了晋维宇一眼,"不是。"

"那你们主任知道手术被取消了吗?"

苏顾然的心里一沉,刚才时间紧,宋乔生未必告诉了林主任,她含混道:"我……不知道。"

不知道,好一个不知道!

真是够了!

"你们主任主刀的手术被取消了他自己都不知道?"晋维宇的话几乎是从牙缝中蹦出来的,"够了,说!到底是谁把手术拦下的?"

谁把手术拦下的,严格来说,挡在手术室门前的那个人……

苏顾然咬牙,"我。"

"啪——"

清晰到清脆的一声响,随后,病房里是近乎诡异的沉寂。

晋维宇恼怒之下,几乎本能地扬手给了苏顾然一记耳光,打完之后,他的手紧握成拳。

他并非故意,只是想起刚才蒋海成所说的性命危险,而眼前的人竟然在没有告知主刀医生的情况下拦下了手术……

"咚咚咚——"

敲门声在这时响起,屋内的两人同时向门口看去。

"晋先生,您的母亲……"冯易良过来本是要告诉晋维宇他的母亲正在 X 光室,然而离近了却发觉面前的两个人之间气氛有些不对,他看了眼晋维宇,又看了眼苏顾然,迟疑了一下问:"发生了什么?"

苏顾然并不想让别人知道她被打了,虽然疼,却也没有捂脸,只是平静地说:"没什么,冯老师,车玉英那边怎么样了?"

"已经被送去拍 X 光片了,宋乔生关于脑囊尾蚴病的诊断应该是没错的,还好,这样的话就不用手术了,风险也小了很多。"冯易良停顿了一下,认真地对苏顾然说,"这一次你做得很好。"

冯易良平日不常夸人,这次既然说了,就完全是出自真心的认可。

一个轮转的科室的实习生,为原本与自己没什么太大关系的病人这般坚持真的并不容易,更何况他与蒋海成共事多年,蒋海成的脾气他是知道的,能够拦在蒋海成的面前……

这个女学生不简单!

听到冯易良的话,苏顾然抬眼看向晋维宇,只见他的神色一怔,高大的身形完全僵在了那里,显然没有料到事实会是这样。

苏顾然不想再理会他,转而问冯易良道:"谢谢老师了,请问老师,宋医生也在 X 光室吗?"

"乔生啊?"冯易良摇了摇头,"没看见他。"

宋乔生那么重视的病例此刻却没有同病人一起去做这么

重要的检查,苏顾然觉得有些不对,"那我去找一找他,老师忙吧!"

冯易良点头,"去吧,找到乔生让他去和主任再说一下!"

从车玉英的病房里出来,苏顾然先去了手术室,手术室门前的人早已散了,她找到手术室里的护士问道:"请问你们看到神经外科宋乔生医生了吗?"

刚来医院不久的宋乔生是院里的热点人物,得到的关注自然要多一些,那个护士想了想,指着手术室外楼梯间的方向道:"他和另一名医生往那边去了!"

楼梯间?和另一名医生?谁呢?

苏顾然的疑惑更大,推开楼梯间的门,她站在门口向里看了看,这一层并没有人。

她原本也觉得宋乔生不可能还在这里,又或许只是就近走一趟楼梯去哪儿而已,正要离开,无意间向下面一瞥,却正看到下一层拐角那里有个人。

宋乔生。

他身上白大褂的衣襟敞开着,双手插在两侧的兜里,背靠着墙似乎在沉思着什么,苏顾然从这个角度仔细看去,只觉得他的脸上有些不对。

她不由放轻了脚步向楼下走去。

宋乔生的思绪不在这里,直到她走至面前才注意到有人来了,抬起头就看到她吃惊的神情,苏顾然几乎是倒吸了一口凉气,他的下颚处有一处瘀青,手臂上还带着伤。

这样的情形实在是再明显不过,她看着他的眼睛问道:"你是不是和人打架了?"

宋乔生偏开了目光。

果然。

宋乔生的行事风格她是知道的，他一向不喜欢同人动手，更何况是在医院里，她想起刚才的事情，忽然明白了点什么，"蒋海成？"

也只有他了，宋乔生看到她同蒋海成在争执之中摔了，该是想要替她让蒋海成付出代价。

他一向这样，总是护着她，不让她被人欺负。

他比她大一点，小的时候在一起玩，家长总会说："哥哥要记得照顾小妹妹啊。"然后，那么多年，其实明明是同龄人，同年级、同班、同桌，可他却总是自觉不自觉地照顾维护她这个"小妹妹"。

他会逗她、会欺负她，但他不喜欢她被别人欺负。

苏顾然看着他已经见红的手，心疼得厉害，嘴上还是硬道："你到底知不知道对于一个外科医生，这双手有多重要？万一伤到骨头……"

万一伤到骨头且不说几个月的恢复期，如果情况严重，那他就再也做不了手术了啊！

他看着她担忧的神情，终于露出了一分笑意，"我没事，只是些皮肉伤。"

"还说没事！"苏顾然看着"不知悔改"的宋乔生，有些无可奈何地叹了一口气道，"走吧，我给你上药。"

她转身的时候却忽然被身后的人用力抓了住，"顾然。"

他忽然停下了。

她回过头来有些奇怪地看着他，"怎么了？"

宋乔生向前一步站直了身，伸手就要揽她入怀，她想要

第十二章 一记耳光

141

拒绝，然而抬手碰到他受了伤的手臂，就听到他倒吸了一口凉气，她立即举双手"投降"。

他如愿怀抱着她，轻合了眼，她还会在意他、担心他，虽然此刻什么话也没有说，可怀里的她没有抗拒、没有僵硬，他忽然觉得所有的伤都是那样值得。

"顾然，回到我身边吧。"

不愿再犹豫下去，他是如此坚决、期待地向她说出这句话。

不想再连拥抱都觉得那样奢侈，不想再让所有人都在背后对他们的关系指指点点，不想再让她被人误解，什么费尽心机的女学生、什么被学生迷了眼的老师，再不想听到这样的说法，他们之间的关系其实那么简单，二十多年，即使发生了那么多、经历了那么多，可庆幸面对着彼此，他们之间似乎还是过去的那个宋乔生与苏顾然，没有什么比这更值得珍惜。

我的顾然，相别十年，见过了世事沉浮，那么多的辛苦，现在，回到我身边吧！

苏顾然深吸了一口气。

"我……"

她忽然间没了方寸，只是又重复了一遍那一个字："我……"

什么呢？

她默然。

并没有真正想过如果回到宋乔生的身边会怎么样，可这么长时间她却似乎一直有一种预感，在宋乔生一步一步的带领下，总会来到这一天。

要是答应了会怎么样呢？

这么多年，近乎了无牵挂、孑然一身的她又可以再拥有一分挂念，那个她那么那么在意的人，她难过的时候终于可以不用再打给母亲十年前就已经停机的号码，可以有一个人抱住她、安慰她，那是她用了多少年去憧憬的画面。

她知道她要找的那个人就是宋乔生，十年的时间，足够她明白，在她的心里，没有人能替代宋乔生的位置，可她同样明白，她要找的那个人不能是宋乔生，因为宋乔生他……

离开了她。

怎么办呢？她是那么的固执，这么久了，让她真正放下宋乔生还是很难，可让她放下这件事，她同样做不到。

十年如一日，没有一点长进，哪怕有一样可以舍弃，此刻她大概也不会如此难过。

苏顾然，你真是废物。

如宋乔生那般了解她，又怎么会不知道苏顾然此刻在计较些什么？

轻叹了一口气，宋乔生对她道："对不起，我并不想让你为难，也不是要求你原谅我，回到我身边，让我照顾你，我们会有足够多的时间去放下。"

不知过了多长时间，仿佛有一生那么久，苏顾然开口道："我们……试试吧。"

终于还是下定决心给自己一次机会，她希望他们之间可以变得简单一点、快乐一点，她希望自己能变得简单一点、快乐一点，他们的从前还历历在目、钱倩倩的话犹在耳边，既然在别人眼中，回到宋乔生身边是她能给出最好的答案，既然她也放不下这个人，那么……

第十二章 一记耳光

试试吧,万一他们真的能够像从前一样呢?

她抬眼看向宋乔生。

她的面前,宋乔生看着她,突然说不出话,他的眸中映出她的模样,脸上是喜悦的形容。

他将她紧紧地拥进怀里。

没有任何言语,任何话在此刻都显得多余,苏顾然迟疑着、迟疑着,还是缓缓地抬起手,回抱住了宋乔生。

她忽然想,如果这一刻就像是小说结局一样写一个"全文完"多好,大团圆,皆大欢喜。

第十三章
如果喜欢就可以

　　走到楼梯间的门口正要出去，苏顾然的身后，宋乔生紧握着她的手并没有半分要松开的意思。
　　她明白宋乔生的意思，不想再被人误解，他想让大家知道他们之间的关系，可是……
　　转过身望向他，苏顾然摇了摇头，"乔生，还不是时候。"
　　他们现在还在一个科室里，他是负责带她的老师，公开以后，于领导、同事、同学甚至病人面前都是尴尬，并不合适。
　　"等我结束实习离开神经外科了，好吗？"
　　又或者不只是这样。
　　她很清楚，与宋乔生的关系一旦公布，她的生活会发生翻天覆地的变化，而她不清楚的是，她和宋乔生的未来会是什么样？
　　她在神经外科还有不到两个月的时间，这段时间不长也不短，足够她决定自己的未来。

她看向他的眼中带着请求的意味，于她，宋乔生又怎么能做到拒绝？

还是答应道："好……"

可这么轻易就放过她哪里是宋乔生的风格？他紧接着又继续道："下了班以后的时间归我。"

他的语气确定，不容拒绝，苏顾然还想讨价还价，但看了一眼他的神情立即闭了嘴。

回到科室里的时候，车玉英已经从X光室被推了回来，检查有了结果，冯易良走到宋乔生与苏顾然的面前，高兴地对他们说："证实了，的确有寄生虫的存在，这下不用手术只吃药就可以恢复了！"正说着，冯易良忽然注意到宋乔生的下颚处多了块瘀青，不由关切道："发生了什么？"

宋乔生避重就轻，简单地说了句"没什么"，得知自己的诊断终于被证实，他也松了一口气，"那就好。"

还好，他和苏顾然的坚持没有错。

同苏顾然对视了一眼，他看到她眼中有着同样的喜悦和欣慰。

看得出宋乔生并不想提受伤的事，冯易良也没有多问，话题一转到了苏顾然的身上，他对宋乔生半玩笑地道："你还真是收了一个好学生，这一次如果没有她，事情也不会像现在这样顺利！"

宋乔生偏头向她扬唇一笑，没有说话，倒是苏顾然顺着话茬接了一句："'好学生'不敢当，就请各位老师评分的时候手下留情就好！"

冯易良很给面子地笑了笑道："一定比宋乔生给的高！"顿了顿，又问："对了，你们去找林主任了吗？"

听到"林主任"三个字，苏顾然的心里暗叫了一声"糟糕"，竟然把这么重要的事给忘了！

宋乔生倒是依旧从容，应道："我们这就去。"

冯易良点了点头，"快去吧，这种事不宜迟！"

阻拦手术的第一时间就应该通知林卫国这一堂堂科室主任的，拖到现在，只怕他早已知道了这件事，虽然检查结果证明宋乔生他们阻拦手术是正确的决定，但前前后后没有和主任商量一句未免太不尊重自己的领导。

冯易良去忙着整理自己的病历了，剩下宋乔生和苏顾然，他看了一眼苏顾然道："再去查查房吧。"

苏顾然知道他这次去见林卫国绝非什么好事，风头盛、名声大其实也不过都是些可大可小的事，但这次宋乔生直接越过了林卫国取消了手术，虽然宋乔生也是车玉英的主诊医生，可连一声知会都没有，让林卫国科室主任的面子没处放，这件事就是真的大了。

苏顾然有点担心他，禁不住问道："不用我和你一起去吗？"

宋乔生摇了摇头，"不用了，我一个人去事情会更简单点。"

敲门进入主任办公室的时候，林卫国正在接着一通电话，不知道电话那边的人说了些什么，林卫国一面笑着一面道："您过奖了，过奖了。"

见进来的是宋乔生，林卫国指了指一旁的沙发让他坐下先等会儿，这通电话在这之后不久就结束了，林卫国收起了笑容，看着坐在一旁的宋乔生，他并没有主动挑起话题，只是平静地问："有什么事吗？"

宋乔生从沙发上站起身来，格外小心道："主任，我是来向您道歉的，之前因为情况紧急，没能通知您就阻拦了车玉英的手术，是我的错，下不为例。"

林卫国的面上是异常的平静，他的表情上并没有任何破绽，他向后背靠在皮座椅的椅背上，"哦，这件事啊。"

并没有立即发表些什么评论，林卫国停顿了一会儿，似是在考虑些什么，而后忽然问道："拦下手术之前你都做了些什么来证实自己关于脑囊尾蚴病的猜想？"

宋乔生明白这个问题的意义何在，如果仅凭猜想没有进行任何证实就去阻拦主任的手术，那他的行为也未免太过随便，就算最后的结果是对的，那也不过是他运气好而已。

可他并不是。

"我又仔细地研究了一下车玉英的症状，并且给她公司里打了个电话问了她半年内的行程，证实了她确有感染的可能。"

林卫国闻言，点了点头，又问道："在手术室门口挡下海成他们的是你的那个女学生对吧？"

宋乔生的心里一紧，"是，我要求她去的。"

好一个要求！

宋乔生将事情揽在自己身上，为的就是追究起来也不会影响到苏顾然什么，林卫国轻笑了一声，"她很勇敢。"

宋乔生没有接话，等着听林卫国接下来要说些什么。

"替海成和她说声'抱歉'，手术室门口的事海成和我说了，他也是一时失手，并没有故意想要伤害这个女生。"林卫国双手交叉放在腹前，抬眼望向宋乔生，"还有你和海成，这件事就让它过去吧，不要影响以后的工作！"

宋乔生没有多说什么，只是点头应道："我知道了。"

"还有就是虽然你对于车玉英的诊断非常好，但这种不向上级医生请示直接取消手术的行为，如果不加以处置会在科室中开一个很不好的头，所以我必须要给你一个口头警告，并扣除这个月的奖金。"

"我明白，谢谢主任了。"

宋乔生从主任办公室出来见到苏顾然，她就忍不住仔细地盘问他主任到底说了些什么，他轻描淡写道："没什么，就说让我替蒋海成给你道个歉。"

苏顾然蹙眉，没想到这其中的事情林卫国知道得这么清楚，她因而觉得林卫国不可能那么轻易纵容宋乔生无视他的权威，因而再三追问道："主任对你做了什么处置吗？"

宋乔生怕她替他着急，依旧只是说："没什么。"

可这种事又怎么瞒得住？

没过两天，科里贴出了口头警告的通知，苏顾然看到了，其他人也都看到了，私下的议论声中，大家大多都是在替宋乔生不平。

"要不是宋医生坚持，现在那个女董事长还不一定怎么着了呢，没想到这样还要被处分？"

一大早，班里的同学议论得正热闹的时候，苏顾然走过来，那边陈京看到她赶忙把她叫住了，她在车玉英手术的事情里也算得上是半个主角了，陈京这等爱热闹的自然不会放过这个盘问的机会。

"挡在手术室门口的时候你有没有害怕过啊？"

苏顾然点了点头，"尤其是听说自己要被开除的时候。"

"那你还敢拦？那可是主任的手术，你当时在想什么？"

当时在想什么……

那个时候激素水平高，场面也乱，具体的细节她也记不太清了，她回忆了一下，简单道："我只是相信乔……宋老师的判断。"

的确是够相信，这可是冒着被开除的风险，班里的人谁不知道苏顾然来到这所大学、这家医院有多艰难？敢赌上一切相信宋乔生，就算这名医生之前再厉害，这样的信任，放在别人身上也是万万做不出的！

苏顾然和宋乔生之间一定不简单！

陈京看了她一眼，干脆道："胆子够大！我佩服你！"

苏顾然将书包什么的放置好，时间尚早，她索性到科室门口去等着宋乔生。

这两天不管她怎么问他他都说没事，那个警告还有罚扣奖金的事他必定早就知道了，却什么都没和她说，他到底是觉得她有多柔弱才连这种事都要瞒着？

没过多久，宋乔生到了，见她换好了白大褂站在科室门口盯着他，他心知"东窗事发"，面上却还装作若无其事地向她打了声招呼："早上好！"

苏顾然皮笑肉不笑，"早上好！"

"你都知道了？"

苏顾然没有说话，只是瞪着他。

事已至此，宋乔生索性将她拉到一边，主动"坦白从宽"："林主任前两天找我谈的时候提过口头警告和扣钱的事，警告过几天应该会被撤销，他是为了科室管理，于我也不是什么大事，你快考试了，我怕你分心就没和你说。"

还说不是什么大事！

苏顾然看着他直想翻白眼，他还真是心宽，"扣钱也就罢了，只是这个'口头警告'也是处分啊，你明明是救了病人！"

宋乔生安慰她道："有的时候并不能因为结果是好的就不去看过程了，我们越级行事在先，那么多人看到，主任也要为自己科室管理考虑。"

这她又怎么会不懂？却还是不甘心，"就不能破例一次吗？"

宋乔生看着她一笑，"他已经为我破例过了，他破例让你跟在我身边，这对我而言比什么都重要！"

他说得认真，她听得心里微微一漾，也不想再去在意那个处罚了，她抿了抿嘴，小声地接了一句："其实对我也挺重要的……"

再看向他下巴处还未散的瘀青，她伸手去摸了摸，有些心疼道："下次不许再打架了！也不知道这伤什么时候才能好。"

宋乔生握住她的手，心生温暖，"总会好的。"

在众人的关注下，车玉英的病情一天一天的有了好转。

苏顾然每日会去车玉英的病房中查看情况，因这病例前后的周折，很值得他们这些学生研究。

晋维宇依旧时时会来，因为之前的事，苏顾然会刻意回避他，他们本来就没什么交情可言，苏顾然对车玉英尽心也只是和宋乔生一样尽医生的责任，晋维宇那一个耳光之后更像是结下了某种"梁子"。

她在躲，晋维宇却并不想就这么解决这件事。

午休过后回到科里，晋维宇的助理找到了她，那助理面无表情地问她："请问您是苏顾然医生吗？"

此时苏顾然尚不知眼前的人和晋维宇有什么关系，点头应了一下而后道："请问您是哪位？"

"我是晋总的助理。"他将手中的袋子举到苏顾然面前，"这是晋总让我替他交给您的，请您收下。"

袋子不大，上面有着Chanel的标志，苏顾然能隐约闻到一种特别的香味，里面装的大概是香水。

苏顾然自然明白晋维宇为什么要送她东西，果然是晋城集团的少总，道歉的方式也比别人简单得多！

她瞥了一眼，冷声道："回去告诉你们老板，我不会要的！"

她转身就要走，却被身后的人叫住："苏医生，这是晋总让我交给您的东西，如果您不收……"

那助理的话还没说完，苏顾然不由冷笑了一声道："你就要被开除？"

那该是多恶俗的一出苦肉计！

但她显然低估了这个助理，被人嘲讽了，那助理不急也不恼，依旧平静地开口："我就放到医生办公室。"

放到医生办公室就相当于要把事情闹得人尽皆知，不仅在于收病人的东西违规，更在于就算是晋维宇为表感谢送医生东西也不该就轮到她一个实习生！

前一段时间她与宋乔生的事就有人谣传她心机重、好虚荣，这番要是再和晋维宇扯上些什么，只怕那些人还不一定要怎么议论她！

算了,她自己去还就是!

接过那个助理递过来的袋子,她紧接着就去了车玉英的病房,晋维宇此时并不在,车玉英是醒着的,并非查房时间,见她进来,有些奇怪地问:"怎么了?"

将东西放在了车玉英病床边的床头柜上,苏顾然礼貌地道:"这是晋先生落下的东西,请您转交给他。"

车玉英是何其聪明的人,听说是落下的东西就已经察觉到了不对,再看那袋子上的标志,晋维宇又怎么会落下这种东西在医院里?她看着苏顾然的目光中已多了一份戒备,声音也冷了许多:"我知道了。"

快到晚饭的时候,晋维宇处理完了自己公司里的事务,又回到了医院里自己母亲的身边,因为有了上一次血管炎诊断时的教训,虽然车玉英的情况已经渐渐好转,但大家都并不敢因此而放松警惕。

走到车玉英病床前的时候,晋维宇就看到了放在床头柜上那个本该已经在苏顾然手中的袋子,他下意识地皱了一下眉头。

最开始见到苏顾然的时候,他就觉得似乎在哪里见过她,后来慢慢才想起来,无论是宋乔生还是苏顾然,都是当年钱倩倩同校的同学。

这个苏顾然,果然是高中时钱倩倩曾多次提起过的人,正像钱倩倩所说的那样,清高得很。

他看着袋子那片刻的走神并没有逃过车玉英的眼,车玉英面无表情道:"这是那个女医生还回来的。"

晋维宇轻应了一声:"嗯。"

移开目光，晋维宇并不想就这件事和母亲多说些什么，他摇起病床，将一旁的枕头拿来垫在母亲的身后，扶着母亲坐起身来，放下小桌子，将饭菜还有碗筷摆好，晋维宇对母亲道："您快吃吧，我出去一下。"

眼见着晋维宇起身向外面走去，车玉英猜到了他要去找谁，并没有阻拦，只是看着自己儿子的背影，眸色渐渐变得深沉。

快要下班了。

苏顾然合上面前的病历，向后靠在椅背上，大大地伸了一个懒腰，嘴里念叨道："好累……"

一旁，宋乔生看着她不由一笑，"下了班我请你吃饭。"

正说着，有敲门声响起，苏顾然回头一看，就见晋维宇站在了门口。

"苏医生，请问你有时间吗？我想找你谈谈。"

车玉英真正的主治医生就坐在她旁边，晋维宇却要找她谈谈，宋乔生有些奇怪地看着她，这种情况下她没有办法向他解释什么，只是起身跟着晋维宇走了出去。

来到一个人流较少的地方，晋维宇停下了脚步，转过身对她道："怎么把东西还回来了？"

苏顾然冷声道："我没有收下的理由，如果你就是想说这件事的话，我还有事，先走了。"

"等一下！"碰了钉子，晋维宇的表情也不怎么好看，难得他还能尽可能平心静气道，"那是你应得的，前几天的事希望你能……"

对于一贯强势的晋维宇而言，道歉难免不自在得很，苏顾然看着他只觉得有几分可笑,"应得的?我可没有让别人用东西买原谅的习惯!"

让助理送样东西来她就应该和他"冰释前嫌",这样的道歉方式,他还真是"诚意十足"!

"我没有那个意思……"晋维宇的眉蹙得更紧,他自然也明白自己的行为并不十分恰当,只是她这两日一直躲着他不见,他也没有更好的办法,他看着眼前的苏顾然,迟疑了一下道:"可以请你吃顿晚饭吗?"

"不必了,我晚上有约。"

晋维宇看着眼前油盐不进的苏顾然,不由头大,"那你要怎么样才能原谅我?"

苏顾然抬眼看着他,与他四目相对,半晌沉默,然后,她扬起手,就听清晰的一声响,她还了他一个耳光。

晋维宇对此显然并没有想到,他一怔,有些难以置信地看着眼前的女人。

"我们扯平了!"

她并没有用多大的力气,这一下,她打的就是这个"高高在上"的少总不能放下的面子。

晋维宇太过看重自己的身份,晋城集团的少总,家世显赫,因此就算犯了错也不会说"对不起",因此放弃一个人都不需要给一个理由。

她打的就是这个薄情又自大的少总!

晋维宇微眯起眼,看起来已然有些怒了,苏顾然却不管他那么多,转身就走,她要做的已经做了,没必要留下看他脸色。

回到医生办公室的时候宋乔生已经交了班回来,应该是在等她，她将自己离开前在看的病历收拾好，心里有些犹豫该不该向宋乔生说晋维宇的事情。

先前因为她，宋乔生已经和蒋海成打了一架，现在车玉英还在恢复期，宋乔生是负责治疗的医生，每日必定还要同晋维宇打交道，她同晋维宇之间已经很别扭了，再加上宋乔生……

她转过身对宋乔生道："我还要去教室那边拿一下东西。"

宋乔生点了下头，"我陪你去。"

从科室里出来的路上，苏顾然犹豫再三，还是决定将实情告诉宋乔生，她组织了一下语句道："乔生，你还记得那天拦下手术以后我回来告诉晋维宇手术取消的事吗？"

"嗯。"宋乔生应了一声，等着她继续说下去。

"那天我和晋维宇说的时候，他对情况有一些误解，所以……"

苏顾然的话还没有说完，但宋乔生显然已经猜到了些什么，就听苏顾然继续道："他打了我一耳光。"

话音落，就见宋乔生的面色一变，她赶忙补充道："不过我刚才已经还回去了。"

"还回去了？"

苏顾然坚定地点了一下头，"是的。"

宋乔生忽然一笑，不由伸出手去揉了揉她的脑袋，他并没有对此做出任何评价，只是停下了脚步，对她道："那边就是你们教室了，我在这里等你。"

苏顾然知道他是怕被她的同学看到她会尴尬，心里觉得温暖，她微牵唇角，"谢谢。"

"快去吧！"

第十四章

他的住处

拿好了自己的东西，苏顾然跟着宋乔生去吃饭，一路左走右拐，等到宋乔生说"到了"，她一抬头才发现这饭店所在的方向与他们两家都不相同。

因为一天的工作已经很累，这两天选吃饭地点的时候一直遵循着就近原则，只是今日似乎有些不一样，她有些奇怪地问："这家店的东西特别好吃吗？"

"还不错，不过来这里还有别的原因。"

她好奇，"是什么？"

宋乔生想了想说："等会儿再告诉你吧！"

这家店里以烤鸭为招牌菜，两个人，半只鸭子，再加两道家常菜，就是一顿丰盛的晚餐。

他们两个人都很喜欢烤鸭，宋乔生是喜欢吃，苏顾然是喜欢卷，她最喜欢那种用薄饼包裹着所有食材卷在一起的感觉，就像自己的心里也被塞得满满当当的，递给身边的人吃下，一股成就感油然而生。

"所以……你刚才说来这里还有别的原因是什么?"饭吃到一半,苏顾然忽然开口问道。

拿起纸巾擦拭了一下嘴角,宋乔生简要地对她说:"我约了人看房。"

这显然出乎苏顾然的意料,她惊讶地重复道:"看房?"

宋乔生轻点了一下头证实她没有听错,他解释道:"既然回来了,我想做一些长远的打算,先从租一个自己的住处开始。"

他说的合情合理,只是苏顾然却隐约觉得又哪里别扭,她想了想问:"和你父母商量过了吗?"

宋乔生摇了摇头,"还没有,等定下来再和他们说吧。"

就是这里了,虽然宋乔生什么都没有说,但她敏感的感觉到提到自己父母的时候宋乔生的语气有着些许的异样,苏顾然很快明白,虽然宋乔生所说的"长远的打算"的确是一个不错的理由,但突然决心要搬出来并且并不打算提前知会自己的父母一声,这并非宋乔生一贯的行事风格,看起来他们之间的关系似乎出现了些问题。

这么多年经历的事情和周围的环境让她变得很是敏感,她不禁多想了起来,看着宋乔生的眼神也有了变化。

宋乔生看着她有些担忧的表情不由轻笑了一声,伸手替她抹掉嘴角残余的一点酱汁,却什么也没有说。

他并不打算告诉苏顾然他已经知道了十年前关于她母亲的情况,至少现在并不这么打算,因为他们之间已经有太多沉重的、不愉快的负担,他只希望等到哪一天,他们都足够强大,能够承受这些,或许到那个时候,所有的这些心结都会迎刃而解。

苏顾然也明白，现在算不上是一个好时机，虽然心里想问的很多，但她最终还是什么都没有多说，只是十分贤惠地又卷了一个饼给他，"以后你自己出来住就没有家里那么好的伙食了，也不能天天出来吃，快珍惜吧！"

那厢宋乔生颇不以为然地瞥了她一眼道："我下厨的手艺还是可以的！"

联系到他十年国外的求学经历，其实这倒也算不上让人有多意外，偏偏看着他那副自信满满的样子就让苏顾然莫名地产生了一种想要打击他的冲动，她微斜眼看着他，用有些质疑的语气问道："是吗？"

"等过几天我搬出来一定先给你做一顿'大餐'尝尝！"

过几天？苏顾然再次惊讶道："这么快？"

"嗯，既然决定了，就不想再拖下去了。"

用手机看了一眼时间，已经不算早了，这顿晚餐也已接近尾声，宋乔生结了账，带着苏顾然走向了不远处的一个住宅小区。

小区的门口，有一个斜背着包的男子看到宋乔生，迎面向他们走了过来，是房屋中介。

离约定的时间还有五分钟，没想到他已经等在了这里，宋乔生客气道："抱歉让你久等了。"

那男子笑了笑，"哪里，是我来早了，我们进去吧！"

他领着宋乔生和苏顾然进了一栋楼里，坐电梯到七层，他掏出钥匙打开了正对着的那间房门。

是一个一居室，中介简单地介绍道："这套房子是七十平米左右的大小，朝南，客厅这边是落地窗，白天的采光会非常好。"

屋里是简单装修过的,有着几样简单的旧家具,苏顾然在房间里四处走走看看,忽然心动,指着客厅的墙一面比画一面对宋乔生道:"我觉得墙上可以贴一层壁纸,蓝白色的,白天阳光从落地窗照进来的时候就会像是照在了海面上,一定会很漂亮,也会心生安宁。"

她说话的时候,眼睛里闪烁着期待的光芒,宋乔生看得出,她一定是在构想着些什么,那种感觉很好,和她在一起,在这里,他喜欢她带着憧憬描绘出来的美好。

这只是他为了离家过渡所找的临时住所,以后,他们的以后,他希望能给她一个她向往的家。

她走到落地窗前,从这里望出去,夜晚的城市里,灯火通明、车马喧嚣,而她站在这里,看着玻璃的那边映出她的身影、看着下面忙碌的世界,心里却安定下来。

落地窗,这是她最喜欢的,就像是一面镜子,可以看到自己,也可以看到忙碌的世界。

这似乎已经成了她的某种奇怪的情结,从小,时隔近二十年,到现在,这一点似乎一直没有变过。

小学的时候,老师让他们在作文中描述自己未来家的模样,她写着想要一扇很大的窗户,她还记得那次她的作文得了优加,因为在本就不长的作文里,她用了大量的笔墨来说这扇窗户,写到最后险些忘了这篇作文是要写自己的家,可是歪打正着,老师说她懂得抓住重点描述,不像其他的小朋友一样所有的东西都只是泛泛一提,还让她把作文读给大家听来着。

这么多年,宋乔生一直记着这件事,因为她喜欢,所以他也念念不忘,中介问他有什么要求的时候,因为只是找个临时住处，他想来想去，其余的条件都可以商量，唯独一点："要有一扇落地窗。"

苏顾然的身后，宋乔生一步步向她走来，从窗户上，外面黑色的夜幕中，她能看到他们的身影，一前一后。

她听到他问："觉得这里怎么样？"

苏顾然答得干脆利落："窗户够大，环境不错，不要告诉我价钱，我就觉得可以。"

那边中介借机赶忙搭话道："这房子您两个人现在住正好，这地段还有户型，价格是很实惠的了！"

中介显然对眼前的情景有了些误会，怕苏顾然尴尬，宋乔生先开口解释道："是我在找房子自己住。"

那中介一怔，随即不好意思地一笑，"一个人住也是不错的，空间相对还能宽敞些。"

也不再多犹豫，宋乔生最终拍板："就这样定下了吧。"

找房子的阶段完成，接下来就是布置和搬家，宋乔生正盘算着最近什么时候有空能去趟家具城，一旁的苏顾然难得主动要求："我帮你布置吧！"

看在那扇落地窗的面子上，她不介意辛苦一点。

宋乔生有些怀疑地看了她一眼："从你和钱倩倩家里的情况来看，你似乎……不太擅长这个啊！"

宋乔生努力把话说得委婉一点，但效果还是不够好。

苏顾然不满地瞪了他一眼，知道他是指她们屋子里的杂乱，解释道："那个也不是我的错，只是当初钱倩倩逛商场的时候一时头热，把我们仅有的资金拿去买了一个带熏香功能的台灯，贵得吓人，本来想买个柜子什么的钱都没了，索性就凑合住了。"

钱倩倩喜欢熏香,说是每晚睡前安神,每次听她这么说,苏顾然都忍不住想冲她翻一个大白眼,就她们白天上课晚上打工的状态,根本不用什么熏香,睡眠质量已经很高了好吗?

虽然这么想,不过苏顾然并没有因此和钱倩倩生气,她明白这个熏香对钱倩倩的意义,其实并不在于什么安不安神,只是在她们的生活已经跌入谷底的时候,钱倩倩需要这样一个东西来提醒她,她曾经是钱家的千金、是落魄的贵族,她的人生不该仅止于此,那个碎花纱面、带着熏香功能的台灯,就是她怎么也不能丢下的"大小姐范儿"。

苏顾然接受她,接受这样一个钱倩倩,就像钱倩倩接受苏顾然,即使在自己已经身无分文的情况下,苏顾然也不去给小网店做那些她觉得就是在"忽悠人"的兼职,苏顾然的清高和固执钱倩倩领教过,即使落魄,却依旧要坚持着自己那点"可怜"的原则,钱倩倩选择尊重她,然后自己守在电脑前努力去挣双份的工钱。

说起当初钱倩倩乱花钱的事,苏顾然明明是在抱怨,却说得异常平静,甚至有些轻松,并没有丝毫生气的意思。

宋乔生知道这是她们之间的友谊所致,也不多做评价,他看着苏顾然,"那这一次你陪我搬家吧!"

其余的什么都不能多说,宋乔生的心里泛起一片涩意,他想到过这么多年苏顾然过得一定很辛苦,苏顾然说得越轻松,他的心里越是难受。

他岂止是想要让她陪他搬家?听着她对房间装修做设想的时候,他简直想让她也搬进来!可是不行,现在说这些还太早了，除了等待，没有更好的办法。

苏顾然答应得爽快："可以，但是我说的意见你不许反抗！"

宋乔生瞥了一眼她，玩笑道："除非你想把我的窗户拆走。"

偏偏苏顾然不示弱追问他："要是我真想呢？"

他有些无可奈何地斜睨她，"也可以。"他一顿，"那你就连窗户带我的人一起搬回你家。"

苏顾然："……"

到了。

宋乔生将车停在苏顾然住处的楼下，车上，苏顾然说了一声"再见"，转过身正要打开车门，却被身后的人拉住了。

"顾然……"

看着宋乔生有些犹豫的表情，苏顾然疑惑地应声道："嗯？"

"周末的时候有一个学术会议，你有意向一起去吗？"

是一个学术论坛，主要有心血管疾病和神经疾病两大分类，请了相应领域权威的专家来做讲座，是一个很好的学习机会，他想带她一起去看看。

又或许不只是因为这是一个很好的学习机会，也因为这次的会议由古月集团主办，了解这一点后他其实并不太想去，然而他的父亲以这次会议有从海外请的专家为由，要求他一定要去看看，从前父亲对这种会议一向不太感兴趣，不知道为什么这一次会如此在意。

他因而心里多了许多猜想，古月集团，胡静颜，上一次她在他们院子里出现过……

他只怕这件事同她有什么牵扯，如果是真的，他只希望见到顾然能让胡静颜懂得什么叫作该收手了！

还有他的父亲那里……

宋乔生的眉蹙得更紧。

她看着他有些不解，"这应该是件好事啊，为什么你的表情这么的……古怪？"

如苏顾然般了解他，果然一眼就看出他的不同。

在一切尚未得到证实之前，宋乔生并不打算让她知道关于胡静颜的事，他反问道："所以你是答应了？"

她笑，"为何不？"

上楼走到自己门口，苏顾然掏出钥匙开门，没想到门没锁，里面有人。

她心里一时有些紧张，钱倩倩说这几天都要加班，她只怕是有匪人进了屋里，但转念又一想，不由自嘲地一笑，要是哪个小偷找进这栋楼里那可真是走错地方了！

她轻轻拉开门一看，果然，屋里的不是别人，正是先前宣称自己要加班的钱倩倩。

钱倩倩横躺在不长的沙发上玩着手机，半条腿吊在沙发外面，看上去很是闲散，大概是因为听到了开门声，她转过头来看了一眼苏顾然，随口问道："怎么这么晚才回来？"

"嗯，宋乔生要租房，我陪他去看了看，花费了些时间。"她放下包向屋里走去，离得远，她隐约可以看到钱倩倩似乎在用手机搜索些什么，等她走得稍近的时候，钱倩倩快速按下了Home键，回到了主屏。

苏顾然没有多想，只是坐在了一旁的椅子上，问钱倩倩道:"你怎么回来得这么早?被开除了?"

真是不会说话!

钱倩倩不禁瞪了她一眼,坐起身来,清了清嗓子宣布道:"本小姐表现优异,被正式录用了,今天回来准备一下,明天去签合同。"

S&N虽然算是新公司,但起步高,势头猛,对员工的条件待遇更是优于其他同行,业界很多人都非常看好,能被正式录用对于钱倩倩而言应该是很好的结果。

"真的吗?"最近的事情太多,压力重重,难得听到这样的好消息,苏顾然十分替她开心,"太好了!"

钱倩倩自然也很高兴,调侃顾然道:"这下你可要真成我老板娘了!"说着,放下手机,钱倩倩又认真了起来,问苏顾然道:"对了,你和宋乔生,你们怎么样了?"

钱倩倩之前加班回来得晚,没时间和苏顾然多聊什么,那天临睡前,苏顾然突然告诉了她一句:"我和宋乔生和好了。"

连着几天加班,钱倩倩躺在床上脑子已经完全不转了,含糊地应了一声"嗯"就睡着了,还是第二天早上到了公司,她也不知怎么了,突然就想起了这句话,整个人不由一个激灵。

和好……了?

虽然钱倩倩一直希望他们和好,这么多年苏顾然的心思她比谁看得都清楚,她根本放不下宋乔生,这两个人和好是一件让人喜闻乐见的好事情,但是就在这不久前她问起苏顾然关于宋乔生的事,那时苏顾然还不肯松口,这段时间内到底发生了什么?

第十四章 他的住处

苏顾然放不下宋乔生,也放不下宋乔生当年离开的事情,钱倩倩怕苏顾然是抱着委曲求全的心态,如果委屈就能求全,这世上也就没有委屈了。

苏顾然简要地回答道:"还好吧,我原先以为上班的时候会有一点别扭,不过现在看来是我想多了,对了,他要从家里搬出来了。"

这倒是个新消息,钱倩倩也有些意外,"啊?"

"嗯,刚找到房子。"

钱倩倩看了她一眼,"你说宋乔生知道当年他爸误诊的事了吗?"

苏顾然摇了摇头,"我不知道。"

不知道,也不想知道,她甚至不知道自己心里是怎么期望的,她希望她与宋乔生之间能够坦诚一些、将所有的事情都理清楚,可是她又不希望面对她的时候宋乔生总是为当初的事带有一种歉疚感。

钱倩倩看着她又问:"这一次和宋乔生和好以后,你们对未来有什么计划吗?"

计划?

苏顾然依旧是摇头,"走一步看一步吧。"她站起身,"我去洗个澡。"

"好。"

见苏顾然离开,钱倩倩这才又拿起了手机,点开网页浏览器,里面满是租房的信息,让人眼花缭乱,偏偏看来看去怎么都找不到想要的,钱倩倩重重地叹了一口气。

苏顾然刚才随手将自己的手机放在了桌子上,钱倩倩拿起,点开通讯录,选择"S"字段仔细地寻找,宋乔生、宋乔生……

没有！

苏顾然的手机里不可能没存宋乔生的号码，只是应该是什么名字呢……

只好从"A"字段开始翻，不是、不是、还不是……

钱倩倩心里正有些着急，突然看到眼前划过一个英文名字，仔细一看，上面写着的是"My Love"，她眼前一亮，估计就是它了！

将号码存入自己的手机，钱倩倩把苏顾然的电话放回原位，编辑短信，选择刚存入的这个号码，钱倩倩输入道："你好，请问是宋乔生吗？我是苏顾然的室友钱倩倩。"

大概是因为现在不忙，很快，那边回了消息："是的，请问你有什么事吗？"

钱倩倩心里一喜，赶紧回复道："请问你这两天有时间吗？关于顾然有很重要的急事要和你商量。"

按下发送，钱倩倩内心焦急地等待着宋乔生的回信，也就过了两分钟，手机又震动了两下，果然有关苏顾然的事于宋老板而言就是不一样，她看到宋乔生的回信："明天中午我去公司找你。"

"好，明天见。"

完成回复，钱倩倩这才松了一口气，她看向浴室的方向，里面的水声未断。

收回视线，钱倩倩的神情中多了几分担忧。

顾然，但愿你不会生气才好。

第十四章 他的住处

第十五章
招桃花的男朋友

周五,一周的最后一个工作日,苏顾然如常上班。

宋乔生昨日的门诊新收治入院了几个病人,交班过后,她去查看了病人的情况,查到车玉英的时候,她进了病房,简单地进行了一些检查,没有什么问题,车玉英恢复的状况不错,苏顾然也觉得欣喜,嘱咐道:"您可以多下地走一走,有利于康复。"

车玉英的表情有些冷,应了一声:"我知道了。"

她并没有什么特别高兴的感觉,这让苏顾然有些奇怪,就听车玉英继续道:"对了,这段时间你忙前忙后也辛苦了,这个香水就算是我们给你的答谢吧。"

措辞虽然客气,但车玉英的语气里却带着十分的冷意。

听车玉英这么说,苏顾然这才注意到此刻床头柜上放着的正是前几天她还回来的那个袋子。

她忽然明白了车玉英对她这种态度的原因,她把晋维宇送的东西还回来这个行为果然让车玉英想多了,不管是觉得她欲擒故纵也好、装清高也罢，总归车玉英对她的态度就是完全的戒备，不得不说，她对自己儿子的保护欲和占有欲还真是够强！

考虑了一下措辞，苏顾然扬起唇角带上假笑对车玉英道："阿姨，您太客气了，作为您的医生，我和我男朋友衷心希望您能早日康复！"

车玉英一怔，有些质疑地问道："男朋友？"

不想在这个话题上同车玉英做过多的讨论，苏顾然简洁地答道："是的，我还有工作，您先休息。"

同其他医生一起送一个病人做一系列的检查，前前后后一上午忙下来，苏顾然连椅子的边都没碰着，好不容易回到医生办公室休息一会儿，正要找宋乔生，却发现他人已经不见了。

她拿出手机，发现里面有一条短信，提示 From My Love，看到这几个词，苏顾然的嘴角不由微微上扬，偏巧这时冯易良从外面进来，注意到她的表情，不由调侃道："小苏，在和男朋友发短信？"

因为在工作上的几次接触，冯易良对她的印象不错，平时也对她比较照顾，在一个科室里抬头不见低头见，两个人渐渐也就熟络了许多。

她微怔，有种被人看穿心思的尴尬感，急忙掩饰地问道："为什么这么说？"

冯易良笑了两声，"看你的笑容和平常都不一样就知道了！"他继而闲聊着问道："他是做什么的？你们同学吗？"

"算是吧……"只不过现在成了她的老师而已。

"那挺好的,算是知根知底,也是学医的?"

可不是吗?岂止是知根知底,还不认识ABC的时候就认识了彼此,她和宋乔生的根底都该打结到一起去了!

"嗯。"苏顾然点头,又只怕他再问下去会问她男朋友是哪儿的,在不在这个医院、在哪个科之类的,赶忙转了话题道,"对了,冯老师,您知道宋……老师去哪里了吗?有个病人的检查结果需要他看一下。"

"小宋啊,他中午到时间就走了,大概有事吧。"

有事?苏顾然不由蹙起眉,先前并没有听他提起过什么,她赶忙点开手机上的短信,简单的两行字:"顾然,中午要去趟公司,有事及时电话。宋乔生。"

回公司……

难道是他们的新项目出了什么问题?

苏顾然看着这两行字,渐渐有些担心。

但她没猜中开头,也没猜中结尾。

S&N。

午休时间,办公室里的员工大多已离开,宋乔生坐电梯上了五层,格子间里,钱倩倩正在等着他。

"到我办公室来吧。"

虽然不常在公司,但作为公司创始人之一,宋乔生在这里还保留有一间自己的办公室,带着钱倩倩上了十二楼,掏出钥匙将门打开,进了房间将门关上,他一面向办公桌后走去一面问道:"你昨天短信里说关于顾然有很重要的急事,是什么?"

"我不知道应该怎么和你说。"钱倩倩抿唇,这种事总会有些不好开口,"我和顾然现在住的地方一年的租房合同就要到期了,谢谢公司的好福利,昨天经理告诉我员工宿舍还有地方,所以……"

宋乔生立即会意,"你要搬出来?"

钱倩倩看着宋乔生,有些为难地点了点头,"如果不是这样,我甚至不知道应该去哪里凑下一年的房租,而且我们现在住的地方离公司太远,每天早上挤公交车都是一场恶战,搬出来对于我而言无论是从经济上还是交通上都是最好的选择,可是对于顾然而言……"

上一次搬家的时候,钱倩倩已经把从钱家带出来的东西卖得差不多了,这一次她也没有办法了。

苏顾然现在还在上学,还有学费要交,也基本没有什么时间去打工,根本支撑不了租房的费用,医院的宿舍不够,苏顾然当初为了帮刚毕业的钱倩倩分担些房租,没有申请学校的宿舍,现在必须要等这学年结束,下半年进入研究生阶段以后才能回去,中间这几个月住宿就没了着落。

宋乔生的眉也不由皱了起来,显然意识到了问题的棘手,"你和她说过这件事了吗?"

"还没有。"想不出解决办法,她根本就不知道该如何同苏顾然开口。

昨天她找了整整一晚上的房源,可是根本找不到合适的,本市的房价本来就贵,更何况要考虑苏顾然去医院的交通,她现在没有那么大的能力来解决这件事,只好来找宋乔生帮忙。

钱倩倩知道如果告诉苏顾然,苏顾然一定不会同意她来找宋乔生,这么尴尬而又狼狈的事情现在的苏顾然不到山穷水尽一定不会想让宋乔生知道,可钱倩倩还是来了。

"我知道,你也不会舍得让顾然她一直住在那种地方。"

极其有限的空间,时常断水断电,夏天燥热、冬天阴冷,每到换季的时候,或轻或重,必要病一次才行,更不要提楼前曾经有人出过事的狭小黑暗的巷子,每次回来晚了,都会加快脚步小跑着过去,心里的恐惧不言而喻。

宋乔生看着钱倩倩,没有说话,默认了。

自然不会舍得,只是先前时机不对,他什么也不能说、不能做,可是现在……

他沉了声音:"我知道了,交给我处理吧。"

"我能问一下你打算怎么处理吗?顾然她……很敏感。"钱倩倩自然明白宋乔生必定会努力找到对顾然最好的办法,但她还是不放心,她怕过程中稍有意外会让苏顾然以为她和宋乔生一起欺瞒了她一样,苏顾然的清高钱倩倩几次见识过,这个姑娘一定不会希望自己被别人当作负担。

"我还在考虑。"这件事情的确难办,宋乔生蹙眉,"我可以去问一下朋友,联系一下医院附近有出租房源的房主,先以朋友的名义把房子租下来,然后再以顾然可以承受的价格租给她,只是……"

钱倩倩摇了摇头,"只是苏顾然不傻,医院附近的房价有多高她清楚得很,怎么就有人会以这么低的价格把房子租给她?"

的确,这太不正常了,可是又有什么更好的办法吗?

食指轻叩桌面,宋乔生凝眸沉思。

那边,钱倩倩又问道:"我想知道你有没有办法在医院宿舍上解决这个问题?"

宋乔生摇头，"现在医院的宿舍不多，里面应该是住满的，没到时候，很难找到位置。"

早就料到宋乔生会像这样说，钱倩倩轻叹了一口气，"事到如今，那就只有一个办法了。"她抬起头，"宋老板，我昨晚听顾然说你在租房子？"

周六。

虽然是周末，但记得和宋乔生的学术会议之约，苏顾然起得很早。

同一个屋子里，被苏顾然的闹钟吵醒的钱倩倩不满地嘟囔了一声"讨厌"，又将头埋在枕头底下继续睡去了。

如常梳洗过后，她跑去厨房做了两份简单的早餐，平日里一般都是钱倩倩下厨她洗碗，所以看似简单的内容对她而言也需要费些周折，不过好在结果是好的。

用保鲜袋分别装好，她看了一眼表，时间已经差不多了，她正想着，就听到手机的铃声响了，她赶忙过去接起，正是宋乔生。

"喂，乔生？"

睡眠再次被打扰，屋里传来钱倩倩的一声"怒吼"："我讨厌死你们俩了！"

被人"讨厌"也没有丝毫影响到苏顾然的心情，她听到听筒里传来宋乔生的声音，"我在下面等你。"

"好。"

因为并不能确切地知道这是一个什么样的学术会议，苏顾然对这样的活动只有一个隐约的印象，平日的牛仔裤、运动鞋显然不太合适，总该让自己显得成熟、正式一点，她拿出去年生日时钱倩倩送给她的那条宝蓝色的连衣裙换上,平常的时候她为了方便很少穿裙子,今日这条裙子总算是有了用武之地。

换好衣服下楼,宋乔生的车就停在她们楼的门口,透过玻璃视线相交,她察觉到宋乔生望过来的目光中带着一分惊讶。

拉开车门坐在了副驾驶的位置上,苏顾然将准备好的早餐递给了他。

宋乔生接过,不由一笑,"你怎么知道我没吃早饭?"

苏顾然耸了下肩,"现在知道了。"

她起初只是以防万一,现在她知道了自己的决定有多英明,表情中也带着小得意。

宋乔生配合地笑,看向她时,目光也变得柔和了许多,"这条裙子很适合你,很漂亮。"

被自己在意的人夸奖,苏顾然扬起唇角,"谢谢。"

宋乔生却又撇了一下嘴角,带着担忧问她:"漂亮得我都不想带你去了怎么办?"

这次参加会议的可有的是年轻的单身男医生,而他可不喜欢让别人觊觎着他的顾然。

大概这就是传说中男人的占有欲?

听他这样说,苏顾然探过身来,今天的他穿着同他刚回国时相似的一套黑色西装,因为此时是在车内,他的西装外套放在了后座上,上身仅着一件白色的衬衫,气质卓然。

她还没有告诉过他,她最喜欢他穿正装时候的样子。

几个月前的那次论坛活动,她回头间见他突然出现,她犹记得他当时在系着袖口的扣子,那个时候她的心情啊,真的是五味杂陈。

他已经不是当初那个一身白色运动校服的少年，他变得更加成熟、自信，那样一身量体定做的西装最好地衬托出了他的风度。

她向他靠近，忽然莞尔一笑，"宋老师，如果你比现在再差一点，我也就不用这么努力地让自己改变了。"

不知不觉间，他成了她变得更好的动力，虽然她并不清楚自己能做到什么样，但她在努力，变成一个可以和他并肩而立、自信从容的自己。

她唤他"宋老师"，带着些许调侃的意味，可他看得出她说话时的认真，没有什么比这更能打动他。

心中一暖，宋乔生俯下身去轻吻她，在她温热的唇瓣上轻轻地一啄。

"我们走吧。"

时间尚早，路况较好，他们提前二十分钟就到达了会场。

还未到正夏，而今天的天气又算不上好，阴天，有风，略有些冷，走进会场，里面的服务生穿的都还是长袖，不愧是要花大价钱才能定下的地方，冷气倒是开得很足。

刚一进去，苏顾然就连打了两个喷嚏，宋乔生见状，连忙要脱下自己的西装外套给她，苏顾然摆了摆手制止了他，"我还好，别担心。"

其实一点也不好，只是现在大家都还没有来，一会儿别人进场的时候可能会路过，看到她披着自己老师的外衣毕竟不好。

她的意志十分坚强，然而自己的鼻子却不太给面子，在她又打了十来个喷嚏以后，宋乔生终于不顾她的反抗将外套

第十五章 招桃花的男朋友

披到了她的身上，他握住她已经有些冰凉的指节，捂在手心里，有些心疼地小声道："真是个固执的笨蛋。"

苏顾然看着他，还是嘴硬道："其实不是很冷……"接着又打了一个喷嚏。

宋乔生看着她自相矛盾的样子，不由一声轻笑，也不理会她说了些什么，只是握着她的手更紧。

被人笑了的苏顾然瘪嘴瞪了一眼宋乔生，然而却愈发贪恋他手上的温暖，那种感觉，慢慢淌进她的心里。

她一面在心里鄙视着自己：苏顾然，你真是没出息，什么时候变得这么娇气了！

可一面又想：就是没出息了，又能怎么着？

临近开场，人渐渐来得多了。

所幸这是本市多家医院医生参与的会议，在一个大会场中，熟识的比重就变得不是很大，眼见着时间已经差不多了，没有人注意到他们，苏顾然刚要松口气，却听到后面有熟悉的声音叫道："乔生？"

苏顾然转过头去，是冯易良。

冯易良的身边还跟着一名男子，应该也是来参加会议的神经科医生，但苏顾然没在科里见过，应该不是A院的。

冯易良本来是想介绍宋乔生给自己的朋友认识，走近了才发现宋乔生的身边还坐着一个人，没想到是苏顾然，身上还披着应该是属于宋乔生的外套，他看着也是一愣。

他的朋友倒是颇为热情地向宋乔生伸出了手，"我是C院神经外科的医生，我姓吴，吴亚飞，易良的大学同学。"

从座位上站起身来的宋乔生回握了他的手，"你好，我是宋乔生，冯医生的同事。"

吴亚飞的态度颇为热络，"我知道我知道，我看过你前段时间做的那例垂体瘤切除术的视频，做得非常漂亮，我很佩服！"

虽然那次直播中宋乔生关闭了手术室内的摄像机，但是用显微镜操作时连接了电脑用软件录了像，手术结束后医院在征得病人及家属同意的情况下将手术的视频作为教学视频上传到网络，在界内影响很大。

宋乔生礼节性地笑了一下，"谢谢吴医生的肯定。"

吴亚飞一偏头，正看到坐在宋乔生旁边位置上的苏顾然，他随口闲聊般地问道："这位是您的女朋友？"

一脚踩中"雷区"。

吴亚飞不知道宋乔生和苏顾然是师生，冯易良却听说过院内关于这对师生的花边新闻，明白这个问题敏感，赶忙对吴亚飞道："会议要开始了，咱们快去找个位置坐下吧！"说着就把吴亚飞拉走了。

这边，吴亚飞不明白为什么自己的老同学忽然这么紧张，有些不明所以地回过头看了看。

怎么了，他只是想夸一下人家女朋友漂亮而已啊！

主持人站在了台上，音响里传来试话筒的声音，会议就要正式开始了。

这一次会议要讨论的主要疾病是癫痫，汇集了最新的临床和基础两方面的研究，苏顾然平日对癫痫方面了解比较有限，更别提专业性极强的研究了。

虽然宋乔生一直在旁边耐心细致地为她讲解，但由于信息量太大，她也只能朦朦胧胧地了解个大概，不过她对此倒

第十五章 招桃花的男朋友

是不太在意，总归她现在不是、将来应该也不会去研究癫痫，所谓术业有专攻，她在这一点上对自己并不苛求。

不过她没懂，有人却懂了。

因为会场的座位排得比较近，尽管宋乔生尽力压低了音量，但前排的人还是能听得到他讲话，休息的间歇，前排的一位年轻女医生忽然转过身来微笑着问宋乔生道："您好，关于您刚才讲的我有一些问题，请问方便问您一下吗？"

她既然开口，宋乔生虽然有些意外，还是点了下头，"您说。"

"就是刚刚讲到的异常放电机制里有这么一点……"

她同宋乔生热络地聊了起来。

苏顾然起初并没有在意，只觉得秉承着会议宗旨进行学术交流是一件十分有益的事情，但当眼看着那女医生越聊越尽兴、越聊越神采飞扬的时候，苏顾然的心一沉，终于意识到了不对。

为了找回自己的存在感，在宋乔生回答完这位女医生的又一问题后，苏顾然看准时机插话道："您是哪个科室的啊？听起来您对癫痫了解得很多啊！"

没想到这一句问得不巧，正给这女医生搭了台阶，她笑起来的时候有两个酒窝，"其实我是精神科的，对癫痫也不算了解很多，就是家里正好有一位病人，所以想多了解一些，啊，对了，宋医生，你能给我留个电话吗？关于我亲戚的病也想请教一下你。"

留电话！

这下算是到了苏顾然的底线，她转过头去看着宋乔生，眼神中写满了一句话"敢留你试试"。

宋乔生的神色倒是一切如常,他看着面前的女子不着痕迹地拒绝道:"我对癫痫研究也并不充分,如果你的亲戚有意治疗的话可以在周三下午去A院门诊请林主任看一下,这样比较稳妥。"

那女医生并不放弃,"去门诊挂主任的号是不是会很难?我觉得宋医生你就已经很厉害了,我只想可以的话能听一听你的参考意见也好。"

真是够执着的。

苏顾然的眉蹙得更紧,只听一旁的宋乔生在短暂的沉默过后终于开口说了句:"那好吧。"

前排的女医生一喜,赶忙把手机递了过来,"那请您帮忙输一下吧!"

"好。"

宋乔生接过手机,手指轻动,很快按下了几个数字。

完成输入以后,他刻意等了几秒才将手机还了回去,原先眉毛都快拧到一起去了的苏顾然就在这片刻间看清了屏幕上的数字,忽然就舒展了表情。

这一串号码她也熟悉,八位数,他们办公室的电话。

时间刚刚好,主持人宣布会议继续,大家坐回自己的位置。

宋乔生凑到苏顾然的耳边,故意问道:"如果我真的把手机号留给她你会怎么样?"

他呼出的温热气息拂过她的耳畔,痒痒的,她瞪了他一眼,"哼"了一声道:"你试试看!"

此刻她面前的他眉目俊朗,温文尔雅,比起十年前她记忆中的那个少年,眸色中更多了几分岁月带来的深沉,可无论如何，似乎有一点一直没有变过！

想着，苏顾然禁不住有些咬牙切齿用口型对他道："你怎么这么招桃花？"

他笑，带着宠溺，"为了体现你有好眼光。"

一上午的时间坐在开足冷气的会场里进行着"繁重"的脑力劳动，苏顾然的热量很快就被消耗殆尽，肚子响起"咕咕"的一声，离她最近的宋乔生听得分明。

"饿了？"

苏顾然的脸一下子热了，还嘴硬道："没，没有。"

正说着，肚子十分不配合的又叫了两声。

谎言被戳穿，宋乔生看着她，眼中的笑意闪烁，他抬头看了一眼会场里的表，还有半个小时结束上午的会议，宋乔生想了想，对她说："我们吃饭去吧！"

这个……

"不好吧……"

可紧接着，她就跟宋乔生站在了会场的外面。

她看着宋乔生，抑制不住自己想笑的心情，就像是两个好学生终于学坏，逃了课出去玩，有一点点负罪感，但更多的是可以感受到的自由。

她对宋乔生道："这是我这么多年以来第一次'逃课'！"

哪知宋乔生一点也不给面子，用怀疑的口吻道："第一次？那上次你在我的课堂上走掉应该怎么算？"

上次？好吧，上次他的衣服在她的包里被人翻了出来，他说"上课"的时候她只是觉得真是够了！

虽然他似乎是在维护她，可是如果不是他，她原本可以像过去那么多年一样平平静静地过着自己的生活，那天的一切就像是一场闹剧,而她不想再看下去,背起包就出了教室。

上次啊……

那个时候她想逃的不是课,而是……

苏顾然面上的笑意淡去,就在宋乔生觉察到不对想要换一个话题的时候,却听她忽然开口玩笑道:"宋老师,这种事你就不能忘了吗?"

适逢她的肚子又"咕噜噜"地叫了一声,宋乔生一声轻笑,"好吧,我们去吃饭。"

第十五章 招桃花的男朋友

第十六章

她的好眼光

会议主办方为与会的人提供自助餐,因为时间尚早,餐厅里的人并不多,找到合适的地方将东西放下,苏顾然接着就投奔了食物的怀抱。

宋乔生正要跟过去,然而视线微转,余光掠过那边的角落,他忽然看到自己的父亲正坐在那里,而在他对面的竟然是……胡静颜。

他先时就觉得事情有些蹊跷,此时看到这样的场景只觉得愈发蹊跷了些,心中有了猜想,但妄下结论并不是他一贯的风格,他索性向他们走了过去,站到宋志民的身边,轻唤了一声:"父亲。"

因为他之前一直在宋志民背后的方向,宋志民并没有注意到他的到来,此时一抬头见到他,宋志民先是有些惊讶,"会议结束了吗?"随后又道:"我来给你介绍下,这位是古月集团的胡静颜小姐,这位是……"

"Dr. Song?"胡静颜出声,面上带着惊喜的笑容看向宋乔生,接着看似有些震惊地看着宋志民,"您和宋医生是……我真的没想到这么巧!"

她的喜悦溢于言表,向着宋乔生伸出手来,"宋医生,好久不见!"

她装作自己并不知道宋志民就是他的父亲,这一切不过是巧合而已,可宋乔生又怎么会信?上一次见面的时候,这个女人连他父亲十年前的误诊都查了个一清二楚,眼下这样的碰面又怎么会是巧合?

他不知道她做了些什么去取悦他的父亲,但无论她做了什么对他而言都不重要,他要证实的已经都证实了,而她如此的谎言,他连拆穿都懒得去做。

宋乔生双手插在西服裤兜中,眉眼间是一片清冷,"不好意思,胡小姐,我的女朋友在那边,我要过去了。"

他说完,转身就走,却被自己的父亲不悦地叫住:"乔生!"

他回头,象征性地扬了下唇角,"祝您下午的演讲顺利。"这两天在家,他知道自己的父亲受邀在心血管疾病分场中做一个讲座。

宋乔生要走,宋志民再次阻拦:"回来!"

气氛正僵,旁边,胡静颜适时地插话:"宋医生为何不叫女朋友一起坐到这边来?"

先前没有仔细听的宋志民这才注意到了重点,"他哪有什么女朋友?"

带着威胁的意味看着胡静颜,宋乔生开口道:"我的确是有女朋友的,多亏胡小姐不久前告知我的事情,我觉得我的女朋友可能不太想过来,胡小姐以为呢?"

他没有兴趣知道她是怎么让他的父亲相信她的，他也不想管，但如果胡静颜想要将顾然拖进来，他一定不会让她如意！

胡静颜的面色一凝。

当退则退，这个道理胡静颜一直明白，如果让宋乔生现在把她去查了宋志民误诊的事情说出来就不好了，关于宋乔生的女朋友，就算她不问，宋志民也一定会问，她自然不必担心。

当着外人的面，宋志民虽然想将宋乔生留下来细问，却也只能等到晚上回家再说了。

相视无言，宋乔生正要离开，可就在这时，从不远处传来苏顾然的声音，"乔生，你是要西柚汁还是苹果汁？"

想要阻拦已经来不及，他回身就见苏顾然向他一步步走了过来，她的脚步停在了他的旁边，看着胡静颜微笑着问他道："你的朋友？"

一转头，却看见在另一边的宋志民。

过来的时候因为角度问题，她并没有注意到被宋乔生挡住了大半个身子的宋志民，此时在这样的场合下面对面，苏顾然一僵。

气氛一时凝滞。

宋乔生很清楚苏顾然和自己父亲之间的尴尬，这并不是他向自己父亲介绍自己女友的好时机，面无表情地看了眼胡静颜，宋乔生向苏顾然介绍道："这是古月集团的胡静颜，这次的学术交流会议就是古月集团主办的。"

古月集团……

好熟悉的名字。

苏顾然正想着，只见胡静颜视线打量过她，而后看似友好地向她伸出了手来，"你好，很高兴见到你。"稍作停顿，她对宋乔生道："宋医生的女朋友真漂亮，宋医生好眼光。"

好眼光……

苏顾然注意到胡静颜看向宋乔生时的目光，敏感地从其中察觉了些什么，不动声色地回握了一下胡静颜的手，苏顾然抬头对宋乔生道："我就当你选了苹果汁好了。"说完，转身又向食品区走了回去。

她想起来了，古月集团，不正是让钱氏破产的那家公司？

还真是够巧，看来那边那张桌子上的两个人，她一个也不想遇到。

心情不好，何以解忧？吃！

又拿了一盘子的东西，苏顾然转身，跟过来的宋乔生赶忙接过，"我来。"

她坐到座位上，宋乔生十分体贴地为她铺好餐巾，随即在她的对面就座。

他看得出她情绪的变化，比他们刚刚过来的时候又低落了一些，他开口低声道："抱歉，我不该将你置于那样的境地。"

她抬起头，装作没事，带着不解的表情看着他，"什么境地？"

"我知道十年前你母亲的事了，"还是说了出来，宋乔生不确定这是和她挑明这件事的好时机，可他只是不想让她明明很难过却还要和他装作没事的样子，"我为我父亲的错误决断感到很抱歉。"

苏顾然一怔，随即低下了头。

算意外也不算意外,她该猜到的,他果然知道了。

那样的境地、尴尬的境地,在宋乔生回来前,她只希望这辈子不要再见到宋志民了才好,她很清楚自己永远也不可能原谅宋志民,而为了让自己能够平静地生活,她能想出的最好的解决办法就是再也不要见到他,可现在,这个办法似乎也并不是那么好了。

喝下一口蔬菜汤,苏顾然摇了摇头,"是我自己走过去的。"

是她自己走过去,才看到了宋志民。

并不想和宋乔生讨论十年前的事,现在的她并不知道该以什么样的语气来和他谈论起那件事,她索性换了话题,"对了,你和那个胡……很熟吗?"

"胡静颜?只是之前见过几次。"

苏顾然似是了然地点了点头,随后道:"她喜欢你。"

"顾然……"

"我有女人的直觉,所以看得出来。"

宋乔生轻笑着摇了摇头,"好吧,那你对此有什么想法?"

她"哼"了一声,撇了撇嘴,很是不满,却还是用轻描淡写的语气说:"就当是我眼光好呗!"

他拿起筷子,一脸正经地对她说:"这样想就对了。"

下午的会议要短一些,只有一个半小时,终于等到会议结束,苏顾然长舒了一口气,从椅子上站了起来。

"走吧,我们去家具城。"

听到宋乔生这样说,苏顾然一怔,"现在?"

他拉过她的手,带着她向外走,"就是现在。"

宋乔生的首要目标是床和沙发这种房间里不可或缺的大件，而他又绝对是一个效率至上者，打算这一趟就把这两样敲定，苏顾然听着他的计划只觉得压力如山大。

沙发还算顺利，走一走、看一看、试一试，花了不算长的时间，他们找到了一款合适的布艺沙发，但是等到选床及床垫的时候就没有这么顺利了。

不得不说和宋乔生讨论应该买什么床时的感觉很怪，其实明明只是给他买，但每到一家店，店员总是会问："您二位喜欢什么样的？"然后带着他们走到一个床边，向他们介绍道："很多新婚夫妇都在我们这里买了这个床，实木的，很结实。"

新婚夫妇……

苏顾然只觉得尴尬得很，抬眼想要偷瞄一眼宋乔生，没想到他也正看着她，视线相接，她赶忙转了头。

她原本想着不过是挑床架的高度而已，哪儿有那么费劲，听了几遍"新婚夫妇"这个词，苏顾然只希望宋乔生赶紧买完赶紧算，哪知宋乔生却像是逛上了瘾，带着她走走看看，逛了许多家店才最后选定一个双人床。

去看床垫的时候，一直不习惯穿高跟鞋的苏顾然终于再也走不动了，随便找了一个床垫往上一躺就半天不肯下来，看得出还挺舒服，宋乔生在一旁看着不由扬唇，上前用手试了试，随后对店家道："就要这个好了。"

他做决定太快，苏顾然用手臂撑着探起身问："你不再逛逛了吗？"

"你要是现在站起来再陪我逛逛也可以。"

苏顾然重新栽回了床垫上，话说得飞快："你去交钱吧！"

交了钱，宋乔生回来的时候苏顾然竟然还躺在床垫上没有动弹，大概真的很累了，他走到她的身边，向她伸出手去，"我们该走了！"

有些不情愿地让宋乔生将自己拉起来，苏顾然站起身，她……

"啊！"

脚下着力不对，她忘记了床边有一道小槛，高跟鞋一脚踩错了地方。

拉着她的手力道更大了几分，宋乔生眼疾手快地将她的重心带到了自己身上，抱住了她。

她几乎是扑在了他的身上，宋乔生有些担忧地问："有没有受伤？"

她尝试着活动了一下脚，有点疼，不由倒吸了一口气，大概是崴到了一点，不过所幸宋乔生拉得及时，并不是什么大事，休息一会儿大概就好了。

她正要说"没事"，突然就觉得世界颠倒了一个方向，众目睽睽之下，宋乔生将她打横抱了起来！

"宋乔生！"她有些不可思议地叫他。

"搂住我，别掉下来。"

周围的人因为刚才她的一声惊呼都向他们看了过来，苏顾然脸皮薄，急忙想让他放她下来，刚挣扎了两下，就听宋乔生严肃道："你要是想在这里多磨叽一会儿给大家看就接着动！"

苏顾然权衡了一下利弊，老实了。

起初的时候苏顾然有些害怕宋乔生一个没抱住把她给摔下来，双手紧搂住宋乔生的脖子，感受到她的紧张，宋乔生心里起了一点玩意,手上稍稍松了一下劲,就听苏顾然惊吓怒号了一声:"宋乔生你混蛋!"整个人抱紧他向他身上一趴。

她的反应还真是大,宋乔生不由一声轻笑,安慰她道:"放心,我不会扔下你的,你现在可以相信我。"

相信,多奢侈的词,她从前是那样地相信他,遇到事情的时候他是第一个进入她脑海的人,可是他还是离开过她。

并不是她想要紧抓着过去不放,可是过去就是对她穷追不舍,她明明很清楚此刻宋乔生不可能让她摔下去,可她还是禁不住会害怕,她会想如果她真的摔下去,应该以什么姿势、哪里先着地比较好?

她的两只手臂在宋乔生的后背处用力地交握在一起,这样,就算她真的摔了下去,也一定要拉他做垫背。

她将头埋在宋乔生的颈窝处,喃喃地念道:"乔生……"
"嗯?"
"我饿了……"
"那我们去吃饭。"
"我想吃铜火锅!"

宋乔生手臂用力将她向上颠了一下,更紧地抱住她,而后轻笑着道:"好,那我们就去!"

心满意足的苏顾然偏头,在他的脸颊处轻轻地亲了一下。

心里那种温暖的感觉无法用言语描述,在这一刻,他忽然觉得所有的一切都是值得的,虽然走到现在还会有很多的不尽如人意,虽然还有很多问题亟待解决,可是啊,没有什么是值得他烦恼的,这么长时间以来,他想要的不过就是此刻臂弯中的这份温暖,他的顾然。

开车到了一家火锅店,铜锅刚被端上来,苏顾然就已经迫不及待地拿起了筷子,恨不得把锅直接吃了的样子。

宋乔生看着她哑然失笑,一面跟她说着"不要急",一面拿出了一把钥匙递给她,"上次带你去看过的那间房子的钥匙,你不是说要帮我布置吗?"

这倒出乎了苏顾然的意料,她看着钥匙一怔,"我之前的意思是可以给你提供一下参考意见……"

也不同她多说,宋乔生直接将钥匙塞到了她的手里,然后将她的手指掰弯过来合拢成拳,他才开口道:"那个房子里你最喜欢的落地窗,不用钥匙打开房门可是看不到的!"他伸手揉了揉她的脑袋,"就当是帮我一个忙,常去看看也好。"

苏顾然看着他,半晌,才小声应道:"好吧。"

菜来了。

她一大筷子肉、一大筷子菜放到锅里,然后就期待地等着开锅。

一旁的宋乔生看着不由摇了摇头,"先放肉不好……"

话还没说完就被苏顾然抢过了话茬,"高嘌呤容易痛风,还有胆固醇对血脂不好,可是。"苏顾然转过头来看着宋乔生,眼巴巴地看着他,"宋老师,我饿啊……"

现在已经是晚上七点多了,这一下午穿着高跟鞋和宋乔生逛家具城,苏顾然自认能撑到现在已经算是不错的了,至于像旁边这位中午没吃多少,刚才还有劲抱她走那么远的人,体内能量到底是怎么供应来的,于她而言也算是个未解之谜了。

正说着,突然响起了手机铃声,是宋乔生的电话。

宋乔生拿出手机的时候,苏顾然顺势看了过去,来电显示上是他父亲的名字：宋志民。

宋乔生转过头来对她道："我出去一下。"说完，站起身向外面走去。

她看着他的背影，想起今天中午见到他父亲时的情景，已然猜到这通电话大概和什么有关。

锅开了，晚餐的香气袭来，苏顾然收回自己的视线，不再去想那些事，开始了自己的晚餐。

另一边，宋乔生走出饭店外，电话那边，父亲严厉的声音传来："这么晚了，你在哪里干什么呢？"

七点，不算早也不算晚的时间，宋乔生知道父亲真正在意的并非时间问题，因而只是简要地答道："在外面吃饭。"

宋志民冷哼了一声，又问："和谁在一起呢？"

宋乔生答得坦然："顾然。"

"苏顾然？"对这个答案其实算不上意外，但宋志民的声音中还是充满了恼怒之意，"你是要把我和你妈气死吧！现在就给我回来！"

宋乔生的声音依旧平静，却也冷淡了许多，"我还有点事，可能要晚点回去，您和妈先休息吧！"

他说完，挂断了电话。

他知道回去以后他的父母会和他说些什么，他知道他的父母对顾然的态度，十年前，在他的母亲亲自将他送上飞机的那一刻，这一切都已经明了，从那个时候他的父母就已经做了决定，至于后来顾然母亲的事情，只是让双方的关系雪上加霜而已。

可无论如何，在这件事上他绝对不会妥协，因为十年前的分别，他更加知道他不想再承担失去苏顾然的风险。

第十六章 她的好眼光

他明白他必须要和自己的父母好好地谈一次，可怎么谈却是一个难题，他父母的行事风格他自然清楚，正在气头上，只怕什么也谈不下去。

整日的阴天，此时又是夜晚，起风了，有点凉，宋乔生看着已经暗下来的天，心情也一点点变暗。

他回到饭桌的时候，苏顾然一个人正吃得热闹，他看到自己的盘子里堆着高高的一摞肉和菜，应该是她为他留下的。

因为是火锅店，每一桌都有热气升腾，相比于外面显得格外温暖，他坐在椅子上，就见苏顾然回头看了他一眼，看似不经意地玩笑道："你再不回来就没得吃了！"

明明是她给他留了满满一盘子的东西，此刻却装作这好像不是她干的、好像她真的会狠心让他饿肚子一样，宋乔生看着她，没有说话，只是忽然伸出手去，捧住她的脸，替她擦掉了嘴角的酱汁。

他似乎特别喜欢这个动作，就像是对待一个孩子，温柔之中带着宠溺，只是这一次，他似乎有一点不同。

苏顾然猜得到应该是与刚才他父亲的那通电话有关，伸手握住他放在她脸颊处的右手，她看着他不由叹了口气轻声道："如果有什么想说的话就说吧，我没那么脆弱的。"

他牵唇弯成一个弧度，"我知道，你一点也不脆弱，我只是有点难过，明天是周日，不用上班也没什么活动就见不到你了。"

听他这么说，苏顾然失笑，这样的理由也亏他想得出来！

却还是顺着他道："那明天宋老师有时间的话来我家帮我辅导一下功课吧。"

"今天买的家具明天要送到租的房子那边去，我得过去。"

苏顾然知道宋乔生心情不好，主动道："那我明天过去找你啊，反正你也给我钥匙了。"

她是认真的。

听到她这样说，宋乔生静静地看着她，半晌，突然伸出手将她拥进了怀里。

她轻轻地伸出手，回抱住了他，即使在饭店里，他们显得是那样的古怪，但她并不想理会别人的目光，只是轻拍着他的背，安慰他。

她知道他此刻内心的矛盾与挣扎，她也知道他的自尊不允许他对她说出他面对的究竟是什么样的情况，她更知道他现在一定很为难，而她能做的只有这样，安安静静地抱着他。

也不知过了多久，她忽然听到他说："顾然，你在这里，真好。"

真的，很好。

这份安心与踏实是他所久违了的，他是那么确定，这就是他想要的，他的顾然。

气氛略有一些压抑，苏顾然想要活跃一下气氛，玩笑着接道："是啊，我能给你煮肉、煮菜、烫粉丝，这么贤惠，当然好！"

等等，粉丝？

苏顾然猛然想起刚才自己放进去的一把粉丝，赶忙伸筷子去捞，可哪里还捞得上来？

这下气氛可真是"活跃"了，她一撇嘴，做出一副要哭的表情道："我的粉丝……"

一顿饭慢慢腾腾吃了一个半小时还多，将自己的胃塞得满满当当的,苏顾然跟着宋乔生出了饭店,因为这里离她租住的房子已经不远,她索性提议两个人走过去就好了。

她高兴,宋乔生也愿意奉陪。

他们走在人行道上,周围是时而驶过他们身边的车流,暖黄的路灯下,他们的影子被拉得很长,然后又渐渐变短,他们慢慢地走、慢慢地走,就像是走过了这么多年的光阴。

这一天下来,脚已经酸疼又有些肿胀起来了,此刻穿着高跟鞋简直就是一种折磨,苏顾然叫住宋乔生,停下了脚步,"等一下。"

在宋乔生目光的注视中,苏顾然伸手脱下了自己脚上的高跟鞋,她光脚踩在了地面上。

一下轻松了很多,用手拎着自己的鞋,苏顾然转头向宋乔生一笑,"我们走吧!"

他的目光落在她的脚上,蹙眉,有些担忧道:"小心石子和玻璃扎脚!"

苏顾然倒是想得开,"没事,不会有事的。"

"不行,小心为好!"

她笑了一下,耸肩道:"真的没事的,别担心!"她走上人行道内侧与绿化草地中间的那条马路牙子,像在走平衡木一样一步一步地向前走去,一面语气轻松道:"我从前也是小心再小心,因为说晚上吃糖可能会长蛀牙,我晚上连口香糖都不敢吃,可后来我发现,有些事如果注定要发生的话,根本就不是你小心就能避免的。"

就像十年前的那一场灾难,坦白地说,她到现在没有想明白这一切究竟为什么会发生,可偏偏已经成为了事实。

她说得轻描淡写,然而如宋乔生那般了解她,自然明白她心中的结是在哪里。

难得能有这片刻的轻松自在,他并不希望苏顾然将自己拖回到那样的沉重里去,他对她调笑道:"比如喜欢上我?"

苏顾然禁不住想要瞪他一眼,他可真是自大,她哼了一声道:"比如你这么招桃花!"

还是吃醋了!

宋乔生看着她轻笑了两声,他弯下身将她再次横抱起,"我就喜欢最大的这朵桃花!"

他甚至抱着她在原地转了一个圈,苏顾然吓得直搂紧他的脖子,在夜晚的马路上,他的笑声是那么地开怀,就像是一个年轻的毛头小伙子,她就这么想着,突然意识到他才二十六岁,他们都才二十六岁,可是不知道为什么,心里累得好像早已远离了"年轻"这个词。

等他闹够了,她一面笑一面拍着他的肩让他放她下去,"我晚上吃得多,怕你一会儿抱不动了把我摔下去!"

他却不肯放,不以为然道:"哪怕你把锅都吃下去了呢!"

"你才把锅都吃下去了!"

她佯作生气地瞪着他,而后又禁不住大笑了起来。

他就这样抱着她,一直向前走,他希望她明白,就算她的心里有多少沉重的东西、无论他们之间有多少沉重的东西,既然他选择了这条路,就一定会带着她,站着走到底。

待到苏顾然回到家的时候已经九点多了。

一进门,苏顾然就看见钱倩倩坐在沙发上,见她回来,钱倩倩调侃她道:"哟,这一天出去到现在才回来,和宋老板这么难舍难分?"

苏顾然瞪了她一眼，知道和钱倩倩说下去只会越描越黑，索性理直气壮道："就难舍难分了，怎么着！"

正说着，手机响起了短信提示音，她拿出一看，是宋乔生，简单的两个字："晚安。"

她不由莞尔，飞快地回复他："晚安。"想了想，又补了一句："明天见。"

自她的表情中，并不难猜出这是谁的短信，钱倩倩看着，不禁啧声道："这才刚分开短信就追来了，你们两个要不要这样？"

苏顾然继续理直气壮，"怎么着！"

换上拖鞋，双脚终于得到了解放，苏顾然走到沙发处坐下，靠在背垫上叹了口气道："这一天简直比上班还累！"

她身边，钱倩倩一点同情的意思也没有，继续拿话噎她："累并甜蜜着！"

苏顾然直接大方地承认："这倒也是。"

钱倩倩做出一脸羡慕嫉妒外加恨的表情，"这人和人就是没法比！对了，你知道S&N在这次项目发布后，会在美国上市吗？"

对商业上的东西苏顾然一向没兴趣，只是随口应了一声道："是吗？"

"这次上市之后，你知道宋乔生宋老板的身家会翻多少倍吗？"

苏顾然倒是不以为意，"多少？超过两倍我就和他自动分，降下来自动和。"

钱倩倩想了想，还是看着苏顾然住了嘴，没有再说下去，她知道苏顾然并不想当什么灰姑娘，可这个数字一说出来，只会更显得她像是一个灰姑娘。

"怎么不说话了？"

钱倩倩翻了个白眼，"您要是自动分了，明天宋老板不就得找我算账来？"

苏顾然象征性地牵了牵唇，笑意却很淡，这个话题到此为止。

就在钱倩倩以为她累了，不会再开口的时候，却听苏顾然带着些迟疑出声道："我今天……见到古月集团的人了。"

钱倩倩从茶几上拿起一个铁山楂，一边吃一边应道："是吗，什么人啊？"

"一个女的，应该和咱们差不多大，姓胡，叫胡什么颜来着……"

倒是钱倩倩知道得清楚，"胡静颜？"

苏顾然点头，"还是你对这些了解得多。"

钱倩倩扔掉手里团成一团的包装纸，耸了一下肩道："连自己仇家的名字都不知道的话就太说不过去了。"

"仇家？"苏顾然蹙眉，"所以她是……"

"胡家的独生女啊，古月这一辈的继承人。"钱倩倩说着，突然意识到了些许不对，"你是在哪里见到她的？"

听她这么说，苏顾然也意识到了问题，胡静颜该是公司里主管层面的，今天的活动不过是一个学术交流会议，她又何必亲自去到活动现场？

苏顾然简要地答道："今天中午吃饭的时候她和宋志民坐在一起。"

"宋乔生认识她吗？"

"乔生说只是之前见过她几次，不过我觉得……"

"什么?"

苏顾然揉了揉额,"我觉得她看宋乔生的神情不太对。"

意外也不意外,钱倩倩一撇嘴,"怪不得。"想了想又说,"如果她真的喜欢宋乔生的话,你要小心啊,总归胡家人的手段都不会好到哪儿去的!"

"嗯。"苏顾然轻应了一声,也没有太在意,总归她和胡静颜今天才算是第一次见面,平日里她们也没什么交集,胡静颜总不能到医院里来找她的事吧?

反倒是宋志民那边……

想起不久前晚饭时宋乔生接完电话的表情,苏顾然不由担忧地叹了一口气。

第十七章

我在

事实并没有出乎苏顾然的担忧。

看着苏顾然上楼,宋乔生又在她家楼下坐了一会儿,在没有几颗星星的夜幕下,他静静地想了很多。

回国以后这不算长的时间里,就像是一场最美好的际遇,他和顾然,他们以几率那么小的方式再次相遇,一路走下来,就好像是上天注定,一步一步,直到现在。

想到苏顾然,他的唇畔处就不禁漾起一分笑意,他喜欢她,但又不只是喜欢她,有的时候,他觉得她是很值得佩服的,她拦在手术室前的勇敢、她扬手打了晋维宇时只想求得一点公平的小心性。

这么多年无论是在医院还是在公司,他也见过了形形色色的人和事,虽然苏顾然处理事情的方式并不成熟,但就是这样的她,让他每每想起总会有一种力量,在世事浮沉中不至迷失。

他不会再离开她了,无论是因为谁、因为什么,都不会了。

他必须要将这一切解决好，若非如此，他又有什么资格向苏顾然许诺未来？

回家。

他的父母早已在客厅中等待着他，他推开门面对的，就是自己父母不满的表情。

"你去哪儿了？"宋志民首先开始了责问。

宋乔生将自己的外衣挂好，简要地答道："我说过，吃饭。"

"你看看现在都十点了，你吃饭吃到半夜？"

宋乔生也不想就此多解释什么，轻应了一声："嗯。"

宋志民的火一下子蹿了起来，"嗯什么嗯，是不是苏顾然不让你走？"

听到自己的父亲这样说顾然，宋乔生蹙眉，"是我不让她走。"

宋志民看着自己的儿子冥顽不灵，不由怒道："那个苏顾然有什么好？又固执又不会来事，对你的未来也不会有丝毫帮助，你脑子里到底在想什么？"

"我和她一样固执，如果我会来事，我就该把这件事处理得更好一点，我不在乎她对我的未来有没有帮助，因为她就是我的未来。"宋乔生停顿了一下，看着自己的父亲，他降低了自己的音调和音量，"爸，我不想和你吵架，我只想知道你对顾然有这么大的成见究竟是因为什么？"

一旁，他的母亲态度坚决地插话道："无论是因为什么你都不能再和她在一起，我们绝对不会接受她的！"

"妈，我要的是原因！"

十年前，他的母亲没有给出任何原因就将他送上了飞机，他当时虽然怀疑出了问题，却没有坚持问清楚，而后十年，他几乎每天都在为这件事后悔，同样的错误他不能再犯第二次。

"苏顾然的人生已经千疮百孔了，她不适合你！"

"我会和她把所有的疮孔弥补上。"

他的母亲瞪大了眼睛看着他，"她父亲的事你弥补得了吗？"

果然，母亲最在意的还是苏顾然父亲犯下的错误，那个改变了一个家庭命运的错误、那个让顾然难堪痛苦了很久的错误。

几乎是本能地，宋乔生回应道："我会尽力弥补她母亲的事。"

这是一种回击，虽然这并非他故意，但潜意识里，他的母亲提到苏顾然父亲的事时，他感觉到了一种伤害，那是顾然的伤疤，在她好不容易挨过那些日子后，没有任何人有资格去提起这件事，把这当作是她的错误一样，所以他提起了顾然母亲的事，他在怪自己的父母，为什么对他们犯的错闭口不提？

宋母有些难以置信地看着自己的儿子，"乔生，你这话是什么意思？你是在怪你爸和我吗？"

"我不是这个意思，但是。"宋乔生深吸了一口气，"我只想要一点公平，顾然她从没有因为她母亲的事和我说过半句你们的不是，她甚至从来没有和我提过她母亲的事，可为什么你们却要因为一些本来就不是她做错的事，而一直对她有那么大的偏见？"

"她没有提过?"宋父听到自己儿子这样说,先是一怔,而后冷笑了一声,"她没有提过你怎么知道她母亲的事的?"

"别人告诉我的。"

"谁?"

如果说起胡静颜的事,要说的就又多了很多,关于胡静颜他还有事要问自己的父亲,今天已经太晚,宋乔生原本不想牵扯那么多,可此刻却已经没有办法,"胡静颜。"

话音落,他看到自己的父亲身形明显一僵,"你说谁?"

"胡静颜,就是今天中午和您一起吃饭的那个人。"

宋志民几乎是下意识的反应,"我不信,你别为苏顾然开脱编这种事情,怎么可能?胡静颜怎么会知道这些事?"

长叹了一口气,宋乔生回答道:"她找人查了我,不只是我,还有顾然。"

知道自己的父亲一定会追问为什么,宋乔生索性直接说出来:"胡静颜之前早就来找过我,被我拒绝,恼羞成怒,查了顾然的过往想来威胁我。"

宋志民听着,连连摇头,"胡静颜说她从你们公司美国的发布会后就没再见过你!我不信,这样的故事太离奇了,我不会信的!"

"爸……"

宋乔生的话还没有说出来就被宋志民打断了,"别说了,别再为苏顾然说话了,我和你母亲的态度已经摆在这里了,你爱听不听!不听的话就当没我们这对父母吧!"

话越说越严厉,说到最后,客厅里一片沉寂。

宋乔生坐在沙发上低头看着地面,不知道过了多久,他才艰难地出声道:"爸,你明知道我不可能这样!"

周日。

苏顾然早起收拾好东西后，如常去到一个高中生的家里做生物家教。

这个学生是个男孩，很聪明，会提各种各样奇奇怪怪的问题，苏顾然会尽自己的所能为他回答，因而男孩每次听完都会开心地道："这如果在我们学校，老师一定会说高考不考，不需要知道，不过现在我知道了！"

苏顾然欣慰地笑了一下，而后拿起笔，在他的书上为他圈圈画画，"但你还是要记得哪些是考试重点啊！"

复读三年，高中的那些知识早就烂熟于心了，自离开中学后一直在做家教，虽然近几年高考考纲总会做一些调整，但对苏顾然而言想要掌握都不是什么难事。

勾出几道题给男孩做，她托着腮在一旁看，思绪渐渐走远，眼睛也渐渐失去了聚焦。

不知不觉会想起当年，那个时候她的身边这样坐着的还是宋乔生，每次做作业的时候，她总是忍不住想要用眼角偷偷地看他，她喜欢看他专注时候的样子，自己就变得一点也不专注。

也不知道这样多少次，宋乔生终于轻叹了一口气，放下笔转过头来看着她，"顾然，想看我的话现在快点看完，你这样会让我分心的。"

想看他？这种事她怎么会承认，"哼"了一声转过头去，"我才没有！"

她说着，低下头假装专注于自己的作业懒得理他，可等到他也回过头去的时候，她就……

老毛病又犯了……

"老师，老师？"

一旁的学生在叫她，她猛然回过神来，藏起自己嘴角的笑意，她问道："怎么了？"

"你看这道题……"

两个小时的时间，这一堂课结束从学生家里出来的时候，苏顾然的第一个想法就是给宋乔生打电话问一问他正在做什么。

点开拨号的页面快速输入自己已经熟记的那一串号码，按下拨通键，苏顾然将手机放到耳边，等待着电话被接通。

很长一段时间的"嘟嘟"声，而后是一句"对不起，您拨打的电话暂时无人接听"，宋乔生没有接电话。

她一面按下重拨键，一面向公交车站走去，在长达一分钟的等待过后，又是熟悉的"您拨打的电话暂时无人接听"。

她的心里一沉，怎么了？为什么不接电话？只是没听见还是……

苏顾然忽然开始紧张了起来，联想到昨晚他父亲的那通电话和他回来时的表情，她禁不住变得担忧。

现在的时间已经临近中午，他们昨天约好了今天去宋乔生新租的房子那边，为什么他此时却不接电话？难道昨天宋乔生回家之后发生了什么？

无人接听……

苏顾然又一次选择了重拨，又是一分钟，无人接听。

若在平常、若是别人，她大概也就选择放弃了，可此刻，她几乎是不受控地按下了重拨键，每当她多按一次，焦虑也就更多了一分。

宋乔生，为什么不接电话？

他的手机一贯放在身边，除非手术，他无论回电话还是信息都很及时，如果有什么事也都会和她提前说，可现在……

她忽然没来由的心慌，脑海中闪过一个画面，却是十年前，在她向他的手机打了几十个电话却都是关机之后，他的母亲来找她的时候，她到现在也忘不了，那一天，宋母告诉她："乔生会在美国有更好的未来。"

那一刻，那一刻，那一刻，那一刻，那一刻……

就像卡带了一样在她的脑海中挥之不去。

那时的惊恐与绝望，即使过了十年，她还能这样清晰地记起，所以此刻，该怎么说，她是害怕了吧？

苏顾然突然停下了要去按重拨键的动作，将手机扣在了手里。

不能再这样了，她知道自己还是没有放下十年前的事情，因为宋乔生的突然失联，会轻而易举勾起她当时那种刻骨铭心的恐惧。

余悸未了。

可余悸该了了。

抬头，迎面驶来的正是她要等的公交车，她上车刷了卡，找到位置坐下，一路一直看向窗外，竭力控制着自己不要胡思乱想。

临时有事，宋乔生应该只是临时有事，就算真的有什么意外，宋乔生要放弃她也应该当面和她说清楚的！

可她就这么想着，又忍不住开始担心，如果接下来给她打电话的是宋乔生的父母她又该如何？如果他们告诉她宋乔

第十七章 我在

生回美国了……

她轻轻合了眼,不敢再想下去。

好不容易到了站,她下车凭着自己的记忆向那晚宋乔生带她去的小区找去,艰难地找对了门,她伸手按了下门铃,虽然宋乔生给了她钥匙,但她毕竟只是客人,如果房主在里面,理应由房主为她开门。

她所想的的确没错,宋乔生真的就在里面,听到门铃声,宋乔生快步走了过来打开房门,见来的是她,他微笑着向后两步让开了门,"一路还顺利吗?"

他穿着一身休闲装此刻就好好地站在她的面前,苏顾然松了口气,垂了头,她一面向里走,一面声音闷闷地开口道:"不顺利。"

感觉到她情绪的低落,宋乔生关上门走到她的面前关切地问:"怎么了?"

她看着他,"为什么不接电话?"

"电话?"宋乔生的心里一紧,赶紧进屋去拿手机,果然,有六个未接电话,五个来自苏顾然,还有一个来自他的母亲,他马上把手机铃声打开。

因为十年前他曾经错过了她几十个电话,这件事一直放在他的心上,自那以后,除非手术、飞机这样的特殊情况,他的手机都不离身不关机不静音,为了避免在会议、查房等情况下打扰其他人,他把手机大部分时间是开成震动模式。

十年前的事是他的心结,更是苏顾然的,他明白自己不接电话这件事对苏顾然而言总是会多一分在意。

他赶忙解释道:"刚才来人送床和床垫来着,手机放在了一边,调成了震动模式,没注意到,对不起。"

她该猜到会是这样,可即使猜到,也没有办法让她感到安心。

她低着头,轻轻地应了一声,"哦。"许久,苏顾然抬起头来看向他,"下次不许再这样了!"

伸手将她拥进怀里,他将下巴颏抵在她的额上,轻声道:"一定不敢了。"

苏顾然抬手掐了一下他的腰,"心不甘情不愿?"

"哪里。"他低头轻吻在她的额上,"心甘情愿。"

她这才露出了进屋以来的第一个笑容,"看在你态度好的分上就勉强原谅你了,走吧,带我去看看你的新家具!"

宋乔生笑,"好。"

牵着她的手向卧室走去,宋乔生对她道:"还别说,你那会随便一躺还真是替我选了个好床垫,刚才送来又试了试,觉得还真的挺合适的。"

卧室里的变化很大,不仅是床换了,东西的位置陈设也有了改变,宋乔生这一上午该是一直在忙碌才能把卧室收拾成像现在这般干净有序。

走到床边,苏顾然坐了下来,压一压,果然弹性很好也很舒服,她索性向后躺在床上,就像她昨天在家具城做的那样,看着宋乔生调侃道:"快叫我福星!"

他从另一边也坐了上来,躺下偏头看着旁边的她,他配合地接口:"小福星!"

虚荣心得到了小小的满足,她得意地咧嘴一笑。

直到他呼出的气息拂过她耳畔的时候,苏顾然忽然意识到,糟糕,他们离得太近了。

敛了笑容,她正要从床上坐起,却被他先一步抬手扣住了她的下巴。

"乔生!"

她紧张地叫出声,他不理会,探身吻在了她的唇上。

很轻的一个吻,浅尝辄止,带着一种绅士和克制的意味,鼻尖相对,她连呼吸都变得小心翼翼。

感受到她的紧张,宋乔生不由一声轻笑,"笨蛋!"却突然再次以吻封住她的唇,只是这一次、这个吻,更深更急,带着掠夺的意味,让她几乎就要窒息在其中。

"叮铃铃——"

偏还就是这么凑巧,有人用楼前电话呼叫了他们家的门。

虽然终于放过了苏顾然的唇,宋乔生抵着她的鼻尖却并没有想要理会门铃的意思,苏顾然轻推了推他,"乔生……"

他不理。

苏顾然继续叫他,"乔生……"

他还是不理。

苏顾然索性不叫他了,挣扎着要起来,"你不管我管……"

话还没说完,就被宋乔生又按回到了她选出来的床垫上,"还是我去吧。"

他看着她,眉眼间皆是笑意,开玩笑,怎么能让她这个样子出去见人?

敏感地察觉到宋乔生笑容中有些旁的意味,苏顾然在他离开卧室之后即起了身,站在镜子前一照,终于明白了宋乔生在笑些什么。

双唇很红而且微微有些发肿,梳成马尾辫的头发被压得早就不成形了,她想起刚才宋乔生临走时的那个笑容,嘴里不由恨恨地念叨道:"混蛋宋乔生!"

正赶上宋乔生结束了楼下的电话回来看她,十分配合地应了一句:"我在。"面上的笑容犹在。

笑笑笑,笑什么笑!

苏顾然回身瞪了他一眼,一面摘下皮筋正要重新梳一下辫子,手上的皮筋却被宋乔生拿走了,他顺势将原本被她攥在手里的头发散了下来,以手指为梳替她顺着头发,他看着镜子里的她,微一扬唇,"我的顾然很漂亮。"

被自己喜欢的人夸,她的心里是甜的,唇角向上弯起,她转身在他脸颊处落下一吻,笑道:"谢谢。"

"叮咚——"

这一次,是自家房门处的门铃响了,"沙发到了。"宋乔生向苏顾然解释道。

打开门让家具厂的人进来慢慢地将沙发放好,等到这一切终于折腾完也收拾妥当的时候,苏顾然站在一旁看着,不由感叹道:"昨天在家具厂还没觉得什么,今天真的摆在了这里才觉得这沙发好大!"

宋乔生对此倒是并不意外,"特意挑的,昨天就试过了,能睡人没问题。"走到她的身边,宋乔生揽过她,"哪天你想念落地窗了,我可以把沙发借给你住。"

苏顾然闻言不禁笑着摇头道:"那还真是太体贴了!"

他却忽然收起了笑意,变得认真起来,"顾然,我是说真的,如果让你⋯⋯"

"嘀嘀嘟嘟⋯⋯"

话说到一半突然停住,这是他的手机铃声。

走过去拿起手机,是科里的电话,宋乔生接通,"喂?"

"宋医生，61床的病人突然深度昏迷，请您马上回来一下。"

宋乔生心里一紧，"十分钟左右赶到。"

挂了电话，他简要地向苏顾然道："病人出了点情况，我得马上赶过去一趟。"

"我和你一起去吧！"

宋乔生拦下她，"不用，在这里等我回来！"

说完，转身快步出了房门。

一个人在屋里看书复习，直到下午四点多，宋乔生依旧没有回来，已经临近晚饭时间，合上书，苏顾然决定出去买些菜回来做饭。

宋乔生这个房子地理位置挑得很好，小区周围菜市场、超市、百货等等一应俱全，她逛了一会儿，买齐了需要的东西就打道回府了。

因为和钱倩倩有明确的分工，她平日里做饭不多，因而只会做一些简单的家常菜，炒土豆丝、豆角，再加一锅西红柿鸡蛋汤，六点之前，她总算把饭菜都端上了桌。

接下来就是等待，因为怕打扰宋乔生工作，她并没有给他打电话，总觉着已经去了那么久，怎么也该回来了，然而从六点一直等到七点，宋乔生这边却一直没有消息。

忙活了半天，能量消耗殆尽，苏顾然早就饿得前胸贴后背了，为了阻止自己在宋乔生回来前把饭菜清扫光，她给自己盛了碗汤喝，用水先把自己的胃占一会儿。

味道不错！

一碗汤喝净，她舔了舔嘴唇，自我感觉良好地点了点头,可她饿得厉害,这些并不足够糊弄她的胃,好在她汤煮得多,于是再来一碗,然后,再来一碗……

宋乔生回来的时候已经临近八点,一进屋就看到她没精打采地趴在餐桌上,而她的面前是完全没被动过的饭菜。

见他终于回来,苏顾然赶忙站起身来,"饭菜都凉了,我再去给你热热。"

她经过他身边的时候,宋乔生伸手拦住她,"对不起,处理完那个病人的事又帮着值班医生看了看其他的病人,抱歉回来得这么晚,饿坏了吧?"

他回来得的确晚,但想到是因为病人的事,苏顾然觉得也没有什么好责怪的,只是苦了脸对他道:"我现在是撑坏了,喝汤喝多了,胃胀得不行……"

他一怔,"喝汤喝多了?"

这种事想想就觉得丢人,苏顾然撇了撇嘴,小声地道:"就是原本比较饿啊,想先喝汤垫垫肚子,结果一垫垫过了……"

垫过了……

宋乔生被她的语气逗乐了,心里却是心疼得很,将她拥进怀里,"下一次你先吃就好了。"

苏顾然倒是不介意等他这种事,"好了,我去给你热菜!"

在她发际处落下温柔一吻,他应声道:"好。"

看着苏顾然在厨房里忙碌,宋乔生站在那里,自心底生出了一份满足感,下班回来会看到她在家里等他,这种感觉真的很奇妙,回家、晚饭,看似平常到有些平淡的两个词,却让他心里生出了很深的向往。

将饭菜热完端出来,苏顾然惊讶地发现宋乔生竟然还站在原地。

见她出来，宋乔生接过她手中的盘子放到餐桌上，等她将汤也端出来、拍了拍手得意地说"齐活了"，他突然伸出手抱住她，"顾然，搬过来和我一起住好吗？"

他是认真的！

明白了这一点，他的怀里，苏顾然一僵，片刻，她出声道："先吃饭吧，没准你尝过我做的饭就后悔自己说这句话了。"

"我可以做饭给你吃。"他几乎想也没想地回答她，"如果你不喜欢吃，我就天天做给你吃直到你喜欢了也不为止。"

听他这么说，苏顾然禁不住轻笑出声，"你……"

他却几乎在一瞬间将所有的玩笑之意收敛得干干净净，双手扶在她的肩上，不让她偏开目光，"现在，告诉我，愿不愿意搬过来？"

没有人能拒绝宋乔生……

在这一刻，苏顾然忽然想起了钱倩倩多年前的这句话，在宋乔生的注视下，她只想就这一刻，放下一切，应声说"好"，可是……

她低下头，"给我点时间，让我想想吧！"

他并不想逼她，只好点了点头说："也好。"

第十八章

离开过一次，就会有第二次

被宋乔生送回家的时候已经很晚了，上了楼推开门，钱倩倩如常在家，听到开门声就猜到是苏顾然，随口调戏道："哟，这不我们老板娘回来了吗？又是这么晚，和宋老板难舍难分吧，干脆住过去得了！"

这一句"住过去"算也不算恰巧碰到了苏顾然还没松下来的那根敏感神经，她忽然想起了一个最现实的问题，"倩倩，咱们这房子租期是不是快到了？我记得去年签合同的时候……儿童节之后几天？"她抬眼一看日历，现在是五月，离到期已经不远了，她心里暗叫一声"糟糕"，"得赶紧凑钱才行啊。"

每年交房租的这笔"巨款"都够让她和钱倩倩足足愁上一个多月的，去年的时候尤为艰难，因为前几年钱倩倩已经把从钱家带出来的"嫁妆"卖得差不多了，去年只能靠现凑的，她们俩一个多月几乎每天都只睡几个小时，去做一些家教啊、打字啊还有其他杂七杂八的兼职，拼了命地把房钱攒了出来。

只是今年，钱倩倩竟然提也没提这事，想到这里，苏顾然不由觉得有些蹊跷。

转过头，苏顾然看着钱倩倩问道："怎么不说话？"

钱倩倩看了她一眼，"没什么……"

这句话接得苏顾然莫名其妙，"什么没什么？和你说房租的事呢，钱不够我再去找两个兼职什么的。"

"不用了。"钱倩倩制止她。

苏顾然蹙眉，"钱够了？"

"不是……"钱倩倩一时有些为难，话就在嘴边却不知道究竟是不是说这些的合适时机，一时有些支支吾吾。

钱倩倩很少这个样子，苏顾然看着她，意识到了不对，"到底怎么了？"

事已至此，再也遮掩不过去了，她又不想对顾然撒谎，钱倩倩索性将事情说出："你也知道我被S&N正式录用了，S&N的员工福利里有一项是提供员工宿舍，也就是说……"

"也就是说你可以不用再自己单租房子了。"终于明白了钱倩倩的不对劲是因为什么，苏顾然不由叹了口气，"这是好事啊，为什么不告诉我？"

"我原本想替你也找到合适的去处再告诉你这件事，只是……"

"只是一直没找到？"

钱倩倩点了点头。

其实之前她们各自上大学，都是住在学校里的，可钱倩倩毕业得早，离开大学找不到合适的地方住，还是苏顾然提议说从学校里搬出来陪她一起租房，就是替她分担一半的房租和生活负担。

虽然面子上要强,没怎么对苏顾然说过谢,但这件事一直被钱倩倩放在心里,现在情况反转,她不能就把苏顾然扔在这里不管。

就在这时,苏顾然忽然明白了什么,虽然说不出根据,但她就是有这样强烈的一种感觉,"你是不是去找宋乔生了?"

已经被猜到了,钱倩倩直接点头承认,"我实在想不出别的办法了,就只好找他帮忙。"

果然!

苏顾然不由叹了口气,摇了摇头,"怪不得……"

"什么?"

"怪不得他会特意去买一个可以睡人的沙发然后问我愿不愿意搬过去和他住。"

"那你怎么说的?"

苏顾然垂了眸,"我说我再想一想,可是……"

"可是什么?"钱倩倩也紧张起来。

苏顾然抬起头,是已经下定决心的样子,"现在这种情况,我更不能答应了。"

钱倩倩看着她,有些急了,"为什么?"

苏顾然却是异常坚定,"这是我自己的住宿问题,如果我连生存都必须要依赖他的话,我又有什么资格作为一个独立的自我和他谈爱情?"

又来了,又是这股子讨人厌的清高劲,钱倩倩蹙眉,"什么能不能谈的,他愿意让你依赖,你也可以找到一个好归宿,这对大家而言都好,如果爱情里依赖都不能有那还算什么爱情?"

这是苏顾然的底线,她就是固执地要坚持着这个在钱倩倩眼中甚至会显得有些幼稚的原则,"依赖和依赖不一样,如果我把自己生存的重量都压在他的身上,这份感情就已经变质了,最起码在我的心里已经变质了!"

她不想,也不敢。

钱倩倩只觉得她有些不可理喻,"你就不能让它不变质吗?"

苏顾然摇头,"我也希望我可以。"

看着苏顾然的样子,钱倩倩知道她是心意已决,索性也不再劝,"那你说你打算怎么办吧?露宿街头?"

"总会有办法的,你准备搬去公司的新宿舍就行了,不用管我!"

这句话一下子把钱倩倩"点着"了,她从前是钱家的大小姐,都是别人关心她,她很少去在意别人,后来钱家落魄了,也没什么人关心她,她也没什么人需要在意,独独对苏顾然,这一次,还不偏不倚地碰了个钉子,她几乎是本能地开口道:"说得就跟谁愿意管你似的!"说完,起身走进了里屋,头也不回。

苏顾然是心意已决,事关自己的生存,她不想依靠宋乔生来解决,至于怎么解决,她也只能走一步看一步。

周一,上班。

一周的第一天,最为忙乱的一天,

经过了一个周末,病人的情况有了不小的变化,交班过后,苏顾然同宋乔生一起去查房,昨日出现紧急情况的病人现在已经稳定,上周收住进来的两个颅脑占位的病人今日出检查结果，车玉英还在医院里，虽然服药后她的病情已经好转且稳定，但她想要留在医院里多观察一段时间，为求谨慎，主任也是这么希望的。

查房结束，苏顾然去取那两个病人的检查结果，加强的CT，胶片被分装在两个袋子里，苏顾然取了东西就向神经外科走回去，重回外科大楼等电梯的时候却撞见了一个让她意想不到的人——宋乔生的母亲。

苏顾然远远地看到，认了出来，她不知道宋母来这里是要做什么，但她能确定的就是自己并不想再看见这位阿姨。

上一次见到宋乔生母亲的时候，那一句"乔生在美国会有更好的未来"，冰冰冷冷，一字一字地落在她心上，这位阿姨眼中的冷漠和疏远是她再也不想感受到的，相见只会是尴尬与不愉快，为了避开她，苏顾然索性决定改走楼梯。

可宋乔生的母亲却也已经看到了她，这么多年，大概是被她性格中的固执影响，苏顾然的面容也"固执"地没有多大的变化，加上那一个学生气十足的马尾辫，宋母一眼就认出了她，叫住她："苏顾然。"

苏顾然停下了脚步。

想走是走不成了，苏顾然转过身来，看着宋乔生的母亲向她一步一步地走近，面上还带着似长辈一般和蔼的笑容，"很多年不见了，看到你在这里上学真替你感到高兴！"

苏顾然扬唇，皮笑肉不笑，"谢谢，请问您有什么事吗？我还要把病人的检查结果带回去。"

对于苏顾然着急离开的态度，宋母倒是一点也不惊讶，她开口，从容道："我这次来就是来找你的，能在这里遇见你真是再好不过了，总比当着你同学的面把你叫出来要好得多。"

听到宋母这样说,苏顾然有些惊奇地看着她,一声干笑,"您这是在威胁我?"她随即收起自己伪装出的所有笑容,"不如让我们坦白一点,其实您只是不想让乔生看到您来找我,不是吗?"

"这样对你对我都好,现在我想和你谈一谈,几分钟。"

大厅的角落里有一个小咖啡店,此时是上班时间,人并不多,落了座,苏顾然也不想多浪费时间,直接道:"您有什么想说的就请便吧!"

"其实你也还可以。"作为谈话的开场白,宋母轻笑了一声道,"即使心里那么不喜欢我,但还知道对长辈应该用敬语,算是有礼貌的。"

"但是呢?"

"但是对于乔生而言,你还远远不够,在我们的眼中,能陪在乔生身边的女孩,必须要温柔、大方、懂事,最重要的是,绝不可以和'罪犯家属'这四个字扯上任何关系!"宋母的语气依旧是温和的,可说出来的话却像是一把刀一样,直刺向苏顾然。

苏顾然的脸色一变。

"抱歉说到你的痛处,但这就是现实,每个人都有过去,而且不是你想放就能放下的。"

不是你想放就能放下的……

就像宋乔生不接电话的时候她会有不正常的恐惧、就像她和宋乔生之间不能谈论关于彼此家庭的话题,他们之间,有很多是他们想放下的,很想很想放下的。

宋母果然厉害,今天来找她,不斥责、不威逼,只是语气温和地抓住了最关键的地方，告诉她，"这就是现实"。

有什么东西梗在了心头，偏偏苏顾然还能扬唇笑出来，"您的话我都听到了，确实说到我心里去了，下一次这些话如果能让乔生来和我说，我敢保证效果一定会更好的，现在，不好意思，我先失陪了。"

苏顾然说着，起身就要离开。

那边，宋母靠在椅背上看着她忽然开口："你应该还记得，十年前，我亲手将乔生送上飞机，我让他离开过你一次，就能让他离开你第二次。"

苏顾然顿了一下脚步，回头看她，轻耸了一下肩，看似不以为意道："那我一定会很难过的。"

之后，再不回头，苏顾然径直走进了楼梯间。

回到科室的时候宋乔生正在和冯易良讨论着另外一个病人的情况，见她终于回来，宋乔生一面伸手接过她手里的两套片子，一面问道："怎么去了那么久？"

苏顾然低了头不去看他，"呃，我遇到了个熟人，说了几句话，耽误了点时间，下次保证不会了。"

她认错认得太快，宋乔生拍了一下她的肩，"放轻松，我只是问问，没有在怪你。"

他将片子插好在观光灯上，因为病人的情况有相似的地方，他将两套片子上下排放，用于教给她怎么鉴别诊断。

各就各位，宋乔生问她道："现在告诉我你看到了什么？"

"颅内占位病变，左侧脑桥部分肿瘤。"

"这两个一个是原发性的，一个是继发性的，能区分得开吗？"

又凑近了些，仔细看过之后，苏顾然指了指上面的片子道:"这个是继发性的。"

宋乔生认同地点了点头,又问:"怎么看出来的?"

苏顾然答得倒也坦诚:"片子上写着病人的名字,我记得这个人的病历上写了有肺癌史。"

"噗——"一旁整理病历的冯易良听她这么说,忍不住笑出了声来,见苏顾然和宋乔生同时向他看来,他赶忙解释道:"没别的意思,就是觉得你们这对师生挺有趣的。"

有趣……

也不知怎么,苏顾然的脑海中忽然闪过方才宋乔生母亲同她说的那几个词:温柔、大方、懂事,在宋母的眼中,她应该是哪个也不沾边吧?唯独后面那个"罪犯家属",她倒是……

她从前没想过这个词,没想到、不想去想,兼而有之,可是这个词却的确可以用来形容她,就像是一个大帽子,如今被人翻出来给她戴上,她就是有千百般不情愿,却也想不出半句反驳的理由。

宋母说,但这就是现实,六个字,还真真儿是没错的。

"苏顾然?"

听到有人加大了声音叫她,苏顾然猛地回过神来,"什么?"

宋乔生看着她,蹙眉,"刚才我说的你都听清了吗?"

刚才宋乔生说话了?

虽然这样想,苏顾然还是硬着头皮点了点头,见她这样,宋乔生也只好叹了口气,关了观光灯,将胶片取下来,他对苏顾然道:"一会儿让他们家属来找我一趟。"

"好。"

她接过胶片，正要往手边的袋子里塞，却被宋乔生拦了下来，她抬头，只见宋乔生蹙眉看着她，"这是两个人的片子！"

她停下动作仔细一看，可不是？心不在焉的，她险些将所有的片子一起塞进了一个袋子里。

宋乔生有些担忧地问："怎么了？"

她摇了摇头，"没什么，我这就去找他们家属。"

她转身出了办公室，身后，宋乔生看着她的背影，有些担忧地问冯易良："她是不是有一点不对劲？"

冯易良皱起眉想了想，"是有一点，不过状态难免有起伏，也算正常。"

状态有起伏也算正常，虽然这样想，但宋乔生紧锁的眉心却并没有因此舒展开，刚刚苏顾然说遇到了个熟人……

什么熟人？为什么回来以后苏顾然的情绪就似乎有些不对？

中午下班的时候，苏顾然如常要去食堂吃饭，却被宋乔生拉住了。

因为不想在院内被人传闲话，他们两个在午饭的时候一直是分开的，今天宋乔生不知道有什么事，带着她一面向科室外走去一面道："有些话想问你。"

苏顾然低了头，想到昨天他问自己的那个问题，以为他是想说这个，还是决定先开口："乔生，关于住宿的事，我自己总会想出办法的，你别担心。"

看来她已经都知道了，停下脚步，宋乔生看着她轻叹了一口气，"你都知道了？"

苏顾然点头，"钱倩倩话没圆好，被我给逼问出来了，不管怎么样,还是要谢谢你!"

他揉了揉她的头,虽然还是不放心她,却也知道拦不住她,只能由她去,开口只是说:"怎么突然这么客气?"

苏顾然抬头冲他咧嘴一笑,想也没想脱口而出:"因为我是个温柔、大方、懂事的姑娘。"话一说完,她自己也是一愣,其实原本只是一个玩笑话,可这三个词就这样自然地说了出来,原来宋母那些话对她的影响比她想象的要大。

"那你的住处有着落了吗?"

"总会有办法的。"苏顾然撇了撇嘴,"不要再问了,乔生,和自己身家据说不知要翻多少倍的男朋友讨论自己还没有着落的住宿问题真的很让人尴尬,所以我们换个话题吧!"

宋乔生微眯眼,带着笑意看着她,"身家据说不知要翻多少倍?我清高又固执的顾然同学,你不是自卑了吧?"

她狠狠地瞪了他一眼,"才不会!"

他笑,似是早就料定她会这么说,随即换了话题:"对了,顾然,你刚才说碰到了熟人,是什么熟人?有什么事吗?"

没想到他会突然问起这个,她微讶,而后道:"没什么,就是个一般的熟人,也没什么事。"

她不会告诉他他的母亲来找过她,虽然从前在看小说和电视剧遇到这种情节的时候她总会觉得女主真是又磨叽又自以为是,男方家里的事就应该告诉男方自己去解决,可如今自己碰上了才明白,那不是男方家里的事,那是很大程度上关系到她的事,如果她把宋母来找她的事还有宋母说的话告诉宋乔生,宋乔生再回去找自己的母亲对质,这一切的一切都只会变得更糟。

她并不擅长处理这些事,她多希望这一切都有清晰明确的道理可循,出了问题就找到症结解决掉,就像室颤了就除颤、颅内压高了就减压一样,可是偏偏不是,她现在唯一能做的就是竭力不让情况变得更糟。

她说话时的语气有些含糊,宋乔生还是不放心,"真的没事?"

苏顾然摇头,"没事。"

"那好吧,如果有什么事千万要告诉我!"他说着,伸手揽她入怀。

这边,苏顾然一声轻笑,"好的,宋老师,如果有什么事我一定详详细细地给您写一份报告!"

她笑他像中学时的班主任,有事都要向他报告,他倒也不气,照单全收,还提要求道:"两千字以上!"

她笑得更欢,"好,两千字以上。"

就在他们身后不远的地方,因为送病人去检查下班晚了的祁雪珍正要拉开科室的大门出来,一抬头却透过玻璃看到了这里相拥的两人,仔细看清,没想到竟然是苏顾然和……宋乔生。

她先是一怔,是吃惊,而后眸色渐渐变沉。

宋乔生和苏顾然,没想到这两个人竟真的走到了一起……

什么天天挂在嘴边的Girlfriend!还以为这个宋乔生有多特别,到头来还不就是个被女学生耍得团团转的笨蛋!

还有那个苏顾然……

天天装得比谁都清高,其实一点也不知道自重,偏偏这样的女生竟还被当作是一个多好的学生!

凭什么？

祁雪珍握着门把的手在不自知的情况下愈发用力了几分……

接到高中同学沈京的电话时，宋乔生也不禁觉得有些意外，多年不曾联系，这位老同学在电话中却格外热络了起来。

"乔生啊，最近什么时候有时间，高中咱们班的同学想聚一下！"

宋乔生原以为他只是通知似地邀请一下，想了想推却道："你们定了时间告诉我吧，不过我最近有点忙，可能去不了，不好意思。"

高中三年，他同苏顾然和大家只有一年的情谊，这样的同学聚会里，他去不去应该不算很大的事。

哪知电话那边的沈京却一下急了："那可不行，我们其他人这几年也都聚过几次了，大家这次都想见见我们这位年轻有为的医学海归博士呢，他们把希望都压在我身上了，你要是不来，他们非得跟我没完的！"

宋乔生的音调未变，"我最近的确比较忙，还有几台手术要做……"

沈京不高兴了，"别跟老同学装忙人，周末还做手术？你说你哪天有空吧，哪天有空我们哪天开聚会！"

话说到这地步，再拒绝也不合适了，宋乔生只好应道："那下周五晚上吧，你看大家可以吗？"

这下沈京总算是满意了，"成，老同学下周见，要是有女朋友或者老婆的话就带着，我也可以去交差了！"

挂了电话，宋乔生轻叹了一口气，回到医生办公室，他看着伏案写记录的苏顾然，忽然不知道应不应该将这件事告诉她。

如果他没猜错的话，这次同学聚会，苏顾然应该不在受邀的行列之内。

高一过后，苏顾然断绝了与大家的联系，她在高中里本来也没有特别要好的同学，再加上家里出了事，她应该也并不想参加这样的同学聚会，如果他和她说起，只怕会让她觉得尴尬。

"怎么了？"察觉到他的目光一直落在自己身上，苏顾然抬头有些奇怪地问道。

他摇了摇头，"没什么，对了，冯医生收的颅咽管瘤的那个孩子，手术同意书家属签了吗？"

"还没有，我一会儿就去找他家属。"

宋乔生点头，"辛苦。"

宋乔生说的是一个七岁的小男孩，头痛、视力下降，在入院经过检查确诊颅咽管瘤后准备手术切除。

小男孩袁源很可爱，小脸圆圆的，喜欢看《喜羊羊和灰太狼》，因为视力下降严重，现在已经看不清电视画面了。

苏顾然每次去看他的时候都会哼着"别看我只是一只羊"进去，小袁源就会很高兴。

小孩子幻想力无限，总是想象自己是最聪明勇敢的喜羊羊，她就哄着他说"我也觉得你就是喜羊羊"，但其实袁源只是一个有点胆小的小男孩，吃药会怕苦、打针会躲、抽血会喊疼，听说自己可能要手术，这两天每次见到她都会追着问："姐姐，手术是什么？会不会疼？会不会留疤？"

苏顾然不能说谎,又怕吓到他,正不知道怎么回答,没想到同屋的病人倒是先开了口:"就是把你的脑子切开,把多余的东西取出来你的病就好了。"

这一句把脑子切开显然把袁源吓着了,就见袁源面色一僵,很快就开始哭闹着说:"我不想做手术,我不要做手术。"

袁源的父母并不认为这是什么大问题,总归他们同意了,给袁源推进手术室打了麻药他也就什么都不知道了,但苏顾然很清楚如果袁源持续这个状态下去,就算能顺利地让他躺在手术室里,对他的术后恢复也是很不利的,因而决定再去和袁源好好地谈一谈。

她像往常一样哼着"别看我只是一只羊"进屋,然而这一次,袁源躺在病床上没有动,没有要理人的意思。

一旁,袁源的家属站起身来向她解释道:"还在闹脾气,没吃午饭,医生你看看吧!"

绕过床尾走到袁源的面前,苏顾然蹲下身,虽然她知道无论如何袁源都看不清她,但她还是希望能和他更近一些,她将声音放轻:"袁源,可以和姐姐说说话吗?"

袁源还是没有动,也没有出声。

苏顾然轻叹了一口气,"袁源,再过段时间有羊羊们的电影上映,你想不想和小朋友们去电影院看?"

袁源没有说话,倒是他的母亲出声道:"他可想去电影院看那个了,原来就和我们说过。"

"袁源,做了手术,你很有可能可以重新看到这个世界,可以再去看羊羊们,虽然手术听起来有点可怕,但打了麻药以后袁源是不会感觉到疼的,就像睡了一觉,一觉醒来,天亮了,袁源的世界又有太阳的光芒照进来了,这样不是很好吗?"看着他,苏顾然耐心地一字一句道。

其实她还有话没说,如果不做这个手术,肿瘤压迫视神经越来越严重,很快他就会丧失仅存的这一点光感。

"可是……"小袁源终于说话了,却只说了两个字,又不知道在想些什么了。

苏顾然追问:"可是什么?"

"可是我的脑子切开会不会合不上了?"

小孩子嘟着嘴,看起来真的是很认真地在担心,苏顾然不禁莞尔,轻轻捏了捏他的脸蛋,"不会的,袁源一觉醒来就会发现一切都好好的。"

"你保证?"

苏顾然笑,"我保证。"

第十九章
非常恐怖的故事

一面是小医生,一面是大学生。

前段时间诊断学考试出成绩了。

苏顾然还没来得及上网去查分数,学委陈京就已经拿到了全班的排名。

这天上班,一进科室,苏顾然就遇到了陈京,她打了一声招呼,就见陈京微笑着对她说:"恭喜,这一次又是班里最高分。"

苏顾然先是一怔,随即道:"谢谢。"视线微偏,她看到了站在陈京身后不远的宋乔生,她对陈京说了声"我先去工作了",而后向宋乔生走了过去。

"最高分?"陈京说话的声音不算小,宋乔生在一旁刚好就听到了,也替她觉得高兴,"恭喜!"

这一次考试题目出得比较偏,有很多并非传统意义上的重点,而她碰巧不喜欢看别人总结出来的重点,因而并没有被影响。

苏顾然笑，"也算没有给宋老师丢人吧！"

见她有些得意，宋乔生故意面无表情地打压她，"还可以。"

苏顾然才不同他计较，微仰头看着他哼了一声，转身干活去了。

原本算是欢喜的一件事，却没有想到横生出了变故。

中午下班的时候，陈京忽然来找到她，对她说："苏顾然，教务处的刘老师说是有急事想让你和宋老师过去找她一下。"

去找教务处的老师？和宋乔生？

苏顾然蹙眉，有些奇怪地问陈京道："你知道是因为什么吗？"

陈京摇了摇头，"老师没说，不过……她问了我一些关于你平时学习的问题。"

苏顾然成绩一直是班上最好的，因而陈京被老师问起的时候也觉得有些意外，像类似"苏顾然最近学习状态怎么样"这样的问题，苏顾然这次的成绩不是已经说明一切了吗？

与身旁的宋乔生对视了一眼，苏顾然对陈京应声道："我知道了，谢谢你了！"

会是因为什么事呢？为什么教务处的老师会让她和宋乔生一起去找她？就算教务处的老师想谈一下她的学习情况，也应该是把她和宋乔生分别找去，为什么要一起？

宋乔生倒没有她这么多的担心，只是说："那我们走吧！"

苏顾然也只好点头，心想算了，兵来将挡，水来土掩。

她跟在宋乔生的身后，坐电梯到行政楼三楼，虽然是午休时间，但教务处的门是开着的，刘老师坐在办公桌前正在翻阅着什么。

宋乔生敲了敲门,屋里的人出声道:"进。"

那刘老师抬头,见来的是他们,指了指旁边的沙发道:"坐吧。"

还是苏顾然先开门见山地问道:"老师今天找我和宋老师来有什么事吗?"

"宋老师?"这位刘老师重复了一遍她对宋乔生的称谓,而后道,"有同学说你和宋老师之间不太像师生啊!"

有同学说……

苏顾然的心里一紧,来这里之前她曾想过会不会是因为她和宋乔生的关系问题,可……

她还没说话,宋乔生先一步开口道:"哦?不像师生像什么?"

那刘老师是位中年女教师,这时咳嗽了一声,蹙眉道:"像恋人。"

宋乔生闻言点了点头表示了解了,就在苏顾然以为他不会再开口的时候,却听他忽然道:"如果我们就是呢?"

这句话一出,刘老师的面色一变,"宋老师是刚从国外回来的人,观念开放,但在国内,师生恋还不是一件很好的事吧?苏顾然,你说呢?"

被老师点名,苏顾然硬着头皮看着老师,正想先好好认错然后再跟老师慢慢解释,一旁的宋乔生却并不打算让她多说什么,"师生恋,这个说法倒是有趣,不过我和苏顾然,我们在十年前我出国前就是恋人关系,所以这里应该不存在什么道德人伦的问题吧?"

言语间,宋乔生的强势显露无遗,这是他平日在苏顾然面前很少展露出来的一面，苏顾然忽然就想起了大家常说的那句话，外科医生大多强势，神经外科的医生尤是，在手术室中决策果断、说一不二的角色，必定有自己这样的一面。

可是……

苏顾然苦了脸。

宋老师、宋老板、宋大医生，您的语气能不能稍微和缓点？她未来可还有两年的学生生涯要和这位教务处的大Boss打交道啊！

"十年前？"刘老师显然没想到事情会是这么发展，一愣，随即有些难以置信地问道："苏顾然，这是真的吗？"

苏顾然看了一眼宋乔生，又看了一眼老师，点头。

"那你们怎么不早说？"

宋乔生对这位刘老师问话的方式和语气并不太喜欢，"很抱歉，不过我以为这应该是我们的私事。"

刘老师向上推了推自己的眼镜，"如果有学生投诉自己的老师偏私，并且怀疑老师将考试题泄露给了某位特别的学生的话，那这就不算私事了！"

"什么？"这一次，吃惊的轮到了苏顾然，她震惊地看着自己的老师，"您的话什么意思？"

这位老师一耸肩，"就是你听到的意思。"

"您怀疑宋乔生帮我作弊？"

"不是我怀疑，是你的同学中有人怀疑。"

苏顾然只觉得气闷得厉害，但同为当事人的宋乔生就要比她震惊得多，他的面色未变，只是言辞更加严厉了几分，开口只有四个字："无稽之谈！"

宋乔生不是出题人，他也不知道谁是这次考试的出题人，他没有见过任何一道试题，根本不可能帮苏顾然作弊！

宋乔生的话又少，语气冷硬，气氛一时有些紧张，苏顾然见状，放轻了声音道："老师，您说的情况在我和宋乔生的身上过去没有发生过，将来也不会发生，这是我能向您保证的，如果有同学这样说，请他拿出证据来！"

那刘老师这才点了点头，"好吧，大概的情况我知道了。"

"那我们先走了！"宋乔生说着站起了身，向门外走去。

苏顾然跟在他的身后，正要出门的时候却又忽然被老师叫住，"苏顾然，再等一下。"

她转身，"老师还有什么事吗？"

这位刘老师摘下眼镜，看着她，"你们说你们十年前就是恋人关系，不过你的同学似乎并不知道这一点啊，过来和我说了很长时间关于你人品的问题。"

人品的问题……

苏顾然听着，不由苦笑了一声，是啊，他们还以为是她对宋乔生居心不良。

她微低头，"我和宋乔生还没跟别人说起过我们的事情，抱歉给老师添麻烦了。"

"那你们打算什么时候说呢？"

苏顾然微抿了一下唇，"等我结束了神经外科的轮转吧，都在一个科室，我怕影响工作。"

刘老师这才认可地点了点头，"也好。"

苏顾然只想在自己仅剩一个月的本科阶段中求一个风平浪静，可树欲静而风不止，偏偏就在这个时候，科里出现了意外。

袁源的手术被排在了这一周的最后一天，主刀医生冯易良表示希望用拯救一个孩子的手术来作为这一周工作的终结。

周五是个好天，阳光明媚，云淡风轻，手术室里一早就开始了忙碌的准备工作。

病房里，袁源被换上了手术服，他躺在推床上，苏顾然握住他的手，轻声道："源源，我们等你回来。"

袁源点了一下头。

医护人员将袁源从病房推向手术室，眼见着他们的身影消失在转角的地方，苏顾然正要如常去查看其他病人的情况，刚刚转身却听到身后传来有人不算很小的议论声："看人家，像演电视剧似的，说得那叫一个深情，给谁看啊！"

"给老师、给家属看呗，反正总有人看！"

说话的人语气很是不屑，"这年头了，这样的戏码也有人买账？"

"不相信？可就是有人买账啊，咱们宋老师就挺喜欢的啊！"

"不会吧，宋老师？苏顾然成绩的确好，老师可能只是喜欢成绩好的学生。"

"你这么想？我可不信！"

……

议论声渐渐远去，苏顾然站在原地，作为刚才两人议论的话题主角，她只觉得这样的场景有些可笑，却又笑不出来。

"顾然，怎么了？"

不知不觉间，查完房的宋乔生走了过来，见她站在这里，神色微怔，不由有些担心。

她回过神，看到宋乔生，摇了摇头，"我只是有点担心袁源。"

宋乔生安慰她:"别太担心了,颅咽管瘤的手术冯医生做过不少,应该会没事的。"

她看似释然地一笑,随后对他道:"对了,乔生,我已经找到未来两个多月的住处了,有一个研究生学姐在医院有一个宿舍床位,但她平时回家不住这边,同意让我去她宿舍那里住。"

她住处的问题终于解决,宋乔生也替她松了一口气,先时他和钱倩倩都很为她担心,钱倩倩觉得她就是逞强,但苏顾然的确有她自己解决麻烦的方法,而且她解决得很好。

宋乔生微点了几下头,"嗯,那也好。"

苏顾然听出他有话外之音,"什么叫也好?"

他牵唇而笑,"我只是想如果你没有找到合适的住处的话其实还有一个办法。"

他故意说到一半停下来,苏顾然自然追问道:"什么?"

"我可以滥用一下医生的职权,以神经病之名将你收治入院什么的。"

收治入院!他居然会想到这招,还有……

神经病之名……

太过分!

她狠狠地瞪着他,咬牙道:"你真是太体贴了,还好你不是精神科医生!"

他微笑着点头,故意逗她,"精神科有我的熟识在,你想去的话也不是不可以。"他十分自然地伸出手去揉了揉她的脑袋,带着宠溺的意味,"走吧,去给18号床的病人开出院证明,然后我们一起等袁源的手术结果!"

办理出院手续并不算一个很复杂的过程,上下楼两趟,和家属交代完注意事项,苏顾然坐回了医生办公室。

手术室那边还没有传出来手术情况的任何消息,但是说要和她一起等袁源手术结果的宋乔生却似乎已经进了手术室,宋乔生这个时候原本并没有手术安排,不知道到底是发生了什么事。

她坐在位置上写着病历,然而心思却并不在这里,不知道为什么,她有些反常的心神不宁,上午还剩下一个小时的工作时间,她却觉得分秒如年。

手边的病历写到一半,苏顾然终于无法再继续下去,她"啪"的一声放下手中的笔,向后靠在了椅背上。

心不在焉,她很想去手术室看看袁源的手术到底怎么样了,可是又怕自己过去反而添乱,内心矛盾挣扎着,她用力揉了揉脸,想让自己精神集中起来。

"苏顾然,有人找你。"就在这时,从门外进来的陈知一告诉她,"我让她在病区外面等你了。"

有人找她?她一面站起身,一面奇怪会是谁来找她,"谢谢老师了!"

走出医生办公室,就在走廊里,她看到了来人,这个人她还真是没有想到,古月集团胡家的千金小姐,胡静颜。

胡静颜穿着Prada最新款的夏装,化着很正式的妆站在医院的走廊里,显得那样的特殊,她并没有像陈知一所说的那样等在病区外,想来倒也不算奇怪,这样自我的大小姐,怎么会对别人的话言听计从?

看到胡静颜的时候,苏顾然停下了脚步,虽然还不确定陈知一说来找她的人就是胡静颜,但她的警惕状态已经"打开",如果胡静颜真的是来找她,从胡静颜的身上她不能期待有什么好事。

她正想着,就见胡静颜迈步向她走来,及至近处,苏顾然感受到扑面而来的是一种浓重的香水味,她下意识地向后退了半步。

"苏顾然?"胡静颜微仰着头,看着她唤道。

她蹙眉,"有什么事吗?"

"我一直很期待有机会和你像这样见一面,就咱们两个,面对面!"胡静颜看着她伸出了手来。

一直很期待,这几个字让苏顾然觉得有些莫名其妙,"胡小姐,你好,请问有什么事吗?"

"宋乔生在吗?"

"他在手术室。"

"那很好,我们走走吧。"

胡静颜说着,不给苏顾然说话的机会,转身就往外走。

苏顾然没有跟。

发觉了这一点,胡静颜停下脚步转过身,表情也变得难看了许多,无论是在人情场上还是生意场上,她一贯强势,不管是仗着自己的姿色也好还是胡家的声威也罢,另外其余的人总是不得不跟从,只是今天,这个苏顾然似乎真的很不会看人脸色。

"不好意思,我还要上班,有事就在这里说吧。"苏顾然看着胡静颜,面无表情道。

"你以为你自己很特别吗?"索性也不再去伪装所谓的客气友好,胡静颜极具攻击性地开口道。

"什么?"

胡静颜一步一步地走了回来,只是看向苏顾然的表情中满是鄙夷,"你真的以为自己很特别吗?本科没毕业的小医生,如果我没记错的话,你是比我大一岁吧?"

这不过是苏顾然见到胡静颜的第二面,她又怎么会知道胡静颜多大?不过她很清楚胡静颜想要说的重点不全在于年龄,果然,就见胡静颜冷笑了一声道:"可我现在已经拿到了常春藤院校的MBA学位!"

明明是胡静颜想要让她觉得自卑而说的话,苏顾然却一点反应也没,她云淡风轻道:"恭喜你!"

恭喜?谁稀罕你的恭喜?

苏顾然的平静让胡静颜愈发生气,"看看你,苏顾然,又有什么资本在这里一副清高的样子?"

不去顾及所谓的出身、教养,胡静颜说出来的话刻薄至极,"哦,苏顾然,你不会不知道吧,想要装清高也是要有资本的!"

这样的刻薄就像是一记耳光,带着胡静颜的恼火之意向苏顾然而来。

"所以呢?"苏顾然平静得就像是在看胡静颜一个人的一场闹剧。

所以呢?

"你有什么资本,苏顾然?在宋乔生的家里没人会同意你进宋家门的情况下,一面抓着宋乔生不放,一面还装出一副清高的样子!"

苏顾然凝眸似在深思,片刻,忽而一笑,"你可以接着去找宋志民说这些,他应该会和你感同身受的,我还有事,恕不奉陪。"

"苏顾然!"胡静颜从牙缝里挤出这几个字,苏顾然显然比她预想的难对付了一些,可若非有制胜的把握她又怎么会轻易来这一趟?

"苏顾然,如果所有的人都知道你父亲就是个杀人犯,你这张清高的脸还要摆给谁看?"

她先前曾以此要挟宋乔生,可宋乔生却以多年前胡家雇用商业间谍偷取钱氏资料一事反要挟了回来,忌惮这一点,她并不能真的把她查到的苏顾然家里的事说出去,可苏顾然并不知道,她只需要让苏顾然感到害怕,而她的确做到了。

她看到苏顾然的身形一僵,没有想到胡静颜将自己查得这么清楚,这样的蛮不讲理而又这么肆无忌惮,她忽然想起了从前的钱倩倩,娇纵任性似乎都已不够来形容,可同样是大小姐脾气,钱倩倩却是那种心高气傲到绝对使不出这样卑鄙的手段,她连去查别人的事都嫌麻烦,更不要提抓着别人的过去来威胁。

那种为达目的不择手段,苏顾然想起钱倩倩说到胡静颜时那声不屑的轻笑,果然是胡家的人。

原本已经要转身的苏顾然又回过了身来,她看着面前的胡静颜,"你是想告诉我如果我不离开宋乔生,你就告诉所有人我父亲的事情?"

这一次,终于轮到胡静颜微微一笑,"如果你非要这么说的话。"她点头,"是的。"

双眼紧盯着胡静颜,苏顾然有足足半分钟没有出声。

无可否认,她家中遭遇的这一变故是她有生以来最难堪的事,罪犯家属,在这个时候她记起宋乔生母亲说的这四个字，她只是不想被别人用那样的目光来看待。

她用了那么长时间、那么多努力才从这件事里走出来，那是她最深的疤痕，没有人想要每天带着疤痕而活，这么多年过来，她只想要很小心、很小心地把自己的疤痕藏好，不想让别人知道。

可现在，有人拿她的疤痕来威胁她。

她很讨厌被人威胁，很讨厌很讨厌的那一种讨厌，可是如果就潇洒地告诉胡静颜"随你说去啊"，她知道自己做不到。

抿唇，然后演变成用上齿紧紧地咬住下唇，她深吸了一口气，干脆地转身回了医生办公室，再站在胡静颜的面前，她不知道自己该说什么，又会说什么。

落败。

胡静颜看着她离开的背影，面上终于露出了一分得意的微笑。

原来苏顾然的清高也不过如此，脆弱、易碎，是一种奢侈品，而她苏顾然刚刚好，拥有不起。

冷笑了一声，胡静颜正要离开病区，视线微偏，却看到了不知道什么时候站在那里离她不远处的晋维宇，这个男人一身银灰色的西装笔挺，剪裁合体，不知为何，目光饶有趣味地落在她的身上。

此刻视线相对，胡静颜抬脚向他走去。

"晋总，几日不见，别来无恙啊！"

她扬唇，笑得夸张。

其实他们两人之间也只能算是认识，胡家主要做生物科技，相比之下晋城集团就大了很多，在很多领域都有涉足，底气也大得很，近来晋城忽然将视线移向了生物科技，与古月正在商议合作，说是商议，但其实并没有听起来那么平等，因为晋城集团财力雄厚，他们既然决心要涉足生物科技领域，古月很难拦得住，与其让晋城集团去找别家合作，变成自己的竞争对手，不如自己先提出合作。

这是古月打的如意算盘，可是没有事情是不需要付出代价的，捏准了古月的七寸，晋维宇在"商谈"中没有给古月集团任何商量的余地！

胡静颜和自己的父亲虽然表面上答应了晋城集团提出的合作条件，但一日没签合同，他们就还有机会，他们想了很多种可能、各种各样的办法，在将目前的形势分析过一遍之后，他们将目光聚焦在了一个地方：S&N。

以现在的形势来看，晋城集团如果找人合作，不是古月集团就会是S&N，如果古月集团想要让自己在谈判中有筹码，就一定要知道S&N是怎么打算的。

如果她能从宋乔生身上得到她想要的，那皆大欢喜，如果得不到……

晋维宇看着她，亦微扬起了唇，"胡小姐，在这里见到你还真是让人意外啊！"

他的双手就放在裤兜里，连握个手的意思都没有，不甚友好的姿态。

胡静颜的目光在他的身上扫过，而后依旧是笑的："晋总是对我为什么会出现在这里很感兴趣吗？"

晋维宇轻笑了一声，"事实上，我对你刚刚和她说了什么，让她露出那种表情更感兴趣。"

那个清高的人，挨了巴掌就一定要还回来，在他的印象里，让她露出那种既怒且恼，却又无可奈何只能忍受的表情可并不容易。

"她？"胡静颜奇怪地一扬眉，却又忽然明白了些什么，"晋总是指苏顾然？"

晋维宇看着她，没有否认。

胡静颜不以为意一笑，"没什么，就是给她讲了个恐怖故事。"

闻言，晋维宇似是了然地点了点头，"那一定是一个非常恐怖的故事。"

"是啊，于她而言，非常恐怖。"她停顿了一下，"晋总，我还有事，先走了，祝你母亲早日康复！"

他的语气淡漠，"谢谢。"

临别，晋维宇的手却依旧没有从裤兜中拿出来的意思，连一点友好的姿态都懒得做出。

最后看了他一眼，胡静颜直接离开了。

第十九章 非常恐怖的故事

第二十章
她不该犯的错

神经外科。

这一天过得并不太平,宋乔生不在,苏顾然直至下午一直坐在办公室里,蒋海成进出几趟见她没事做,叫住在他手下实习的祁雪珍,指着苏顾然道:"你跟我去手术室,把那两个要办出院的病人给她去办。"

蒋海成是科里的上级医生,此时宋乔生不在,蒋海成既然说了,她也无从拒绝。

"我知道了。"

见苏顾然答应,祁雪珍走过来将手中的文件递给她道:"我和这两位病人还有家属都说过情况了,你就跟一下就行了。"

听祁雪珍的意思她似乎已经把该做的都做了,剩下的已经没有什么,苏顾然接过东西,应道:"好。"

可找到病人家属询问出院手续办理情况的时候,苏顾然却发现现实并没有祁雪珍说给她和蒋海成听的那么容易,看着家属茫然的脸,她意识到自己和蒋海成都被祁雪珍骗了。

"我爸还觉得头晕呢,有一个女医生……老来的那个,说不行再做个检查,怎么这就让我们出院了?"

家属对出院这个决定很不满,苏顾然原本以为自己只需在他们办理出院手续时遇到什么问题帮他们解决一下就好,没想到家属对病情还有疑问,面对这种情况,苏顾然只觉得头疼,只好说:"您稍等一下,我去查看一下您父亲的病历。"

丘脑占位病变切除,术后一周,术后恢复良好,病历上并没有提头晕和再做检查的事,她对病人的情况不了解,此时也没有别的办法,只好等蒋海成回来再做决定。

另外一位病人相比之下倒是好些,这位病人的家属知道要出院的事,只是没有想到会是今天就走,听苏顾然说这就要去办理手续,大眼瞪小眼对视了半天,然后还是病人自己问了出来:"医生啊,我今天就可以出院了吗?"

苏顾然简单看过他的病历,考虑了一下措辞道:"蒋医生让我来帮您办出院就说明他觉得您今天可以出院了,您有哪里还觉得不舒服吗?"

那病人皱起了眉,"那倒没有……"

一旁的家属解释道:"来医院的时候我们都觉得是一个挺重的病,现在做完手术一个礼拜就可以出院,我们有点不太放心。"说完,又赶忙补充了一句:"不过既然是蒋医生的决定,我们就出院吧,我们相信蒋医生。"

苏顾然点了点头,"那你们派一个人跟我吧!"

上下楼来回折腾了两趟,终于帮着病人家属理清了要办的手续,她松了一口气,正等电梯的时候,放在口袋里的手机震动了起来,她拿出一看,是宋乔生的电话,看来他已经从手术室出来了。

她赶忙接通电话,"喂,乔生?"

话筒里传出来的声音带着很深的倦意,"顾然。"

仅仅两个字,宋乔生忽然停住了,就是这一个停顿,让苏顾然忽然明白了些什么,她的心也随之提了起来,"乔生,怎么了?"

"顾然……"虽然不忍心,可还是要将这一切告诉给她,走出手术室前的过道,宋乔生摘下口罩,深吸了一口气,"手术结束了……"

"嗯……"

"袁源他……没挺过来。"

没挺过来,四个字,就像是一道晴天霹雳,让苏顾然定在了原地。

在这一刻,苏顾然的眼前一黑,脑海中一片空白,只是心一直向下沉,像是坠入了一个无底深渊。

沉默了足足有一分钟,再开口却是:"你说什么?"

一定是她听错了,一定是的,今天上午离开病房的时候袁源还可以冲她微笑,她还打算着等他的病好了就带他去看《喜羊羊与灰太狼》的电影,怎么会,怎么会啊……

最初的震惊与否认的阶段过去,苏顾然终于渐渐意识到究竟发生了什么,在这种事上宋乔生绝不会骗她更不会和她玩笑,他说没挺过来,就是真的……

没挺过来……

在不自知中,眼窝里很快蓄满了泪水,她没想过自己会哭,可偏偏就是在人来人往的大厅中,她举着电话,一下就泪流满面。

这并不是她第一次遇到病人离世,她甚至跟着老师宣布过病人的死亡时间,可袁源,这个只有七岁的小男孩,他还那么小,他本该有更长远、更美好的未来,那个总是对她叫"医生姐姐"长、"医生姐姐"短的小男孩、那个总是可怜巴巴地问她"今天能不能不打针"的小男孩、那个说自己以后也想当医生的小男孩,突然之间就没有了以后,这要让她怎么相信?

从听筒中传来了啜泣的声音,宋乔生听得出,是苏顾然哭了,他心里亦觉得不忍,声音轻柔道:"顾然,你在哪儿?别哭了,我去找你吧?"

抬手抹掉自己脸上的眼泪,苏顾然竭力抑制着自己,"我没哭,我没事,你忙你该忙的吧,我们晚些时候见。"

她啜泣的声音他听得分明,宋乔生也不戳穿她,"好吧,我们要去告知袁源父母了,你要一起吗?"

她曾当着袁源父母的面保证手术后袁源一切都会好好的,可现在……

她不知道应该怎么面对袁源的父母,她不知道手术过程中究竟出现了什么问题,此刻,袁源的父母一定会比她难过千百倍,她没有勇气去面对这一切。

"我……不了,我还有点事。"

"那一会儿见。"

她深吸了一口气,"一会儿见。"

可一会儿并没有那么长。

近乎失神地走回神经外科,她走进办公室的时候,因为已经临近下班时间,里面的医生也多了起来。

蒋海成已经回来了,手术完成得很快,大概是一个定向手术,他见到苏顾然进来,直接开口叫住她:"苏顾然,那两个出院的病人手续办完了吗?"却在苏顾然抬头的一瞬间,他忽然一愣,"你这是怎么了?"

被他这么一说,周围其他的医生也都抬起头向苏顾然看了一眼,可不是,就见她眼圈还是红的,已经有点肿,神情愣怔,站在那里不知道在想些什么。

"啊?"苏顾然循声望去,见蒋海成操着手不满地看着她,她恍然意识到刚刚蒋海成似乎问了她什么,可是具体是什么,她却忽然就想不起来了。

她哭过了,这一点明眼人都看得出来,只是好端端的在上班,她又是在哭些什么?

可毕竟她是一个女孩子家,蒋海成还是放软了些语气,重复道:"那两个出院的病人手续办完了吗?"

苏顾然回过神来,赶忙道:"办完了一个,还有一个……"

她正想着怎么向蒋海成解释另一个病人的情况,就见蒋海成不满地蹙起眉,"一下午就办了一个出院?干点事怎么这么慢?"

"不是,那个病人有点特殊……"

"我的病人我还不知道什么情况吗?有什么特殊的?祁雪珍不是已经都去和家属说好了吗?"

说好了?苏顾然看向祁雪珍,后者露出了一抹不自然的笑,却还是点头道:"是啊,我和他们说过了。"

为了不破坏自己给老师留下的印象,祁雪珍到现在还在说谎!

苏顾然正要开口,却因为刚刚哭过,呼吸不太规律,落在蒋海成眼中倒以为她是因为被说了要哭出来一样,他不由有些不耐,"你别在我面前哭,我又不是宋乔生,不会觉得心疼的!"

话中的讽刺意味十足,想他上次同宋乔生打的那架,诱因也就是因为她苏顾然而已!

被他这样一说,苏顾然一怔,当着全科人的面尴尬地站在那里,她感觉到周围人看来的目光中都带着异样,师生恋这种事,旁人嘴上不说什么,可心里大多都容不下,何况Wilson来讲座的时候说过宋乔生是有女朋友的。

一边的陈知一有些看不下去了,想要缓和一下气氛,"海成,人家毕竟只是个小姑娘,别太严厉,作为前辈我也觉得挺心疼的。"

"小姑娘?"蒋海成一声轻笑,"陈医生,细想一下,她也就比你小几岁而已。"

她今年虽然本科没毕业,可已经二十六岁,蒋海成这又是在说她复读三年这件事了!

"海成……"

陈知一还想再说些什么,被苏顾然先开口拦了下来:"我没事,陈老师,谢谢您了。"

深吸气调整好自己的呼吸,苏顾然的态度中带了一点强硬,"我去找病人的时候他们都不知道今天就要出院,没办手续的病人是因为他说自己一直头晕,和蒋老师您组里的一位医生说过了情况,在等检查,而我去看了病历,并没有相关记录,所以在等蒋老师您回来,请您去看一下病人再做决定。"

医生办公室里有片刻的沉静,屋里的人看似都在低头忙着自己的事，但每个人又很难不去关注这边的动态，先前蒋海成对这个女学生话里话外的步步紧逼大家都看在眼里，而此刻，苏顾然似乎要反击了！

不知不觉间，一出好戏已经拉开了序幕，众人用眼角瞄向蒋海成，只见他面色一僵，"你说什么？什么头晕？"

苏顾然也不点名，"病人说他把头晕的情况和您组里的一名女医生说过。"

这话已经再明显不过，神经外科里正式的医生都是男人，这个女医生一定是指临时跟着蒋海成的祁雪珍了。

矛盾再次回到祁雪珍的身上，这个声称自己已经和病人家属说好的实习医生所说到底是真是假？

蒋海成也偏头看向了一旁的祁雪珍，"病人和你说过他头晕？"

此刻的蒋海成坐直了身体，望向祁雪珍的目光如炬，他虽然在平时会对宋乔生与苏顾然有这样或者那样的想法，可事关病人，他向来严肃对待。

"没……没有。"祁雪珍本能地想要否认，她知道现在事情闹得大了，想要将责任再推回给苏顾然，可是面对着这么多人质疑的目光，她意识到自己没办法再蒙混过去，只好颤着声音道："其实……其实病人是说过一两次，我和他们说可以去做一个检查看看……"

说了半天别人，却发现问题其实是出在了自己的队伍里，蒋海成此时的面色已经难看至极，"那检查呢？做了吗？"

祁雪珍不过是一个实习医生，没有通报给上级医生她哪儿有什么权力去给病人做什么检查？自然是没做的。

她低了头，"那天后来又遇到了点事，一忙就给忘了……"

蒋海成一下从椅子上站起了身,二话不说出了办公室,大概是去查看病人情况了,祁雪珍赶忙跟了出去,一前一后像两阵风。

路过苏顾然身边的时候,祁雪珍狠狠地瞪了她一眼,走到门口,正遇到回来的宋乔生,他的身上还穿着手术服,进了屋直奔苏顾然而去,想到这两个人,祁雪珍心里真是恨得厉害。

凭什么他们怎么样都能没事,而她祁雪珍只要稍微做错一点事就会付出这样大的代价?

早晚有一天,她要让他们也付出代价!

这样的想法在一瞬间闪过她的脑海,紧接着,她小跑着向前追上蒋海成的脚步。

可其实,苏顾然这边,根本就没有祁雪珍以为的那样平安无事。

袁源在手术中去世了。

将她带出医生办公室,宋乔生特意找到了一个安静的角落,他看着面前低着头、神色郁郁的苏顾然,不由轻叹了一口气,"顾然,我要问你一件事,你必须要如实告诉我。"

他的语气很严肃,苏顾然已经大概猜到了他想要问些什么,点了点头。

"你是不是和袁源家属保证过手术一定会成功?"

有片刻的沉寂,苏顾然紧抿唇,最终还是点头道:"我保证过,但不是和家属,是和袁源,那个时候袁源害怕手术,我和他说他只要去手术室睡一觉,一觉起来就会发现一切都还是好好的。"

一觉起来,要是这一觉真的起来了就好了!

是和袁源说还是和家属说的这句话此刻又有什么太大区别?

宋乔生蹙眉,看着她难过的样子,不知道是该生她的气还是安慰她,"顾然,你不是第一天在医院实习了,你该明白作为医生,在没有百分之百把握的情况下是不能给病人任何承诺的!"

这她又怎么会不明白?进科室轮转的第一天老师就对他们说过,她是个好学生,一向把老师的话记得很牢,可那天在袁源的病房里她就是脱口而出,她是那样希望袁源能好好的,可是世事总不会尽遂人愿。

"对不起,这是我的错……"

"这是你不该犯的错。"宋乔生再叹一口气,现在的他是以老师的身份同她说话,"现在病人家属情绪不稳定,抓着你这句话一直不放,在手术室门口质问主刀的冯医生。"

"我去和他们解释清楚。"她说着,转身就要走,却被宋乔生拉住,"等等,顾然,现在不是时候,你过去只会激化矛盾,等家属情绪稳定一些你再去和他们道个歉吧!"

她有些担忧,"那现在冯医生那边……"

"他会想办法向家属解释的。"

可有些事并不是想解释就能解释得清的。

虽然下了班,苏顾然还是坐在医生办公室里没有离开,她想等着冯易良回来问一问事情怎么样了,她想等到一切都平复了再离开,这一等就到了快七点,冯易良还是没有回来。

留下来陪她的宋乔生被临时打来的电话叫走了,苏顾然终于再也坐不住,决定去手术室看一看。

不看不知道，此刻，手术室的门口真是热闹得很，虽然工作人员竭力驱散着周围的人群，可这围观的人就是怎么也散不净，反倒越聚越多。

医院里原本肃静，但此刻，离着几米远的距离，苏顾然就听到有人哭喊的声音："不行，给不出一个让我们满意的答案，今天谁也别想离开这里！"

还有冯易良无可奈何的声音："手术本身真的没有问题，如果您不同意验尸，我们也没有办法给您这个答案！"

刚刚结束了一台大手术，又和家属站在这里沟通良久无果，冯易良此刻已经近乎筋疲力竭。

"验尸，你说得倒是轻松！这要是你们家孩子你会想他人都走了还要被人扒开吗？孩子进去的时候好好的，一定是你们的责任！你们还我孩子！"

脑海里还回想着不久前宋乔生对她说的话，她过去只会让矛盾更加激化，可事情发展到这般地步她已经无法再站在外面看下去，她不能让冯易良一个人承受这些。

苏顾然挤进人群走到袁源母亲的面前，想要扶起坐在地上哭喊的袁母，可对方哪里肯干？

抬头见来的是苏顾然，袁母愈发激动了起来，指向她的手指都在颤抖，"就是她，就是她向我们保证的手术不会出问题！"

冯易良看到她只觉得头大，"苏顾然，你来做什么？"只恨不得用目光将她赶紧送走。

可既然来了，想走就没有那么容易了。

袁母指着她责骂道："如果不是你，我们源源就不会做这个手术，他现在也就还好好的，你为什么要劝他做这个手术?为什么?你这个贱人,还我儿子!还我儿子啊!"

袁家的亲戚听到这话,几个人上来将苏顾然半围住了,苏顾然意识到形势不对,赶忙向后退了两步,"阿姨,我的保证的确有不妥当的地方,您的话不能这么说,当初我建议袁源做手术是希望他的病能康复,也是为了他好……"

"为他好?呸!鬼才信你们的话,谁不知道你们医院就靠给人做手术挣钱啊!就为了挣钱,你把我们家孩子送上了不归路啊你,你丧尽天良啊你!"

袁母一面拍着地,一面声泪俱下地控诉着,旁边袁家的亲戚也激动了起来,不知是谁先伸出了手推了苏顾然一下,没有准备的苏顾然一下踉跄着向后退了两步,而后其他的人也跟了过来,眼见着就要动起手来。

站在后面的冯易良赶忙把苏顾然拉了过去,挡在了她的身前,"大家有事说事,别欺负一个女孩子!她为了你们家孩子的事没少花心思,手术中出现意外与她无关!"

"没少花心思?她要是少花心思了我们还不找她了呢!"袁家的人并没有丝毫让步的意思,反而上前来试图从冯易良身后抓住苏顾然,"跟我们走,给袁源守灵去!"

他们将冯易良和苏顾然逼到了墙角里,无处可躲,他们人多,冯易良作为医生又不能同家属动手,只能尽可能用自己的身体挡住他们,自己也挨了几下,可又哪里挡得住?

场面一时混乱,有人抓着苏顾然的手腕就要将她拉走,那人的力气很大,苏顾然只觉得自己的手腕都快要被他掰断了,不由用力向外挣脱。

见苏顾然还敢挣扎,那人显然更加不悦,用的力道也更大了两分,苏顾然终于无法忍受,喊出了声:"放手!"

那人怎么会放？苏顾然拼命挣扎，冯易良也来帮她，她感觉到手上的力道终于小了一点，却在这时，整个人重心突然就失去了控制，一头撞在了手术室门外放拖鞋的柜子上！

周围依旧乱得厉害，闹事的、围观看热闹的，除了冯易良，很少有人真正在第一时间注意到她这里出现的意外。

她只听见"咣"的一声响，紧接着眼前一黑，整个人贴着柜壁不受控制地滑落跌坐在地上。

"苏顾然，苏顾然你怎么样？"突发这样的事故，冯易良也惊在了当场，他赶忙蹲下身，扶住苏顾然关切地问道。

这一下磕得很重，苏顾然整个人都懵了，冯易良一看，心里不由一沉，流血了！

那边袁家的家属还是抓着她的手不肯放，看向苏顾然的目光中满是质疑，似乎是在怀疑她这伤的真假。

冯易良也顾不了那么许多，沉了声道："人都伤成这样了，你们能先别闹了，让我带她去上药吗？"

周围突然安静了下来，就在冯易良以为他们终于可以离开的时候，哪知那边袁母的语气还是很凶，"伤了怎么了？我们家孩子还躺在那里了呢！"

这么长时间的拉扯，冯易良心神俱疲，"那你们能先去送一送小孩子，让他安静地离开人世吗？你们再闹我们就报警了！"

"有本事你报啊！我们正要找人说道说道，哪有你们这么谋害人命的！"

袁家的其他人见苏顾然受了伤本来都已经没了先前的气焰，可被袁母这样一说又都有了底气，"对啊！找人来说道说道！到底是怎么回事！"

第二十章 她不该犯的错

……

苏顾然的记忆只到了这里,接下去就是一片黑暗,她还是没撑住,晕了过去。

醒来的时候已经是第二天,她躺在医生值班室里,头上还缠着纱布,已经快要中午了也没有人来叫她去上班,定时来查看她情况的冯易良发现她醒了,这才放了心,他走过来关心地问道:"怎么样?头还疼吗?"

头还有些晕,不过应该不是什么大事,苏顾然出声回应:"我没事,谢谢冯老师了!"

冯易良的面色也不太好,却还是轻笑了一声,"客气,你要是有什么事,你宋老师非把我拆了不可,你是没看见昨天他那个样子,简直比警察还吓人,啧啧!"

想起宋乔生,苏顾然的心里不由一沉,"乔生……宋老师现在在哪里?"

宋乔生把冯易良拆了倒不至于,但宋乔生一定会想要把她拆了,不听他的话跑去惹出这么大一出乱子,自己还受了伤,宋乔生大概早就对她咬牙切齿的了!

"宋医生给病人取活检去了,应该一会儿就能回来,你好好歇歇吧!"

"嗯。"她低了头,犹豫了一下还是问,"冯老师,昨天……是怎么收场的啊?"

昨天闹到那个地步,她撞了头袁家依旧不肯放行,最后这场闹剧又是怎么结束的?

"我们叫了警察来,但是袁家的人还是不肯散,警察想让两方和解,这又怎么和解得了?后来宋医生回来见你受伤了还被堵在里面,二话不说冲进去抱着你生闯了出来,还跟警察吵了一架,那架势真是……"冯易良说着撇了下嘴,足可见当时的宋乔生有多吓人!

不过吓人这个词用在宋乔生的身上,苏顾然还是觉得想象不出,但她觉得那一定是很"有趣"的场面,当即道:"还好我没看到他那个样子!"不然以后就再也没有办法直视宋乔生了。

冯易良也不由轻笑了起来,"你要是怕宋乔生凶你,就别跟着他了,来给我当学生吧!"

话音刚落,他的身后传来熟悉的声音:"冯医生这是在挖我墙脚吗?"

宋乔生来了。

他原本是怕吵到苏顾然休息,因而格外轻手轻脚了些,哪知一进来就听到这冯易良在这里"挑拨离间"。

这可真是"说曹操曹操到",冯易良转过身看着宋乔生干笑了两声,"手术做完了?你这墙脚太硬,不好挖,我还是准备交班去了!"

眼见着冯易良出了房间,只剩下他们两个,宋乔生走到苏顾然的床边坐下,他没有说话,倒是苏顾然沉不住气了,先出声道:"我昨天不应该去手术室门口添乱的,我错了,我以为我能解释得清……"

她说着,用眼睛小心地瞄着宋乔生的表情。

宋乔生看了她一眼,还是不理她,看来是真的生气了。

她继续诚恳地认错:"我下次再也不会向病人做没把握的承诺了,也不会再自以为是地往闹事现场挤了……"

宋乔生依旧不理她。

她泄了气,"喂,你真的要和一个伤员较这个劲吗?"

宋乔生冷哼了一声,"昨天你头上见了红还被堵在里面出不来的时候,你怎么不去和他们这么说?"

被他训了,苏顾然心有不甘地撇了撇嘴,"我……我那会儿不是说不了吗……"

她卖乖似的握住宋乔生的手,讨好地摇一摇,"宋老师,你能别生气了吗?袁源家属那边到底怎么样了?"

她的指尖有点凉,末端循环不好,在他温热的手心里摩来摩去,他面无表情地看着,却终还是心软,反握住了她的手。

这丫头又固执又自以为是,每一次认错认得比谁都快,但下一次,但凡她认定了,谁劝都劝不动,非得在一块石头上摔个鼻青脸肿才能长一点教训,真是要被她气死!

"院里的领导在和他们谈,袁源的手术本来就有风险,更何况他年纪这么小,手术的承受能力也就差,冯医生已经尽力了,只是家属还接受不了这个事实也难免。"

苏顾然叹气,"换谁也接受不了啊,小袁源那么可爱,只希望过两天他的家属能理解这一切就好了……"

可是谈何容易。

第二十一章
是谁犯的错，我们都难过

袁源的家属那边一直没有平静，连着几天情绪低落得厉害，这天交班的时候，苏顾然又成为了科里的反面典型，被主任不点名地当众狠批了一通："无论是谁都不能给病人及病人家属任何没有把握的承诺，没有人能保证手术台上会发生什么事情，你们不行、我也不行，真的出了事，患者家属抓着你这句话不放，咱们整个科室和这家医院都要为此付出代价！"

知情的人都向她这边看了过来，苏顾然坐在那里低着头只恨不得找个地缝钻进去才好，可林卫国的话还没有结束："下一次如果再出现这种情况，全院通报批评！"

感觉到林卫国的余光似乎扫过她这边，苏顾然的头更低了一点。

周五，苏顾然的心里却一点也没有周末到来的喜悦，下了班，宋乔生有饭局，他对她尚有些担忧，几次说："不然我今天不去了。"

她装作轻松地笑一笑,"我没事,回去歇一歇就好,你快去酒店吧,别迟到了!"

可是想要回去歇一歇,好不容易回到了家门前却发现自己竟然连钥匙都没带,早上出门的时候被她落在了家里,钱倩倩回来得又很晚,想来想去,苏顾然无奈地一声叹息,只好打电话求助于宋乔生。

接到电话的时候宋乔生刚到酒店不久,酒店最大的雅间里,大圆桌边聚起了十年不见的一个班老同学。

十年的时间,大家各自小有成就,见宋乔生终于到了,沈安赶忙将他迎进屋,十分郑重地向大家介绍:"快来看看咱们的'老班长'宋乔生同学,人家现在可是美国麻省回来的医学博士,现在在A院,前途无量啊!最关键的是,人家现在还是一家医药公司的股东,这可是大老板啊!"

在大家一阵起哄声中,沈安对宋乔生玩笑般道:"宋老板,今天这单你替我们埋了吧!"

宋乔生一笑,还没有说话,圆桌那边就有人抢先道:"沈安你别胡闹,怎么能让宋班长埋单呢?都说好了我来了!"

宋乔生循声望去,就见一名男子抬手似欲阻拦沈安,他的手腕上戴着一块手表,不用仔细看宋乔生也知道一定价值不菲,一身衣着皆是名牌,在一群尚处于奋斗阶段的白领中显得格外与众不同。

这个人专程走到宋乔生的身边,格外热情地招呼他,宋乔生自认记性还不错,然而看着他的面孔,宋乔生却怎么也想不起来他是谁。

沈安向他介绍道:"这是宋班长你出国以后转进咱们班的严盛天同学,这一次同学聚会就是他主张办起来的。"

"久闻宋班长大名,今天总算是见到了,幸会幸会!"

宋乔生回握他的手,"客气了,幸会!"

筵席开餐。

严盛天坐在了宋乔生的身边,周围的人热闹地叙着旧,宋乔生大多只是听着,就在这时,手机忽然响了,是苏顾然。

他起身走到门外接通电话,电话那边,苏顾然的声音说不出的闷:"乔生,我忘带钥匙了,倩倩得很晚才能回来,你在哪里?我能去找你拿一下钥匙,然后去你那边吗?"

她最近整个人都不在状态,落个钥匙什么的也没那么让人惊讶,宋乔生担心她,"你在那边等我,我去找你吧!"

苏顾然只觉得自己最近糟透了,不想再给别人添麻烦,尤其是宋乔生,赶忙制止他:"别!你忙你的,告诉我你在哪里就行了!"

宋乔生也只好答应:"那好吧,就在离医院不远的这家成川酒店,我在二层,你来了给我打电话吧!"

"好。"

再进屋的时候屋里比之前还热闹了不少,宋乔生走回自己的位置上坐下,旁边的严盛天问道:"刚刚来电话的是'班嫂'?"

宋乔生含糊地应了一声:"嗯。"

"怎么不让她一起来?多一个人也热闹啊!"

宋乔生摇了摇头。

十年前他出国了大家都知道,可苏顾然却是突然之间就离开了,如果有不明就里的问起这十年他们两个之间发生了什么只会让他们两个都尴尬,更何况十年前苏顾然父亲的事,他不知道这班里的人知道多少,若是碰到苏顾然的痛处就不好了。

"她有事,来不了。"

"哦,这样啊。"

严盛天开始只是同宋乔生说些新的旧的、有的没的,宋乔生和他先前并不认识,他却坚持要坐在自己身边,宋乔生明白严盛天必定是有事找他。

果然,入肚酒三杯,严盛天拿出了一套CT片子,"宋班长,其实这一次我有一件事想拜托你,我爸爸啊今年六十了,脑子里长了个东西,看了不少医生,都说已经太晚了,救不了了,可是咱为人子女的接受不了这个啊,宋班长、宋医生,你能帮我看看吗?听说你是从美国那边回来的,你看这样的情况美国那边能做吗?花多少钱我们都愿意!"

宋乔生没有说话,接过片子,转身迎着窗外的光仔细看了一遍,最终也是摇了摇头,"他们说得没错,的确太晚了。"他一面说一面将片子收起,拿起消毒毛巾擦了擦手,"这样的情况哪国的医生都不会建议手术的,您父亲的身体应该已经很虚弱了吧?"

严盛天点了点头,眉头都快拧到一起去了,"是啊,不知道的时候还好,自从知道了,身体一天比一天下降得厉害。"

"我的建议也是让您的父亲安度好最后这段时间,如果一定要手术,中国有关方面的专家水平也是很高的,不必非要去美国找人。"

正说着,宋乔生的手机又响了起来,来电显示是苏顾然,大概已经到了,他拿起手机站起身,对一旁的严盛天道:"不好意思,我有点事先出去一下。"

出了房间,宋乔生一面按下接通键一面向二楼楼梯的地方走去,"喂,顾然?"

"乔生,我到了,在二楼楼梯口这边。"

走过走廊,宋乔生果然看到了苏顾然,大概是因为路上的奔波,她显得有些疲惫。

见到他,苏顾然还是勉强露出了一个笑容,主动道歉道:"我错了,这段时间净干丢人事了!"语气里透着沮丧。

宋乔生将钥匙递给她,伸手替她捋过额边的碎发,安慰道:"没什么的,谁都会遇到这种情况,这里离我租的地方也不远,我送你过去吧!"

也就两条街,走过去就到了,来回也不会耽误多长的时间,宋乔生因而这样提议。

苏顾然却是执意不肯,"不用了,你快回去吧,我找得到地方!"

宋乔生正要再说些什么,却在这时,不远处传来沈安的声音:"咦,乔生,你怎么也在这里?"他刚从卫生间出来,就撞见了宋乔生,视线一偏看到宋乔生的身前站着一名女人,不由好奇道:"这位是?"

沈安走近,在宋乔生的身旁站定,仔细打量了一下面前的女子,忽然一怔,整个人定在了当场。

"这是……这是……"他有些激动,显然没有料到会在这里见到她,"苏……苏顾然!"

沈安说着,求证似的望向宋乔生,见后者没有否认,沈安知道自己说对了。

他当即兴奋了起来,"来来来,怎么这么巧?咱们高中同学聚会刚正说着还差谁呢,这不就又来一个?"

还真就是巧了!宋乔生本来是想送苏顾然离开的,没想到事情却偏偏向反方向发展。

被沈安半推半搡地带向刚离开的雅间，宋乔生看向一旁的苏顾然，不出他的意外，苏顾然的表情中带着明显震惊。

高中同学聚会？

宋乔生后来是出了国，在国内可以聚会的高中同学只有他们共同所在的那个高中，可是他竟然半个字都没有和她提起过这件事，她一直以为他今天晚上是公司或者哪里的应酬，没想到，真的没想到会是高中同学聚会！

苏顾然的心里一沉，宋乔生为什么要瞒着她？

面对着苏顾然质问的目光，宋乔生碍于沈安在场什么都不能说，一边的沈安还沉浸在自己发现苏顾然的兴奋中，打开雅间的门就将苏顾然推到了前面去，很大声对大家道："当当当当，大家快来看这是谁！"

这十年来，苏顾然的面容并没有太大的改变，素颜、马尾辫，大家第一眼看来只觉得眼熟极了，再看向一旁的宋乔生，一下子就有了答案，就差名字这几个字，其实就在嘴边，却忽然说不出了，不知道是谁先说出的那三个字："苏顾然！"

这一下，大家都想了起来，没错，是苏顾然，就是苏顾然，那个和宋乔生同时离开却不知道去了哪里的苏顾然！

并没有像宋乔生刚进来时那样的热络，这一次，大家都不约而同地沉默了。

他们大多都不知道苏顾然去了哪里，多年未曾听到这个人的任何消息，她却突然出现在了这一次的同学聚会上，是谁邀请她的？又是怎么找到她的？

听说当年她家里出了事情，是什么样的事情？现在怎样了？这么多年，她和宋乔生又如何了？

冷场，气氛一时之间变得异常的尴尬，还是严盛天先站起身迎了过来，他问沈安道："这位是？"

"这是我们原来的班嫂苏顾然啊，她和宋乔生同时转的学，所以你没见过。"

沈安只顾着和严盛天说话，没有顾及到苏顾然对严盛天同样陌生得很，宋乔生赶忙向她解释道："这是高二转进班的严盛天，那个时候咱们都……走了。"

有片刻的迟疑，宋乔生最终还是选择"走"这一个字来形容他们当初的情况。

被眼前突然出现的这么多老同学惊到，但在这么多人的注视中，苏顾然还是勉强地牵起唇角，对严盛天伸出手客气道："你好，我是苏顾然。"

严盛天看了一眼宋乔生，又看了一眼苏顾然，利落地叫了一声"班嫂好"，他随即对服务员道："来加一把椅子。"

那边的其他人看着，心里直想这严盛天胆子真是够大，虽然当初宋乔生和苏顾然是好得很，可现在他们俩是什么关系谁又明白？万一叫错了，那可是多尴尬的一件事！

可偏偏他没错！

服务员从外面搬来椅子，问："请问椅子应该加在哪里？"

"在我旁边。"说话的是宋乔生，他走到苏顾然身边，轻柔了声音对她道："既然来了，留下一起吃个饭吧！"

从心里，苏顾然是不想在这里坐下来的，可已经被拉进来了，都是高中同学，就没有再走的道理，她也只好点头。

和宋乔生走过去坐下，苏顾然有些尴尬地冲着在场的大家笑了笑，说的都是面上的客气话："不好意思，临时加入，打扰了大家。"

那边的男同学赶忙接话缓和气氛:"哪里哪里,来了就好,多一个人多份热闹!"

"是啊是啊!"

大家附和两声,场面总算是圆了过去。

有嘴快的问道:"你现在在做什么工作啊?"

苏顾然简单地回答:"我在医院。"

"也是医生?"

"嗯,还没有毕业。"

那人继续追问:"那你在哪家医院啊?"

"A院。"

有人很快反应过来,"和宋乔生一家医院?"

苏顾然点头轻应道:"对。"

忽然有人一声惊呼:"我想起来了!苏顾然,你是E中毕业的对不对?我看到过那个学校外面贴的光荣榜,有一年有一个女学生考上了A大,他们把照片什么的在外面挂了好几年,我没记错是你吧?"

E中……

宋乔生清楚这该是苏顾然心里的痛处,桌下,他伸出手去想要握住她的手,却突然被她躲开了,他下意识地蹙眉,去看苏顾然的时候却发现她连目光都看向了一旁,在躲避着他。

在场的人听了,表情中大多露出了一丝异样,E中该是本市一所不太入流的中学,没想到高一一直年级前十的苏顾然转学竟然转去了那里,足以可见十年前她家里发生的事情该是毁灭性的!

十年前，同一时间，宋乔生和苏顾然，一个去了国际名校留学向上更进一步，一个掉进了本市的一所三流高中，南辕北辙的两个人，南辕北辙的命运，过了十年此刻却又一起坐在他们的面前，就好像这十年所有的一切都没有改变过一样。

大嘴巴沈安看着，不由心生一份感慨，"若非亲眼所见，谁能相信过了十年，你们两个竟然还能在一起！"

这是大家心里想说而又不敢说的话，被沈安脱口而出，大家欷歔过后，气氛却也更尴尬了一层。

一顿饭吃下来索然无味，身旁的人不断地问着苏顾然她和宋乔生的事情，她的心情很差，只能勉强地应付两句，宋乔生会含混地替她挡过，直至宴席结束，大家离开酒店，有人提议去KTV刷夜，宋乔生以明早有事为由推托掉，带着苏顾然离开，她这才算是得到了解脱。

可解脱过后，有些事却不得不问清，走过这个街口，苏顾然停下了脚步，她转过身来看着宋乔生，只有三个字："为什么？"

"什么？"

她用质问的语气强硬道："为什么不告诉我你今天是来参加高中同学聚会的？为什么你从来没和我提起过这件事？"

"我只是觉得这也不是什么大事……"

"你是不是根本不希望我知道这件事？"

"是。"宋乔生有些无可奈何地轻叹气，"我不想让你多想，也不想让你不开心，而且我知道依你的性格也不会想来参加这种聚会。"

但这并不是苏顾然想与宋乔生说的重点，"对，我是不想来，可就算是不想来也并不代表你就应该瞒着我!"

原本只是来拿一下钥匙想要回去一个人好好静一静,没想到却被硬生生地拖进了这么一场同学聚会,她的心情本就已经很差,近两个小时不断在别人的追问下被迫回忆起十年前的事情,那些她原本想埋在最深处的记忆,她的心情已经跌到了谷底,此时,积蓄在心里的怨气一股脑涌了上来,她冲着宋乔生近乎是喊了出来。

宋乔生知道此时的苏顾然不够冷静,再这样说下去只会是伤人伤己,"顾然,我不想和你吵架!"

"你不想和我吵架……呵!"苏顾然冷笑了一声,即使到现在,他还是一副是他在迁就她的姿态,他是那么体贴、周到,可是他怎么就不明白呢?"乔生,我不需要你在背后替我决定好一切,我不想你再瞒着我什么事,我想知道、我想从你嘴里知道一切和我有关的事,而不是像今天这样!"

他总是那么优秀、正确,他总有他自己坚持的理由,可隐瞒是她不能接受的事情,即使是会让她不高兴的事,她也希望她能够知道。

"我没有想要瞒你,我只是觉得没有必要特意告诉你这件事……"

她的额上还带着不久前受的伤,整个人在夜风中显得那样瘦弱,他只是想保护她。

他的话说到一半就被苏顾然打断了,"就像当初你出国一样?"

几乎是不受控制的,这句话从她的口中说了出来,这是他们一直回避的话题,可此刻就这样被她提了出来,似一把利刃,被她用来伤人伤己。

理智地来说，她知道她不该，可是十年前，在她最需要他的时候，她有多希望他去了美国这件事她是从他口中听到的，而不是他的母亲，即使最后的结果都是他的离开，可对她而言，这两者是完全不一样的。

她不想再被别人硬拖入局，更不想再被人硬生生地"通知"，她只想知道自己该知道，在第一时间。

听到她提到当初他出国的事，宋乔生在原地一怔，他摇头不知道该怎么解释，只能说："不一样的，这是不一样的……"

可对于苏顾然来讲，这二者都是一样的隐瞒和伤害。

抿唇，最后看了一眼宋乔生，月光下，苏顾然的眼中有点点光芒闪动，却终只是一转身，向自己回家的方向走去。

这是他们这段时间以来第一次吵架，也第一次直接碰到彼此的忌讳。

苏顾然坐公交车回家，宋乔生一路跟在后面护送，可偏偏两个人都是沉默。

到了苏顾然家楼下，眼见着苏顾然上了楼，宋乔生却一直停在楼下没有离开，夜风起，四下寂静，他忽然感觉到了一种无力，他是外科医生，最擅长应对各种突发情况，可刚刚，当苏顾然突然提起当初，他却什么话都说不出，不知道该如何为自己辩解。

他什么都说不了，因为无论如何都是他先离开的，再去啰唆他是因为什么那天才不得不离开，是他母亲的原因还是他的错只会让人听起来更像是在推卸责任，无论如何是他留下了她一个人，其实在他的心里，他比她还要在意这件事啊！

一个人在楼下不知站了多久,有晚归的人路过他的身边,忽然驻足,声音中带着惊奇:"宋乔生?"

他抬眼仔细一看,是钱倩倩,她的面上透着讶然,问:"你怎么在这里?"

"我……没事,你快上去吧,顾然没带钥匙,我先走了。"

看着宋乔生有些古怪的样子,钱倩倩想着他刚刚说的话,顾然没带钥匙,既然没带钥匙苏顾然为什么要上去而不是和宋乔生待在一处?

这两个人……怎么了?

上了楼,钱倩倩就见家门口的地面上赫然坐着一个人,双手抱膝头埋在里面,不是苏顾然是谁?

钱倩倩看着她,不由叹气,"这是怎么了?"

听到钱倩倩的声音,苏顾然也没有动,钱倩倩蹙眉,伸手去拉她,"地上凉,赶紧起来,我好开门。"

苏顾然站起身的时候,钱倩倩看了看她的脸,松了一口气,没有哭。

开门进屋,关上房门的那一刻,钱倩倩还是忍不住问:"你和宋乔生到底怎么了?刚才我回来的时候他还在下面站着,你回来多久了?"

苏顾然扬唇,似还想露出一个笑容给钱倩倩看,可是难看死了,"我也不知道,我也不知道到底怎么了,就是突然之间,所有的事都向坏的方面发展了。"

他的母亲、还有那个叫胡静颜的女人先后来找她、威胁她,她的同学到教务处老师那里告她和宋乔生的状,后来袁源没能下手术台,她因为给了不该给的保证而被狠批,这些事一件一件,就像是多米诺骨牌,一个接一个地倒下,所有的压力都向她袭来。

她一直安慰自己，没事，没关系，都会过去的，只要她坚持住，一切都会好的，直到今天发生的这件事，触动了她和宋乔生之间的那张底牌，她终于到了极限。

十年前他只字未留去了美国，她像个傻瓜一样在这边不停地打着他的电话，直到他的母亲突然出现，告诉她他在飞机上；

而今天，她已经到了酒店都不知道，就在不远的雅间里是他们高中同学的聚会，直到她突然被沈安拖进了屋。

她不知道，不知道为什么宋乔生以为这些事对她而言无关紧要。

只说了一句话，苏顾然忽然就失控了，为什么这段时间以来，事情一件接着一件，根本不给她喘息的机会？

眼见着苏顾然就要哭出来，钱倩倩也不再问下去。

这些年苏顾然过得并不容易，钱倩倩看在眼里，苏顾然要强，在人前，即使再难过的时候也从没说过自己想念谁，可是睡觉起夜时候，钱倩倩有时会听到她在梦中很小声地在说着什么，钱倩倩走近了去听，她嘴里翻来覆去地是两个字："乔生。"

不到万不得已，苏顾然怎么舍得放弃宋乔生？

钱倩倩长叹了一口气将她抱进怀里，轻轻地拍着她的后背，钱倩倩安慰她道："好了，不难过了，总会否极泰来的！"

可这还不是否极，何来泰来？

第二十二章
以为是否极，却不见泰来

回家的路上，宋乔生才想起自己之前将公寓的钥匙给了苏顾然，公寓那边是回不去了，他索性回了医院。

科里值班的医生陈知一见到他回来不由惊讶，看着他问道："忘了什么东西在这里？"

宋乔生拉开椅子坐下，摇了摇头，"家门钥匙不在身边，决定过来值一晚上班。"

那边的陈知一闻言不由笑了出来，"早知道应该和你换一下班，我就可以回去睡觉了！"

陈知一一面说着，一面补着一个医嘱，写完手下的这行字，陈知一放下笔，又像是突然想起什么一般对宋乔生道："对了，你知道袁源的家属要去和医院打官司了吗？"

"打官司？"宋乔生蹙眉，他之前得到的消息还是医院在和他们协商中，看来是协商未果。

"是啊，虽然苏顾然的口头保证做法欠妥，但袁源的家属毕竟是自己签的手术知情同意书，手术的风险他们也应该了解，整个手术中咱们的医务人员并没有出现过失，医院出于人道主义愿意给袁源家属十万元钱，但袁源家属不接受这个数字，坚持称医院应该给予他们更多的赔偿，不然就打官司。"

"打官司……"宋乔生揉了揉额角，"院领导大概不想开这样不好的头，很多人就是抓住了医院不想打官司的心理因而对医院变相勒索，医院这样也是对的。"

陈知一点了点头，"如果真的能靠法律的手段公平解决也是件好事，不过这段时间咱们科里是太平不了了！"

岂止是太平不了。

周末，宋乔生接到胡静颜的电话，电话那边的胡静颜语气悠然："宋医生，这两天有时间吗？我想和你谈一谈。"

彼时宋乔生正在开车准备去找苏顾然的路上，听到胡静颜的声音不由皱起了眉，"谈什么？"

"谈一谈我和你的事。"胡静颜先是半玩笑地开口，故意停顿了片刻，知道宋乔生一定会说"没什么好谈的"，胡静颜抢在他前面开口，语气正经了许多："谈一谈古月和S&N的事。"

宋乔生的回答很是冷淡："S&N和古月走的是两条不同的路线，如果你想说合作的话那就不必了！"

又是这样的态度，胡静颜听到宋乔生的话，不禁暗自咬了咬牙，每一次来找宋乔生，她总是有一种自取其辱的感觉。

同样是生物制药公司，什么叫S&N和古月走的是两条不同的路线？S&N一向自诩走的是创新医药科技的路线，可古月也是如此，但刚才，宋乔生的言外之意却是在讽刺古月当年盗用钱氏研究成果的事吗？"

胡静颜僵了僵，却还是似没事般继续道："宋医生别拒绝得这么快，我也是好心给S&N一次机会，如果古月和晋城合作了，对S&N也不是一件好事吧？"

晋城集团要涉足生物制药行业的事朋友郑南阳曾与宋乔生提起过，晋城集团有财力，想要进入一个新行业不是什么难事，而且只要开始必定会是大动作，郑南阳有些担心晋城的加入会给他们带来很大的冲击，他想要先一步去找其他公司合作，也算是先下手为强。

但宋乔生对于晋城并不是很担心，晋城虽然财力雄厚，但初入这个行业没有成熟的研发团队，势必要借助其他企业的基础才行，晋城来找S&N时开口的条件霸道，不容商量，被S&N拒绝，这之后，不出所料，晋城果然去找了古月，在宋乔生的眼里，古月的研发不足为患。

而古月先期答应了晋城合作，可胡家的人向来贪心，私下里，胡静颜又来同他说要与S&N合作，足以可见胡、晋两家的合作也只是些表面功夫，S&N只需要静等，不用多久，晋城和古月的合作就会告吹，一损俱损。

宋乔生的语气并未因胡静颜的话而起半分波澜，"多谢，不必。"

胡静颜所谓给S&N一次机会，不过是想拿S&N当成古月集团去与晋城谈判时的筹码罢了！

胡静颜的忍耐终于到了极限，"宋乔生，你别太傲慢了！S&N现在势头虽然猛，却不代表它就能一直这样发展下去！"

"多谢关心，不如我们看着就是。"

终于不再伪装，胡静颜几乎从牙缝中挤出了这句话："宋乔生,我告诉你,我想要的我就一定会得到,你等着看!"

这样的凶狠早已不似她平日里伪装出的乖巧,宋乔生倒是一点也不惊讶,不轻不重地应了一声:"是吗?"紧接着,他出声道:"胡小姐,我还有事,先挂了。"

电话就这样被强硬地结束,胡静颜站在广场中央,听着电话里传来的"嘀嘀"的声音,怒火中烧,她紧攥住手中的手机,然后突然狠狠地向地上砸去。

"哗——"

手机被摔得四分五裂,周围的人都面带震惊地向她看来,胡静颜却全不在意,她深吸了一口气,在心底狠狠地重复着那句话:

宋乔生,我想要的我就一定会得到,你等着看!

宋乔生敲上苏顾然家门的时候,来开门的是钱倩倩。

见到宋乔生,钱倩倩倒是一点也不意外,从门口的鞋柜上拿起一把钥匙递给他,"给,顾然跟我说了你今天会来拿你的钥匙。"

将钥匙放进兜里,宋乔生却并不想离开,他看着钱倩倩问:"顾然呢?"

钱倩倩向里屋瞥了一眼,"在里面躺着呢,昨天晚上在外面地上坐了半天,今天一早上痛经还低烧了。"

宋乔生闻言,心里一紧,"我能进去看看她吗?"

钱倩倩迟疑了一下,还是向后退了一步让出空间让他进屋,"顾然现在应该还没醒。"

轻手轻脚地走到苏顾然的床边,他看着躺在床上的人,她的额上有汗,碎发就那样杂乱地黏在上面,双颊微微有些发红,他伸出了手去探上她的额,果然微微有些发热。

他的手微微发凉,睡梦中的苏顾然一惊,向后缩了缩,她艰难地将眼睛睁开了一条缝,背光,她只能隐约看到一个朦胧的人影,她知道那是宋乔生,紧接着,她合上眼,又沉沉地睡了过去。

"铃铃铃——"

原本站在里屋门口看着他们的钱倩倩听到自己手机响了,赶忙接起,走向了房子的另一边,"喂。"

屋里,宋乔生坐在床边的椅子上,看着睡梦中的苏顾然,心里生出了一份安然,他看到床头柜上放着水还有一板退烧药,伸手摸了摸,水已经凉了。

一阵有些急促的脚步声传来,钱倩倩站在门口小声对他道:"宋乔生,公司那边有事,我先走了,你照看一下顾然吧。"

宋乔生点头,"好!"

眼见宋乔生同意,钱倩倩转身抓起包就往外走,睡得迷迷糊糊的苏顾然被吵醒,口齿不清地嘟囔着问道:"怎么了?"

宋乔生伸手替她将被子向上拉了拉,"没事,接着睡吧。"

想起进门时钱倩倩同他提到苏顾然痛经,他起身走到厨房,在冰箱门上找到了一袋红糖,他拿了出来,端锅清水,将红糖倒进去,煮了一锅红糖水出来,稍微晾凉,温热的时候他用碗盛好端进苏顾然的房间,只是一进屋,正看到苏顾然睁着眼怔怔地看着天花板有些出神,不知道在想些什么。

正好,宋乔生走过去唤她道:"顾然,来喝点热糖水。"

听到声音,她微微偏过头来,眼神里还有几分空洞,他扶她半坐起身,将手中的碗递给她,看着她将糖水喝净,露出了一份温暖的笑意。

可这边的苏顾然却依旧是失神,她的目光落在宋乔生的身上,似是在看他,眼前却又有几分模糊。

醒来的那一刻,她以为他已经走了,就像梦里梦到他们十年前的那样,突然离开,她拼命地给他的手机打着电话却怎么也接不通,然后,她又梦见了他的母亲,还有他的父亲,这两个人的两句话,让她的世界瞬间崩塌……

她一下就醒了过来,之前半睡半醒间朦朦胧胧看到的那个人影已经不在,脑子里昏昏沉沉,她甚至有些分不清这到底是不是一场梦境,可后来,这个人那样平静地向她走了过来,柔声劝她喝下一碗红糖水。

"宋乔生,我还一直没有问过你,你会不会再离开我?"

听到她的问题,宋乔生将手中的碗放到一旁的床头柜上,他坐到她的身边,认真地看着她,坚定地答道:"不会。"

她不置可否地牵了一下唇角,"如果是你母亲要求的呢?"

一步一步,向更深的一个心结走去。

他看着她,依旧坚定,"不会。"

"如果有人将我父亲入狱的事宣扬出去,所有人都会知道我是一个……"她忽然一窒,那个词就在嘴边,可说出来却需要很大的勇气,"罪犯家属……"

宋乔生摇头,听到她说出"罪犯家属"那四个字,他只觉得心疼得很,"不会。"

却又一顿,"可是顾然,你不相信对不对?"

她没有说话。

不是不想相信,可是她只是不知道应该怎么相信,"罪犯家属",这四个字背后带来的难堪她比谁都清楚,他亦明白,因而高中同学聚会这件事他并没有和她说,她的高中同学们都很清楚她家里出了事,但大多不知道具体情况,如果追问起来该有多难堪,他们都清楚,这样的难堪连她自己都不想面对,而如今他前途无量,又何必将自己拖入这样的污水中?

有的时候,她也会觉得,他值得更好的。

她轻合了眼,面容中透着倦意;"乔生,我病了,脑子不够用,想歇一歇了。"

他看着她,终只说出了一个字:"好。"

连续两日都在做同一个噩梦,梦里的她在一个到处都是白壁的迷宫里,头顶上是当年急诊室的那盏灯,她走啊走、走啊走,努力地想要去找一个人,可怎么走最后都是回到了原点,苦苦挣扎良久,她以为她终于见到他,可眼前一晃,却是他的母亲面无表情地告诉她:"离了你,乔生在美国会有更好的未来。"

周一,清早。

听到闹钟响,苏顾然昏昏沉沉地就要坐起身来。

看到她这个样子,钱倩倩赶忙走过来,伸手探了探她的额,似乎还是有点热,她蹙眉,"要不你再请一天假歇一歇?"

苏顾然却固执地摇头,"我没事,别担心。"

科里最近本来就忙,袁源家属那边的事她也放心不下,这班不上不行。

看着钱倩倩担忧的表情,她还能轻笑一声道:"反正我是要去医院,大不了就是给自己挂个号啊,没关系的!"

见她坚持,钱倩倩也只好道:"那好吧,你自己注意点,别太逞强!"

一路如常坐公交车到医院,然而今日,两年间早已熟悉的行程也变得格外痛苦,好不容易到了地方,她终于坚持不住,背靠着医院的院墙蹲下身去,脑袋里昏昏沉沉,不知是因为低烧还是连日噩梦的原因,明明睡了很久却始终觉得没有睡醒。

进了科,医生办公室里,冯易良抬头见她进来,招呼道:"小苏,你来得正好,帮我去病案室取袁源的病历出来整理一下吧,袁源的家属和他们的律师要来了。"

苏顾然闻言一怔,"律师?"

提到这个,冯易良的神情变得有些凝重,"嗯,他们准备诉讼了。"

诉讼……

她低头应声道:"我这就去。"

没有参加交班,苏顾然直接上楼去了病案室,袁源的病历是最近的,并不难找,她将文件夹收拢,办好手续后将病历带出了病案室。

回到办公室的时候屋里还很空,大家交班还有查房并没有回来,她将病历放在自己的桌子上,正要开始整理,却有人在这时敲响了办公室的门,她偏头一看,不是什么要找医生的病人,而是胡静颜。

"苏小姐,方便移步说两句话吗?"

苏顾然拉开抽屉,将病历放到了里面,而后走到了门口,她还记得上一次胡静颜留给她的威胁,这个女人找她要说的必定不是什么好事,她也不想让来往的同事或者病人听到,主动提出:"我们去病区外吧。"

这正合胡静颜的心意,她跟着苏顾然向外面走去,只是脚步慢得可以，苏顾然没有多想，只当这是她大小姐架子使然，待到只剩她们两个，她对胡静颜开门见山道："我上班还有事，胡小姐如果有什么事就直说吧！"

"我找你还能有什么事？不过是关于乔生他的事情罢了。"

那一句"乔生"听在苏顾然耳中只觉得刺耳得很，但她面色不变，只是问："什么事？"

"这周末我和乔生仔细谈了一下关于古月集团和S&N合作的事宜，乔生他很高兴我们两家能够有在一起合作的机会。"

她故意将"公司"二字省略、故意将语气变得亲昵，苏顾然听罢却是一声哂笑，"胡小姐有什么更重要的事要说吗？"

胡静颜却从她方才的笑看出了一分不屑，当即变了表情，"你笑什么？"

乔生很高兴能有合作的机会，从心里，苏顾然是不信这句话的，古月当年靠偷人家的东西起家，这样的公司又能好到哪儿去？她觉得宋乔生的眼光应该不会差到会愿意和这样的公司合作！

只是这些话和胡静颜说就会成为没必要的争端，她也不想浪费这个时间，"没什么，如果胡小姐专程跑来就是为了说这个的，那我就先回去了。"

她说完，转身就要走，被身后的人叫住："你等会儿！"

胡静颜走到苏顾然的面前，"苏顾然，我知道十年前你的事情，有关你和宋乔生的事情、有关你父亲还有母亲的事情，不得不说你还真是心宽，当年人家就那么跑到美国去了，回来说和你在一起你就真和人家在一起！总归人家什么都没损失还越来越好了，你倒好，没了亲人不说还被人家父母嫌弃，这样你居然都没关系，我还真是不得不佩服你！"

这么长的一段话，归纳总结一下就是几个字：她真是贱！

苏顾然握在门把上的手用力收紧，面上却还装作若无其事道："胡小姐专程跑这么远来和我说这些，我很感谢胡小姐，没什么事我先走了。"

专程来和她说这些？自然不是！

胡静颜心中一声冷笑，手中的手机显示了一条短信提醒，她看着号码，嘴角蔓延开一丝阴冷的笑意，没有再去阻拦苏顾然，她向后让开了地方，"不客气。"

眼见着苏顾然进去，胡静颜的笑一寸一寸变得恣意。

苏顾然，送你的"礼物"愿你还满意！

重新回到医生办公室，苏顾然只觉得胡静颜今日来找她这趟有些莫名其妙，正想着，她拉开抽屉拿出之前塞进去的病历，然而经手一摸，她忽然意识到这些病历似乎薄了不少，她一惊，赶忙低头仔细地看着抽屉里，没有了，就是这些，可为什么前后手感相差甚多？

拿出病历，她快速地翻过，看着日期，数着数量，不对，就是少了，而且少的是中间很重要的部分！

她的心里一沉，一下子着了急，偏巧冯易良查完了房回来，一进门就问道："小苏，病历都拿回来了吗？"

她从病案室出来的时候是和病案室的老师一起清点过、签过字的，她肯定都拿了出来，可为什么现在只剩下这些？

也不知怎么了，她的脑海中忽然浮现了刚刚胡静颜嘴角漫开的那丝笑意，苏顾然心里一凉，她不过出了一趟门，前后几分钟，回来病历就少了，难道是……

难道是……

她不敢再想下去。

她抬起头，看向冯易良，抿了下唇，却还是不得不说："冯老师，病历……"

"怎么了？"

"病历少了……"

冯易良的面色一凛，"怎么会？我都交到病案室了啊！"

"病案室那边没问题，我拿出来的时候是全的，可是……可是我刚出去了几分钟，回来的时候病历就少了！"

"你说什么？"冯易良震惊之余，语气也不似平日温和，这些病历事关重大，眼见着医院的领导还有病人家属都在等着，在这个时候苏顾然竟然告诉他病历少了！

苏顾然亦明白丢失病历意味着什么，心里急得厉害，此刻就差想哭出来，她不停地道歉："是我的错，我没看好病历……"

"这件事认错没有用，必须赶紧把病历找回来才行，不然咱们谁都承担不起这个后果！"冯易良眉心紧锁，"刚才除了你还有别人在这里吗？"

"没有……"

也就是说没有人看见到底发生了什么。

冯医生的眉头皱得更紧，苏顾然赶忙道："冯老师，您别急，我这就去想办法把病历找回来！"

她说着，转身向门外走去，科室门口有摄像头，也许从那里她能找到一些线索，虽然知道希望甚微，可是除此之外她想不到更好的办法了。

走到门口，她正撞上进屋的宋乔生，也顾不上说些什么，她匆匆向外面赶去。

脑海中不断地掠过胡静颜最后的那个笑容还有眼神,那时她只觉得胡静颜莫名其妙,可现在,回想起来,她终于明白,胡静颜不过是找个借口把她引出来而已,给其他的人找机会动手!

胡静颜未必知道袁源这个病历的特殊,只是就算不是袁源的病历,她的桌子上也会有别的病历,医生丢病人病历是件大事,涉及病人的隐私,胡静颜只要得手,她就会因此而挨处分。

办公室里没有人,她出门的时候想着也就几分钟,没有记得把门锁上,那几分钟里她同胡静颜在一起,她就是胡静颜最好的不在场证明。

该怎么办?究竟该怎么办?除了指望病区门口距离医生办公室十几米远的摄像头能留下什么线索以外还能怎么办?

心里的压力随着时间的流逝在一点一点地增多,苏顾然无论怎么深吸气都无法让自己冷静下来,白大褂兜里的手机在这个时候震了起来,她拿出来一看,是钱倩倩的电话。

"喂。"

钱倩倩那边的声音比较嘈杂,苏顾然甚至能听到汽车鸣笛的声音,钱倩倩倒是心情甚好:"喂,苏医生,我们经理让我来你们医院给宋老板送一份材料,中午我们一起吃饭吧!"

"倩倩,我可能……不能陪你吃饭了。"

听到苏顾然的声音,钱倩倩不由有些意外,倒不是因为她说了什么,而是她的声音,似乎带了……哭腔?

"顾然,你怎么了?"

"没什么。"苏顾然起初还想瞒,然而尾音中的颤音已经出卖了她自己,她飞快地走到一个无人的拐角处,终于忍不住还是将事情向钱倩倩和盘托出,"我丢病历了,而且是病人家属和院领导马上就要的病历!"

"啊?"听到这个消息,钱倩倩震惊得只能发出一个单音节,"你是忘在哪里了吗?"

"没有,我很确定我都拿回来了,那会儿胡静颜突然来找我,我就把病历放在抽屉里了,也没锁就出去了,前后也就几分钟,回来病历就少了。"

"胡静颜?"没想到自己会听到这个名字,钱倩倩一怔,"她来找你干吗?"

"她想让我离开宋乔生,她之前已经来找过我一次了,今天这一趟她来得真的挺莫名其妙的,怎么就这么巧,我只和她出去了几分钟,回来病历就少了?"

钱倩倩心中已然有了答案,"其他的人谁拿你病历做什么?一定是胡静颜,她想用这种方法毁了你,这种下作的手段也真像他们胡家的作风!"

可就算是猜到是胡静颜又能怎么样,"我没有证据,我什么都不能说,他们只会以为是我在推卸责任!"

手术室门前,她拦下主任手术的时候都没有像现在这样害怕过,如果她的职业生涯真的要以这样的方式结束……

她已经不敢再想下去。

深吸气,她强作镇定道:"先不说了,倩倩,我去找找监控,看能不能发现什么。"

可已经来不及了。

刚挂掉钱倩倩的电话,手机紧接着又震了起来,这一次显示是宋乔生,然而接通了电话却是冯易良的声音,"小苏你快回来吧,主任知道病历的事了,要见你。"

"可是我想先去看看监控……"

"你不用去了,主任会上报,然后联系保卫处的人。"冯易良顿了一下,语气严肃了很多,"你必须做好心理准备,丢了病历,这件事事关重大。"

第二十二章 以为是否极,却不见泰来

第二十三章
这个女人有什么好

事关重大。

苏顾然很清楚这四个字意味着什么，回到科里，医生办公室里的气氛空前凝重，主任和病人家属都在，见她进来，大家的目光一齐投向了她。

主任第一个开口，语气严肃到严厉："冯医生刚刚告诉我们，你把病人袁源的病历弄丢了一部分，是这样吗？"

她低了头，"我……"却也只能承认，"是，我把病历放在办公室抽屉里，出去了几分钟，回来病历就不见了。"

主任听懂了她话中之意，"你的意思是有人偷了？"

苏顾然点头，"我想去查一下科室门口的监控，看有没有可疑的人进来过。"

"这个不用你操心了，我会联系保卫科去查。"林卫国稍作停顿，又继续问道，"你当时离开办公室去哪里了？"

"科室门口，有个……认识的人来找我，我们说了两句话。"

"有什么话一定要去外面说?"

苏顾然抿了一下唇,"一些私事……"

私事,这两个字一出,林卫国的面色更沉,"因私误公,苏顾然,这样你犯的错可大了!"

袁源的家属还有律师都在一旁听着,因而林卫国的语气格外重,然而对此,袁源的家属却并不买账。

一旁,一身黑色正装的女律师强势地开口道:"林主任先别急着生气,现在由于院方病历的关键部分丢失,我们有理由怀疑在袁源治疗过程中院方的确存在问题,就在丢失的病历中!"

在场的人听她这样说,莫不露出了惊讶的面色,因为病历丢失怀疑院方故意藏匿病历,这个律师真是好强的逻辑!

这一下真是百口莫辩,苏顾然知道如果按这个想法下去,她就相当于陷冯易良于不利的局面,她的错岂不是大了?

苏顾然的手攥紧成拳,医疗官司当中举证责任倒置,没了病历这件事他们真的就很难说清,如果对方律师以此相要挟要求高额赔偿金……

事情变得越来越糟糕!

怎么办?

她站在那里看着眼前发生的一切只觉得无措,就在这时,坐在那里沉默良久的宋乔生忽然开口:"孙律师这话说得太早,接下来我们会努力找回丢失的病历,院方的治疗有没有过错我们还是看到证据再说吧!"

孙律师一笑,站起了身来,"那我们等着,不过我先提醒一句,接下来我们会向法院提起诉讼,如果开了庭还找不到病历,到时候就别怪我说话难听了!"

送走了袁源的家属和这位律师,林卫国让人将办公室的门关上了,再开口,声音比方才还要严厉了几分:"你都听到刚才人家怎么说了,我也想问,这病历到底有没有什么问题?为什么会有人专门到办公室来偷这几页病历?冯医生,你觉得这是怎么回事?"

林卫国看向苏顾然与冯易良的眼中满是质疑,被那律师一提,他的确也觉得这里面可疑,这病历怎么就丢了呢?

听到林卫国对冯易良的质疑,苏顾然先一步开口道:"林主任,我刚把病历拿回来还没看过就丢了,那会儿冯医生根本就还没回来,这件事和冯医生无关,是我的责任!"

林卫国冷声道:"这是你承担不起的责任!"

这一句话,似一记响亮的耳光打在她的脸上。

苏顾然再一次低了头,她心知林卫国说得没错,她承担不起,因而也没有资格在这里多说。

"对了,苏顾然,之前我好像看见你往科室外面走了,我记得你当时……"在一片安静之中,祁雪珍忽然出声,却又忽然停住,任所有人都明白是她想起了什么。

林卫国蹙眉,"怎么了?"

祁雪珍再开口,声音比刚刚小了许多,"我记得苏顾然当时手里好像拿着一些像文件的纸……"她说完又赶忙补充道:"可能是我记错了。"

苏顾然猛地抬起头看向她,眼中满是难以置信。

她出门的时候手里什么也没拿,她很确定这一点,祁雪珍这样说是陷害,所有人都会怀疑是她因为病历里出现了问题而去把病历藏起来甚至毁了,这会为她平白引来很多的猜忌!

最"妙"的一句是那个可能记错了，万一日后发现祁雪珍说的是假话，她也可以以一句可能记错了来挡过。

祁雪珍是在报复她！

苏顾然看着祁雪珍，一时竟说不出话来！

这样的情况，如果病历找不回来，加上祁雪珍这个人证，如果大家再在"无意"中发现了什么，真的认定是她毁了病历，那她的职业生涯……

必毁无疑！

她不禁倒吸了一口凉气，后背冷汗涔涔。

苏顾然开口，斩钉截铁："我很确定我没有拿东西出去。"

"好了，不管怎么样，大家先找找看能不能在屋子里找到病历！"林卫国说着，站起了身来，"我也得想想怎么去和医院领导汇报了！"

与此同时，外科大楼背后人烟稀少的地方，胡静颜踩着高跟鞋，心情甚好地向一名黑衣男子的方向走去。

离得近了，男子小心地拿出了几页纸张，压低了声音对胡静颜道："胡小姐，这是你要的东西，剩下的钱也该给我了吧！"

胡静颜用眼角斜瞥了一眼那些纸，不屑地冷笑了一声，"谁要这些破东西！"自包里掏出一个牛皮信封，她递给面前的人，"喏，剩下的钱都在里面了！"

男子接过，用手摸了摸厚度，随即笑逐颜开，"多谢胡小姐，那我先走了！"

胡静颜没有说话，算是默许。

今日专程来到这里，胡静颜才不是想和苏顾然过过嘴瘾,她为的就是要让宋乔生与苏顾然付出代价,这么长时间,她在宋乔生身上所下的功夫是她从前从未有过的,可宋乔生却毫不珍惜,既然如此,他自己也别想好过!

眼见着黑衣男子消失在视野中,胡静颜转身正要离开,却忽然听到身后有掌声响起,她一惊,赶忙回头望去,意料之外竟看到一个身形高大的男人站在自己面前。

是晋维宇。

"如此手段,胡小姐想得出、做得到,我还真是佩服!"

晋维宇的语气中、笑容里满是奚落之意,胡静颜的心里"咯噔"一声,原以为今日之事堪称圆满,谁能料到转瞬间就冒出了这位晋家少总来?

付钱找人去偷病人病历,这样的事若被捅出去她就是刑事责任,因而她无论如何也不能承认,她牵起嘴角露出一个笑,"晋总这话,我怎么听不懂呢?"

晋维宇又岂是她三两句话能对付的角色?他冷笑了一声道:"你听不懂,我可是看懂了,胡小姐,刚刚那个人你说我追查下去能查出什么?"

他今日原本是要去医生办公室找人谈自己母亲出院的事,然而走到门口却发现里面并没有穿着白大褂的医生,反而有一个黑衣服的人鬼鬼祟祟在苏顾然的位置上翻着什么,他心知此事蹊跷,想要看个究竟,因而跟了那黑衣男子一段路程,没想到在这里见到了胡静颜、见到了刚才的那一幕交易,事情的前因后果变得清晰可见。

"什么刚才的那个人?晋总这话是什么意思?"事情发展到这一步早已超出了胡静颜的预料,若是其他什么人撞见了,她还有很多种手段可以解决这件事,可现在站在这里的是晋维宇，承认了是死路一条，抵死不承认或许还能蒙混过去。

与胡静颜的慌忙否认不同，晋维宇面无表情地开口，然而声音之中却充满着威胁之意："胡小姐最好能明白，我最讨厌别人跟我装糊涂，你觉着去查这么一个人对我而言会有多难？"

能有多难？胡静颜自然清楚，以晋家的势力，只要他想查，很快就能查清。

胡静颜终于装不下去，心一横，索性挑明了问："那晋总想要怎么办？举报我？"她先是语气强硬，而后又软了声调，"你看，总归咱们胡、晋两家就要合作了，何必为了不相干的事伤了和气？"

她说着，迈步向晋维宇而去，原本他们之间近一米的距离被她缩短到了近乎为零，她抬手轻抚上晋维宇衬衫前的领带，又轻笑了一声道："晋总你说是不是？"

得到的是晋维宇的一声哧笑，"好一个不相干的事，胡小姐果然会说话。"就在胡静颜以为她要说动晋维宇的时候，他却忽然将她的手从自己身上甩开，"可这不相关的事我还偏偏就想管了！"

仿佛被人迎面给了一耳光，胡静颜气极，"为什么？"

"苏顾然也算是救过我母亲一命，如果让你把这样一名医生毁了，我觉得可惜了。"

"那你想怎么样？"

"把拿出来的东西再放回去，我就当作什么都没看见，胡小姐，你自己好自为之！"晋维宇说完，也不再同她浪费时间，转身欲走。

他的身后，胡静颜不甘地咬牙道："你平常一向不爱管与自己无关的事，今天这么帮苏顾然，不会是也喜欢上她了吧？"

苏顾然、苏顾然，真不知道这个女人有什么好，居然有这么多人肯帮她！

胡静颜看到晋维宇的脚步一顿，而后听到了一声轻笑，很轻很轻的笑声，"那种固执又清高的女生真是一点也不讨人喜欢，就是让人忍不住想帮她。"

说实话，谁会喜欢打过自己的人？反正晋维宇不喜欢。

苏顾然那么清高，是一个自尊到甚至有些自卑的女生，有的时候他也会忍不住想，如果没了这份清高，她会是什么样？他不知道，不过可以肯定的是，那样的苏顾然不会敢去拦下自己主任的手术！

作为一个女生，苏顾然不够温柔不够精明，她原本可以在他这里得到更多的物质利益，还可以要他欠她这个人情，可她偏偏固执地选择还他这一巴掌，两清，他见过那么多的女人，没有第二个会像她这么样笨！

可平心而论，作为一个医生，苏顾然自有她值得佩服的地方，比起让胡静颜这样毁掉她的职业生涯，他倒更希望苏顾然是在下一次自以为是地拦下主任手术时被开除，看她以后还会不会再那么固执、那么清高、那么自以为是，又或者，就让她一直这么清高下去也好，总归这世上像她这样笨的女人也已经稀少。

沉默了片刻，晋维宇又再次开口道："胡小姐还是赶快去联系刚才的那个人吧，他不知道自己手里东西有多重要，要是毁了……"

晋维宇没有再说下去，胡静颜却感到了一种深深的寒意，若是那病历毁了，只怕晋维宇就会让她付出难以预计的代价，为了帮苏顾然！

可恶！

拿出手机飞快地编辑好短信，胡静颜心有不甘，却也只能按下发送键。

苏顾然，算你运气好！

与晋维宇前后脚从外科大楼后面走出，原本已经打算离开的胡静颜不得不又回了外科大楼里，走进大厅，胡静颜给自己的助理打了一个电话，通知她自己要晚一点才能回去。

原本在半个小时后安排了一个重要的会议，此时也不得不推迟，而且没有限期。

助理十分为难，"那，请问胡总，我应该以什么理由和其他董事说呢？"

胡静颜本就因为晋维宇的突然出现搅局，心情很差，此时不耐烦道："我不管，什么都要我告诉你，养你们是干吗用的！"

她的语气很凶，声音也不小，周围的人都不约而同地向她看来，见她外表体面，说话却这么难听，大家皆是面露异色。

胡静颜又哪里在乎这些，将手机随手扔进包里，就在这时，她听到有人一声厉喝："胡静颜！"

那声音在大厅里格外的响亮，胡静颜一怔，只见不远处一人气势汹汹地向她而来，胡静颜只觉得这人眼熟，离近了，她忽然认出来，是钱倩倩！

她们从前在商业聚会上见过，气场原本就不合，后来钱家落败，谁见谁也没什么好脸色，却也没有像钱倩倩此时反应这么激烈过，胡静颜正觉得奇怪，就听钱倩倩厉声质问道："胡静颜，是你干的对不对？病历就是你找人偷的对不对？"

没想到钱倩倩叫住她竟也是为了苏顾然病历的事，胡静颜只觉得有些不可思议，这个苏顾然，为什么会有这么多人帮着她？胡静颜想得到的想不到的人先后出现，把她的计划搅得一团糟！

"你在说什么我听不懂！"

钱倩倩的责骂却对着胡静颜劈头盖脸而来："别装了！当时的情景顾然电话里都告诉我了，一定是你干的好事，这种下作的手段不就是你们胡家一贯的作风吗！"

可嘴毒不只是钱倩倩的特长，胡静颜看着她，脸上带着不屑，"我们胡家？我们胡家怎么了？总比有些人没家了强！"

"你！"

新仇加旧恨，钱倩倩扬手向胡静颜脸上狠狠地甩了一巴掌，"胡静颜，卑鄙的事做多了总会遭报应的！你最好赶快把不该拿的东西还回去，否则……"

胡静颜又岂是好欺负的？也不顾自己此刻脚上还穿着高跟鞋，她向前狠狠地推了钱倩倩一把，"否则怎么样？"

你来我往，抓一下头发、扯一下衣服，钱倩倩仗着自己力气大些，刚占了上风，胡静颜脚下就用高跟鞋狠狠地踩了她一脚，她吃痛地叫出了声来。

这个时候医院里人流量本来就大，一时引来了周围许多人的围观，眼见着两个人就要扭打起来，大厅门口的保安赶忙跑来拉架,"分开分开,这里是医院,有什么事出去说!"

被人拉到一边,胡静颜站直了身子,不忘把自己的头发和衣服整理好,瞪了一眼那边的钱倩倩,撂下一句:"我没什么好和她说的。"转身就走。

钱倩倩怎么甘心就这么放过她?在她的身后大喊:"胡静颜,你必须把东西还回去!"

大庭广众之下,听到钱倩倩这样指责她,胡静颜低声恨恨地咬牙道:"神经病!"

事件的主角之一走了,大家见没有热闹可看,也渐渐散了,剩下钱倩倩站在原地,头发已经凌乱,她伸手一把将头上的皮筋扯了下来,动作利落地重新整理好自己的仪容,她冷哼了一声,"贱人!"

一转身,险些撞在一个人的身上,她刚要说声"不好意思",抬头一看,整个人一僵。

"钱倩倩,好久不见!"

一身银灰色的西装笔挺似刀裁,来人双手放在裤兜里,嘴角噙着笑,带着一种说不出的悠闲在看着她。

是晋维宇。

钱倩倩向后退了两步,拉开两个人之间的距离。

坦白地说,她没想过这样再遇到晋维宇,在她刚刚像一个疯婆子一样和别人打完架、嘴里还骂着"贱人"两个字的时候,一回首,看到这位晋少爷悠然地望向自己,而她,狼狈得可以。

在她的预想里,她希望自己高昂着头,以一个职场女强人的形象出现,就算没了钱家,她依然不想在晋维宇的面前输去半分气势,可现实,刚刚相反。

第二十三章 这个女人有什么好

她有些庆幸，还好自己刚刚转身前将头发整理好了，不然落在他的眼里，她只会更加难堪。

"好久不见。"

"你怎么会来这里？病了吗？"

他的目光让钱倩倩觉得有些局促，她别开了目光，"领导让我来给宋乔生送个文件。"想了想，又怕晋维宇不知道宋乔生是谁，补充道："就是苏顾然的男朋友。"说完才想起来，苏顾然和她说过宋乔生是晋维宇母亲的主治医生。

晋维宇了然地一笑，"你刚刚……是为了苏顾然的事？"

方才钱倩倩一直逼着胡静颜去还病历，说是听顾然说了当时的情景，这个顾然莫非就是苏顾然？

钱倩倩从前在高中时最讨厌的就是苏顾然，偶尔提到这个人，晋维宇从没听钱倩倩说过她什么好话，可今天，钱倩倩是为了苏顾然打了人？

点了一下头，钱倩倩知道他在疑惑什么，解释道："我和苏顾然做了很多年的室友，我们现在……关系很好。"

晋维宇轻笑出声，眼神中满是难以置信，"你变了。"三个字，他说得那样确定。

"啊？"钱倩倩微愣，随后自嘲道，"可不是变了，我都有室友了！"

从前她自己的卧室都比她们现在住的房子大了不知多少，如今与别人挤在一起，巨大的家变，她已经不是从前那个千金小姐了，可不是变了？

可晋维宇却不以为然地摇头，"你从前怎么会像这样为了别人打架？"更不要提那个人是她认为是故作清高的苏顾然！

被晋维宇这样一说，钱倩倩凝眸思索了片刻，忽而也笑了,开口却依旧是俏皮话:"是啊,怎么可能?那个时候愿意帮我打架的人还多着呢!"她并非不知自己变了,只是这样的改变是她不愿意同晋维宇说起的,在晋维宇的心里,她宁愿自己永远都只是那个挑剔任性的钱家小姐,她对他露出礼节性的笑容,"没什么事的话,我先走了。"

晋维宇看着她,先是点头,而后又将她叫住,"苏顾然的事你别担心了,胡静颜会把东西还回去的。"

他竟然清楚病历的事,他明白她刚刚为什么责问胡静颜!

钱倩倩的吃惊不加掩饰,或许不仅仅是因为他知道,这就是晋维宇,这就是她认识的晋维宇,他什么都清楚、什么都知道,可与他不相干的事他永远只会在一旁冷冷地看着,这十年,她变了,可他还是这样!

他早就知道了事情的前因后果,他也知道胡静颜会把东西还回去,可是刚才她和胡静颜打起来的时候,他不知道站在哪个地方冷眼旁观,并没有来阻止她。

吃惊过后,钱倩倩却又觉得并不吃惊,晋维宇就是这样的。

她低了头,终于只是说:"谢谢。"

"你什么时候这么客气了?"他稍停了一下,又道,"有机会我们找个地方聊一聊吧!我的手机号没有变,有什么需要帮忙可以找我!"

钱倩倩笑,笑意却不达眼底,以晋维宇的性格,能对她说出这句话,她应该感到荣幸的吧?也许可以算是他对她这个前女友的特别优待?

她谢绝得干脆:"谢谢,但不用了。"

如果真的有什么事需要求助,晋维宇或许会是她最后才会去找的那个人,虽然钱家破产以来的这几年她经历了很多,面子里子早就丢得干净,但在晋维宇的面前,她还是想为自己保留一点颜面,她不希望有一天自己真的会因为生存问题来找他这位前男友。

　　面前的钱倩倩与十年前已经大不一样,晋维宇看着她的目光中多了几分清浅笑意,嘴角的弧度也变得柔和,"那是不是如果我说想再请你跳一支舞你也不会答应了?"

　　跳一支舞……

　　恍然间,钱倩倩似乎又看到了很多年前那一次商业晚会上向她伸出手的那个少年。

　　那时两家的父母"导演"了他们的见面,她记得那次晚会上所有见到他们的人都会说"真是金童玉女",可那其实才是他们第一次见面!

　　他的母亲在一旁听着,面上带着欣慰的笑,开口道:"维宇,怎么不去请倩倩跳支舞?"

　　晚会里,音乐声连绵,跳舞的人成双成对,少年闻言,竟真的向她转过身,做出一个格外绅士的手势,他的身形高挑,似笑非笑地看着她,"钱小姐,请问我有没有这个荣幸可以请你跳一支舞?"

　　那晚过后,又或者说那支舞过后,他们"顺应天意"地成了男女朋友。

　　晋维宇在现在说出这句话已经超出了钱倩倩的意料,她只是觉得有些可笑,竟真的笑了出来,可偏偏她也不知道自己到底在笑些什么。

　　再请她跳一支舞,难道是要她再做他的女朋友?

　　怎么可能?他们之间怎么可能还有未来?她了解他,也了解他的母亲，更了解这个圈里的规则，她和晋维宇在钱家倒台的那一刻就已经结束了，无论是真心的还是假意的，都已经结束了。

她忽然觉得胸口有点疼，她还以为自己不会疼的，她做事虽然任性随意，可人生活到现在二十好几年，晋维宇却是她唯一交往过的一个……男生，她一直以为、确定甚至是笃定，他们之间只是利益的连接，可不知道什么时候，在她的心里，这一切竟然跑偏了。

可兜兜转转到了此刻，面对着晋维宇，她能说的终于也只是两个字："不会。"

就算她答应了这一时又能如何？她明知道他们之间没有未来！

避开目光，她深吸了一口气，依旧还是笑着的，"我不想让顾然那个丫头瞧不起。"

有的时候，她也想像苏顾然一样，清高一把。

所以，晋维宇，再见了。

第二十三章 这个女人有什么好

第二十四章
谁说的谎言，怎么会轻信

不翼而飞的病历忽然就被找了回来，科里的一个住院医师将病历拿了回来，高兴道："我在走廊里捡到的。"

东西找回来就好，全科上下都松了一口气，由于院领导施加的压力，林卫国也顾不上什么别的，找回了病历就去向院领导汇报了。

苏顾然不明白如果真的是胡静颜让人把病历拿走了，为什么现在会再送回来，以胡静颜的心思，该是恨不得毁了她的吧！她猜得出这里面一定又发生了什么，可至于究竟是什么，她发了烧，脑子不够用，猜不出，也不想猜了。

可有一件事，她是明白的，那就是她不能再这样下去了。

这一次病历能找回来实属侥幸，她险些犯下一个大错，职业生涯也很有可能会因此而被改变，这样的事如果再发生一遍……

她不敢再想下去。

如果是以前的她，她会时刻保有着那份警惕心，最起码离开前她会把抽屉锁上，可是连日的噩梦使得胡静颜来找她的时候，她只觉得脑子里一团糟，她想到了很多，比如她要将人带离这里，不能让别人听到她们说起宋乔生、说起她的过去。

那个时候，她的确走神了，她脑子里所想的莫不和一个人有关：宋乔生。

她记起大前天他们吵架的细节、记起他当时无可奈何的表情、记起他一路跟着她到她家楼下，也记起了纠缠了她整整两天的噩梦，她唯独没有记起如果她离开，办公室里没人，任何人都可能进来，而她的抽屉里放着一份极其重要的病历。

他们之间的事已经影响到了她的工作，他的家人还有胡静颜会随时在她上班的时候来找她，而她的同学会去教务处"举报"她和宋乔生，她先前想，没关系，这些她还可以承受，可她显然高估了自己。

为了进入A医大、A院，她复读了三年，说实话，有的时候想一想，她自己也觉得不可思议，她竟然参加了四届高考，可是当她穿着白大褂站在这里，她觉得一切都值得。

和宋乔生分别十年，即使念念不忘、恋恋不舍，可如果要付出的代价是像不久前发生的那件可怕的事情那样，她承受不起了。

总归她的人生也没有剩下什么了，真正属于她的只有自己的这份学业，至于宋乔生……

至于宋乔生……

她也不知道为什么，好像突然之间、又好像一切早已注定，所有的事情都向不好的方向发展了，而今天所发生的一切，就像是压死骆驼的最后一根稻草。

她累了。

不想再见到他母亲、不想再见到胡静颜、不想再被叫去找教务处老师，现在的她只想一个人静一静。

接下来的几日，她故意避开宋乔生，横竖她的本科轮转阶段马上就要结束了，最后的这段时间大家都有其他的事情要准备，工作的压力不算很大。

宋乔生感觉得到她的刻意回避，他试图找机会与她沟通，然而固执起来的苏顾然他真的是一点办法也没有，如果开口与工作无关，她甚至不会给他说第二句话的机会。

下班后打电话给她她不会接，去她家找她，开门的钱倩倩只能一脸无奈地告诉他："她有多固执你也知道，也别逼她了，让她一个人静一静吧。"

他从来不想逼她，他只是希望她好好的。

可当这样的情况持续了将近半个月的时候，宋乔生终于没有办法再一直由她躲避下去。

周末，眼见着到了下班的时间，苏顾然同之前一样脱下白大褂留下一声"再见"就打算离开，然而走出办公室，却被身后赶来的宋乔生拉住，"顾然，等一下！"

"我有……"

她的"事"字还没有说出口，就已经被人打断，宋乔生蹙了一下眉，"顾然，今天晚上到我家来尝尝我的手艺好吗？今天晚上是我……生日。"

最后两个字说出口，宋乔生看着她，心里的滋味难辨，就见她一怔，随即恍然醒悟般看向他，眼神之中带着歉意。

这段时间她一直担心袁源的事还有在忙着和研究生阶段

的导师联系，一天一天过着，日期的概念也模糊了许多，半个月以前她的确想过宋乔生的生日要为他准备些什么，可是紧接着发生了这么多的事，她只是……

"我……"

从她的表情中，宋乔生能看得出她的态度发生了松动，他弯唇向她一笑，牵着她就走，"来吧！"

心中是歉意，苏顾然还是跟着他来到了他的公寓，原本想弥补错误，自己给他做一顿生日晚宴，宋乔生却坚持让她乖乖坐在沙发上就好，自己进了厨房忙活。

乖乖坐在沙发上显然并不是苏顾然的风格，她站起身走到厨房门口，厨房里，宋乔生刀功甚好地切着豆腐，一边锅里还煮着什么东西，很香，她靠在墙边看着，眼睛和鼻子都得到了满足。

宋乔生啊，她不能见到他、不能在他身边，他总是能够那么轻易地撩起她心中未断的那点念想。

转身，不再去看，她走到落地窗边，静静地看着外面的城市，默然。

脑子里有点空，她累了，和宋乔生之间的那些事想了很多天、噩梦也做了很多天，她放不下宋乔生，更放不下十年前的事，到现在，她用额头抵着面前冰冷的玻璃，只想让自己停下来，歇一歇。

钱倩倩曾经对她说，感情不是账，正正负负、加加减减，记得越清楚，这份感情也就越沉重，而今她总算是懂得。

都成了负担，连对宋乔生二十多年的喜欢都会让她觉得疲惫，若说放下，她又心里不舍，可不舍又能怎样？事情发展到这一步就像是上天注定，如果注定是要分离，现在总比以后要好。

她是这样想的,但她却无法这样做到。

站在窗前走神,不知过了多久,她一回神,看到窗户上映出她身后的人影,她紧接着被人揽着腰抱住了。

宋乔生的怀里很温暖,身上还带着饭菜的香气,这一刻,苏顾然也觉得安然。

她软了语气,开口:"生日快乐。"

宋乔生轻笑了一声,"因为又老了一岁吗?"

听他说到"老"这个字,苏顾然也微扬起了唇角,他宋大医生年方二十七,风华正茂,却和她抱怨"老了",她索性干脆地点头,"是啊!"

放在她腰间的手用力收紧了两分,苏顾然就听宋乔生又开口道:"我多希望自己已经老了,我们还像这样在一起。"

岁月那么远,有你在就好,心甘情愿用青春换来与你终老。

苏顾然觉得自己的心一点一点又软了下去,真是没出息,怎么他一说,她也就忍不住在脑海中幻想着有一天,他们满头白发,依然还可以相拥来看这座繁华都市的夜景,那样该多好,他们在彼此的生命里该算是始有、终有。

见她陷入了沉默,宋乔生复又问道:"饿了吗?饭菜都做好了!"

她的肚子十分配合地叫了叫,苏顾然尴尬地有些脸热,宋乔生对此倒是十分开心,在她的脸颊处轻啄了一下,"来吧!"

宋乔生的手艺不错,最起码从卖相上,苏顾然不得不承认他做的菜要比自己做的好很多倍。

但以苏顾然的性格,她怎么会当着宋乔生的面承认?所以当宋乔生让她简要发表一下评论的时候,她故意保持着一副"面瘫脸",轻描淡写道:"不错。"

其实岂止不错,他做的都是她一贯喜欢吃的,色香味俱全,再加上她本来就饿了,面上故作矜持地小口吃着,嘴里却差点咬到自己的舌头。

就在这时,宋乔生的手机响了,苏顾然起初并没有在意,自顾自地吃着东西,然而宋乔生接起电话,却刻意走远了,他将声音压得很低,但苏顾然还是听到了:"妈。"

是宋乔生母亲的电话。

细想也并不奇怪,宋乔生回国以后第一个生日,也是一个比较特别的日子,宋母大概也希望儿子能在自己的身边。

苏顾然低头,努力让自己专注于这顿晚饭,然而耳朵里还是时不时飘进宋乔生的声音。

"我说过今天不回去了,您和爸别等我了。"

电话那边的宋母大概是问了他和谁在一起,而后苏顾然听到了自己的名字:"顾然。"

她抬眼望向那边的宋乔生,只见宋乔生也正好回望向她,视线相撞,他露出一个让她安心的笑容,苏顾然赶忙又低了头,专心于食物,只是已经没有了之前那么好的食欲。

"妈,您别再说了,您知道我不会答应的!"

电话那边的宋母大概还在坚持,宋乔生态度坚决,"妈,我不会同意的,这是我自己的事,请您让我自己决定。"

"您真的别再说了……"却突然,宋乔生的音调变高了起来,"妈,妈!"

宋乔生的面色一沉,苏顾然再抬头,只见他的脸上写满了焦急,"我妈心脏病犯了,我得回去一趟!"

"快回去吧!"四个字,苏顾然毫不犹豫地说出了口。

宋乔生面上带着歉意,"抱歉,等我回来好吗?"

苏顾然没有看他,只是重复着那四个字:"快回去吧!"

所幸现在是晚上,马路上并没有太多的车,宋乔生一路加速回到家里,进屋的时候,母亲吃了药,情况已经稳定,再加上有作为心外科主任的父亲在一旁,并没有什么大碍。

见到他回来,躺在床上休息的母亲露出了一个欣慰的笑容,并没有再继续刚才电话里不愉快的话题,她看着宋乔生声音虚弱道:"乔生,今天留下来陪你妈一会儿,好吗?"她握住宋乔生的手,语气近乎恳求。

他怎么可能拒绝自己生病的母亲?

轻叹了一口气,宋乔生终只是道:"我去给您再倒杯热水。"

他拿起母亲床头柜上半空的水杯,转身出了房间。

公寓里。

吃完了饭,苏顾然将自己的碗碟收拾好,其余的菜她犹豫了一下,还是没有动。

宋乔生临走前让她等他回来,她记得他之前并没有吃很多东西,回来如果饿了,她可以替他把菜热热,让他吃完这顿生日餐。

她坐到沙发上,打开电视,百无聊赖地看着,眼见着分针走了一圈又一圈,苏顾然还是咬牙等了下去,直到突然间,公寓里的座机响了,她走过去接起,意料之外,电话那边传来了宋乔生母亲的声音:"苏顾然?"

心里一沉再沉，她还是礼貌地应道："阿姨好。"

"不用再等下去了，乔生他不会过去了！"

"嘀嘀嘀嘀嘀……"

听筒里传来对方挂掉电话后的忙音，没过多久，宋乔生也打来了电话，声音中满是歉意："对不起，顾然，我今晚回不去了，这么晚了，你一个女孩子走夜路不方便，留在我那里吧！"

苏顾然放下电话，该说是意外也不意外，她的心里有点凉、很凉，然后，凉得彻底。

宋乔生说，希望他老了，他们还能在一起，可事实是她一直都在，而他又一次离开了。

她忽然就想起那天宋母来找她的时候说："我能让他离开你第一次，就能让他离开你第二次！"

宋母做到了，而她也真的如自己所言，很难过。

她将桌上的饭菜用保鲜膜包好，全都放进冰箱，关上电视，她找出一张纸，拿笔在上面一笔一画、格外艰难地写下了七个字："乔生，我们分手吧！"

离开，苏顾然用宋乔生给她的钥匙将房门锁上，又一次不用说再见的分别，她的眼眶里干干的，一滴泪也没有，只是心里却漫开了一种像泪水一般咸咸涩涩的滋味。

请了一天的假，关机。

苏顾然将自己锁在屋里，哪儿也不去，躺在床上盯着天花板一直到中午，她连吃饭的念想都没有。

午后的时候，她听到有人在用力敲着房门，她翻了个身，背朝着外面，轻轻地合了眼。

这之后不知道又过了多久,她听到有人用钥匙开门的声音,紧接着屋里传来人的脚步声,快而急,下一刻,里屋的门就被人推开了。

见苏顾然好端端地躺在里面,钱倩倩长舒了一口气,而后不满道:"苏顾然,我的小祖宗啊,你知不知道宋乔生满世界地找你,连班都不让我上了!你怎么了?班也不上、手机也关机,宋乔生说来这里敲门你也不开,发生什么了?"

钱倩倩一面说着,一面拿出手机给宋乔生回了一条短信:"顾然在家,不必担心。"

发完短信抬头一看,苏顾然还像之前似的一动不动地躺在那里,钱倩倩看得出她情绪不对,只是这段日子她的情绪一直没对过,钱倩倩也已经见怪不怪了,她叹了一口气问道:"大小姐,你才真的是大小姐啊,麻烦您赏脸给宋老板回个电话吧!"

"我们分手了。"

苏顾然突然开口说出的这句话让钱倩倩一愣,"什么?"可是苏顾然却什么话也不说了。

分手了……

想明白这三个字代表着什么,钱倩倩随即露出了震惊的形容,前段时间苏顾然和她说自己和宋乔生吵架了,她并没有太在意,心想哪对情侣不吵架?可谁知这一吵架,苏顾然竟然……

分手了?

"为什么啊?"

可苏顾然只是摇了摇头,依旧什么都不说。

宋乔生很快就到了,听到有人敲门,钱倩倩赶忙过去将门打开，门外的宋乔生表情中透着焦急，"顾然她怎么样？"

钱倩倩却盯着他问："你们分手了？"

宋乔生蹙眉，坚决地否认："没有。"

今天上班不见苏顾然人，中午休息时间回到公寓的时候就看到桌子上放着一张纸，写着"我们分手吧"这几个字，他第一反应还以为是谁开的玩笑，然而当他确认这的的确确是苏顾然的字，他想起上午消失的苏顾然，怎么打她电话也打不通，他终于意识到了什么。

苏顾然是认真的。

他跑到这里来找她，可怎么敲也没有人开门，他不知道是她不在还是她不肯给他开，没有办法，只好打电话给钱倩倩让她帮他来看看，最后证明，是她不想见他。

"那为什么顾然她说……"

钱倩倩正疑惑地问着，就见自里屋疾步走出一人，将她向后推开，面对着宋乔生态度坚决道："我和你分手了，别再来找我了！"

她说完就要用力将门合上，却被宋乔生先一步伸手拦住了，分手岂是她说分就分的？宋乔生坚持道："顾然，告诉我到底发生了什么，究竟是为什么？"

他这么聪明的人却想不明白这个为什么！

她觉得可笑，就真的笑了出来，"十年前怎么也打不通你电话的时候我也想问为什么，可是你又给过我机会吗？"

这么长时间他们在一起，小心翼翼，对十年前的事情闭口不提，总觉得时间长了，这个结会慢慢自己解开的，可他们错了。

现在，当初的事成了苏顾然手上的一把利刃，用来伤人伤己，却也是快刀斩乱麻。

"顾然，我没有想过就那样离开你，就像昨天晚上，我同样没有想到……"

她嗤笑了一声，是啊，宋乔生怎么会做这种不周全的事情？他自然是没有想到，可他的没有想到对她而言已经没有意义了。

"我累了，宋乔生，爱情未必会在我们心里存在很久，可伤害会。"

十年前他的离开，这样深的一道伤疤，随着他的归来而渐渐复苏，在她的胸口处蜿蜒生长。

"我不信！"

苏顾然冷笑了一声，"那是因为你不是受伤的那个，今天过后，你也可以试试！"

宋乔生摇头，"顾然，你不会忍心……"

苏顾然语气决绝地打断他："我忍心得很，宋乔生，你真的以为过了十年我还死性不改地喜欢你吗？我之前会答应你和你在一起只是因为我恨你的父亲，我想报复他，可他一个大主任，我能报复他什么？谁让你回来了，你就是我最好的机会！宋乔生，你醒醒吧！"

醒醒吧……

房门在他面前被"嘭"的一声合上，他自心底苦笑了一声，如果苏顾然真的能够做出像她说的那样的事，倒也好了！

他虽然明白苏顾然的话不过是用来骗他的，可那样清高的姑娘不惜说出这样的话来逼他死心，他看得出她的痛苦，让她痛苦，他又怎么舍得？

他想起之前，苏顾然病了的时候曾问过他："你会不会再离开我?"

这么长时间,她的心结一直还在那里,从未打开,而他终于让一切成为了一个死结。

屋内,背靠着门,苏顾然慢慢向下蹲坐在了地上,昨晚没哭、今天上午没哭,她还以为自己是不会哭的了,然而此刻,眼睛里涌满了泪水,她捂住自己的嘴,不让自己哭出声来,只怕外面的人还没走,被他听到。

钱倩倩看她这副模样,只得上前将她拉起进里屋,不由感叹:"你这又是何必?"

明明还相爱,只有傻子才看不出来她对宋乔生到底有多在意,可是却偏偏要这样折磨自己。

苏顾然拼命地摇着头,力气大得钱倩倩都害怕她把自己甩到头晕,她哽咽着开口:"我做不到,我真的做不到!我恨他的父亲、我讨厌他的母亲,而他的父母就像我讨厌他们一样讨厌我,我不知道他什么时候就会离开我,无论如何,我不会再让十年前的境况再发生一遍了,一次就够了!真的够了!"

他们两个人在一起,或许有现在的一时片刻,可是她看不清未来。

她终于明白,原来感情不是生了根就会有结果。

这就是现实。

明白苏顾然是已经下定了决心,钱倩倩也不再劝,只是长叹了一口气,伸手拥住了她,在钱倩倩的怀里,苏顾然哭得像一个孩子。

第二十五章
此生不顾

四个月后,消化内科。

转眼进入了研究生的阶段,苏顾然有了自己的宿舍,也有了自己的专业方向。

与钱倩倩京城两边遥自相隔,偶尔周末得了空,苏顾然也会与她相约出去一趟。

本科的同班同学去了不同的科室,大家就此分散,偏偏苏顾然和祁雪珍格外"有缘"地选在了同一个科室,而苏顾然的导师正是祁雪珍想要选但是没能选上的导师,祁雪珍因而对她愈发嫉恨,在科里四处说她的闲话。

同组的一位主治医生不知道为什么对她格外照顾,苏顾然一直觉得自己真是幸运,直到听他无意中说出"宋乔生"这个名字,才明白这和宋乔生有关,在此之后她对那位医生说得最多的一句话就是"不了,谢谢"。

这四个月,她的生活似乎发生了巨大的改变,却又似乎什么都没变。

下午是导师的门诊,她去门诊跟诊,坐在老师的身后,她看着电脑上显示的挂号人数已经将近三十,这个下午才刚开始。

挂号人数还会增加,苏顾然看得出导师徐秋明压力很大,从第一个病人开始,见病人病情不重的都尽可能压缩时间,有些需要帮病人办的手续,徐秋明都交给了苏顾然去做。

也记不清是第几个病人,苏顾然忙得晕头转向的时候,一名五十多岁的男子进了诊室,他面色苍白,看起来十分虚弱的样子,坐到诊室的椅子上,他对徐秋明道:"医生啊,我就是这几天闹肚子闹得厉害,帮忙多开点止泻药吧!"

男子带着很重的南方口音,徐秋明闻言蹙眉道:"闹肚子?你最近吃什么坏东西了吗?"

男子摇了摇头,"不记得啊,我是出差来这里开会的,可能是水土不服吧。"

徐秋明一边在电脑上录入记录一边道:"你先去做个检查吧!"

将开好的单子交给那男子,徐秋明叫了下一个病人的号,就在这时,正要站起来的这名男子腿上一软,忽然就倒在了那里。

苏顾然见状一惊,一下从椅子上站起身冲了过去,"先生,先生!"

碰到这个病人的时候,苏顾然觉得他的身上有点热,伸手探了探他的额,大概是低烧,徐秋明也走了过来,看男子的样子像是低盐虚脱,"带他去病房输点液吧,等他醒了带他去做一下检查,需要的话办理一下入院手续留院观察。"

徐秋明说着,用手机给组里的一名男医生打了电话,让他帮苏顾然把病人扶过去。

到了科里,苏顾然一个人留下来等男子苏醒,临近晚上的时候男子终于醒了过来,开口要说话,先很重地咳嗽了一阵,而后艰难地出声:"水……"

苏顾然用纸杯给他倒好了水,递给他,"先生,您现在怎么样?"

男子接过水杯,只喝了一口,紧接着挣扎着想要站起来,"我要去卫生间!"

这一折腾就到了很晚,男子虚弱得几乎走不了路了,还是住了院。

男子名叫张德民,广州人,来这边出差几天了,住在一家酒店里,结果没过两天就开始腹泻,越来越严重,而且低烧。

由于他最初来医院的时候并没有意料到自己最后会入院,生活用品、换洗衣服什么都没带,此时只得拜托苏顾然去为他跑一趟,取些生活必需品来医院。

虽然已经晚上八点多,但想到这些东西病人会急用,苏顾然还是出了医院先去了张德民的酒店。

还好张德民的住处离医院并不算远,这是一家四星级的酒店,苏顾然进了楼,拿着房卡奔向前台询问房间位置,得到答案正要上楼去的时候,抬头偏巧就看见了宋乔生,他的身边还有一个人,拖着一个行李箱,大概是刚到本市。

苏顾然没有想过会这么巧,显然宋乔生也并没有想到,视线相接,她注意到他微微一怔,"顾然?"

她看了一眼他身边的人,又看向他,微牵唇角算是打了招呼,宋乔生有些奇怪地问道:"你来这里做什么?"

"病人入院没带东西,我来帮他取一下。"顿了一下又道,"我先走了。"说完也不等宋乔生回应,她头也不回地向酒店电梯走去。

眼见着苏顾然进了电梯,电梯门随后合上,宋乔生的视线却依旧在她的方向,他身边的陆文涛不由看着他轻叹了一口气,"她就是你原来说过的苏顾然?"

宋乔生点了一下头,而后陆文涛没有再说话,他看得出这两人之间绝对又发生了什么,宋乔生找了她那么久,此时也只能眼睁睁地看着她走。

在美国的时候,他和郑南阳会给宋乔生介绍女生认识,宋乔生总说自己有女朋友,可是他们怎么也见不着人,不信,只当是宋乔生的借口,直到后来有一次他们喝了一些酒,再聊起宋乔生女朋友的事,宋乔生苦笑了一声道:"我真的有女朋友,在国内,叫苏顾然,只是我……找不到她了。"

郑南阳险些一口酒喷出来,"什么叫找不到她了?"

话说到这里,不说全也不行了,宋乔生只好简要地告诉了一下他们关于苏顾然的事,陆文涛和郑南阳听完,不约而同地伸手拍了拍宋乔生的后背,安慰道:"没事,你会找到更好的。"被宋乔生狠狠地瞪了一眼。

"顾然是最好的。"

那时他们才意识到,原来宋乔生真的就要找这个苏顾然一直找下去。

陆文涛问:"这苏顾然什么样?有什么特别的?"

回想起苏顾然,宋乔生脸上的弧度慢慢变得柔和,"她很清高也很固执,很爱笑,笑起来的时候样子会很可爱。"

就这样?郑南阳同陆文涛对视了一眼,心里暗道:还以为是个什么样倾国倾城的大美人呢!

还是陆文涛蹙了下眉开口:"乔生,你有没有想过,放开苏顾然,你终会找到一个人,有一点像她的清高,有一点像她的固执,可是不会像苏顾然一样音信全无,让你难过这么多年。"

宋乔生却固执地摇了摇头,"但她不是苏顾然。"

陆文涛和郑南阳禁不住翻了一个白眼,心里暗叹这宋乔生真是死脑筋,只是自此以后,他们再没撮合过宋乔生和其他女生。

陆文涛回国之前曾在电话中听宋乔生说起过他找到苏顾然了,那个时候他还挺替宋乔生高兴的,可是现在……

宋乔生收回目光,对陆文涛道:"走吧。"他说着,向前台走去。

电梯到了九层,门开了,苏顾然走出电梯,循着房间号一路找去,终于找到了张德民的房间。

开门,插卡取电开灯,屋子里有些闷,她顺手将空调打开了。

进屋将一些东西找出来收拾好装在大袋子里带出房间,零七八碎的东西加在一起,袋子还挺沉的,好不容易将东西拎到一楼,想着自己应该怎么回医院,她也犯起了愁。

正想着,从前台的方向走来了一个人,伸手就要接过她手中的袋子,还是宋乔生。

她起初还想逞强不想让宋乔生帮忙,可袋子沉,提手的地方勒得手生疼,宋乔生刚分走了部分重量,她就觉得手上在回血,酸酸麻麻的。

最终她只是说:"谢了!"

她越客气,他的心里就越不舒服,他开口问:"你要回医院吗?"

轻应了一声"嗯",她抬头看了一眼酒店的表,已经快十点,她愈发惆怅,不知道该怎么回去。

"我送你吧。"

苏顾然微拧眉,"你的朋友……"视线扫过四周却看不见刚才的人了。

"他已经上去安置好了。"

事实上,陆文涛在前台领过门卡之后就自己上去了,而他一直在这里等着她下来。

"那……谢谢你了。"

又是道谢,就好像他们之间认识二十多年,除了"谢"字就没有别的可说了,宋乔生牵唇,想要露出一个笑的模样,却做不到。

开车回到医院,宋乔生帮她将东西拎到了消化内科门口,知道她不想让别人看到他们在一起出现,他将东西递给她,主动说:"你去忙吧,我先走了。"

即使分了手,他对她依旧处处照顾,可不是恋人,他们之间就只是熟人,他对她再好,她也只能点头对他说:"谢谢。"

从医院离开,宋乔生再次回到了刚才那家酒店外,陆文涛已经在楼下等候,待车停稳,陆文涛坐到了副驾驶的位置上,"南阳他刚给我打电话,他已经在公司了。"

宋乔生的声音很冷,"嗯。"

"乔生,不管怎么样,大家兄弟一场,能让一步就都让一步吧。"

宋乔生神情严肃,"如果能让我一定让。"可有些事情是绝不可以让的,比如眼下的这一件。

三个月以前,郑南阳忽然告诉他,S&N要与古月集团合作,S&N和古月都在做关于心血管方面的药物,要携手合作推出,以两家的平台和能力将名声做大。

宋乔生自然不会同意,古月研制的药物都是很传统的类别,这些药研制周期短、前景一般,而S&N则不同,每一个项目都是耗费了大量时间和心血的,若是合作,白白让古月捡了名声去,在他的观念里,于公司而言最重要的该是明确公司创新、前沿的品牌形象,这点绝不能放手,这样公司才能达到他们最初希望达到的高度。

但经济管理专业出身的郑南阳却并不这么认为,在他的眼中最重要的莫过于资本和市场,S&N公司成立时间不长,来国内发展的时间则要更短些,根基不深,相比于古月而言势力单薄,若是晋城进入了医药界与古月联手,以这两家公司的资本实力,只怕很快就能垄断市场,这对S&N而言会是一场噩梦,因为S&N做的本就投入大、周期长,是风险很大的项目,根本承受不了晋城集团与古月集团合作带来的压力。

而胡静颜在这个时候找到了郑南阳,女孩子的柔声细语加上郑南阳原本心中的倾向,让他很快打定了主意,与古月集团合作,算是互惠互利。

但宋乔生的态度也是坚决,"资本并没有那么万能,我们大可以等等看,晋城和古月就算合作也根本没有你以为的那么强大。"

起初郑南阳同宋乔生还是商量的语气,然而胡静颜在一旁挑拨离间、煽风点火几次后，郑南阳根本就不再听宋乔生的意见，说话也刺耳了许多："当初是你自己同意不插手公司的运营事务，交由我们负责的，既然如此，你每年等着领点公司分红就足够了，还说资本没那么万能，你抱着你那点清高找你的苏顾然去吧！"

几年的兄弟情谊，至此一文不值，而郑南阳的身边，是胡静颜笑着端起酒杯，"郑总好魄力！"

她说过，她想得到的就一定会得到，想和S&N合作，就算宋乔生不同意，她依旧可以做到，至于宋乔生这个人，她得不到的，那她也不会让他好过！

郑南阳一意孤行，与古月集团合作，古月用S&N的项目大肆宣传，赚足了名声。

陆文涛之前一直在美国负责那边的事宜，抽不开身，打电话来劝郑南阳，可郑南阳早就铁了心，怎么也劝不动，他是中国公司这边的负责人，不管不顾地决定了，谁也没有办法，为了避免节外生枝，郑南阳甚至特意加快了整件事的进程。

宋乔生起初的时候念及多年的情谊一直想找郑南阳当面说这件事，然而按下郑南阳家的门铃，开门的却是胡静颜。

这个女人双手环胸靠在门边，看着宋乔生笑得恣意，"Dr. Song，好久不见！"

似乎每一次见到他，她都是这样的开场白，可而今她的心态早已不同以往。

宋乔生蹙眉，"我要见郑南阳。"

胡静颜直起身，微扬起下巴看着他，"我去问问南阳他愿不愿意见你。"

她进了屋,没过一会儿又回来,"南阳请你离开。"

兄弟之间却要加这样一个传话筒,宋乔生根本不想理胡静颜,索性直接向里闯,进了屋子,就见郑南阳穿着浴袍从卧室里走出来。

宋乔生走上前去,"郑南阳,我们需要谈一谈!"

"宋乔生,我不想和你谈,中国这边我才是负责人,你对这个公司真的是无足轻重,现在从我的房子里出去!"

郑南阳的心里一直也有芥蒂,正如胡静颜所说,这几年来,一直是他和陆文涛费心费力地操办公司的事宜,而他宋乔生没做过什么还总是来指手画脚,以前郑南阳都听了他的,可这一次,管你什么宋乔生还是王乔生,谁来也没有用!

宋乔生看着面前自己昔日的好友、身后得意的胡静颜,心里已经凉得彻底。

兄弟翻脸,事情至此彻底没有了转圜的余地。

这之后,宋乔生沉默了近三个月,看着古月投入大量资金宣传古月与S&N"合作"的新药,宋乔生一直在等,等到今天,他要将古月试图从S&N这里拿走的,悉数夺回来。

新药的研发方向是基于他前期的研究确定的,也是他组织团队开始的,他个人保留有部分的知识产权,没有他的授权,想要借用S&N长期的研究成果去宣扬自己的名声,胡家怕是要失算了!

他以其人之道还治其人之身,胡家前期的宣传投入都是给他做了嫁衣,他要起诉郑南阳和古月集团的侵权,届时他只需要收回他们现在花大力气宣传的这一种药,至于其他的,古月与S&N国内的合作可以继续,不过只怕那时,胡静颜早已变了嘴脸。

至于郑南阳，当初志向满满的兄弟，时至今日，分道扬镳已成定局。

陆文涛一面极力想挽回，一面却也知道无法挽回，看着驾驶座上面无表情的宋乔生，他不禁长叹了一口气。

当年决定开公司的时候，论财力，三个人相比之下宋乔生处于绝对的弱势，可陆文涛却决意要让宋乔生同他们一起，不惜让出股份，看重的就是宋乔生的专业与能力，宋乔生的眼光一向很准、视角更是独到，是其他人所达不到的，这一点为什么郑南阳就是不懂？

天下无不散的筵席，今日过后，曲终人散。

可即使宋乔生的眼光再准，有一个人的事，他永远也掌控不了。

苏顾然，他的死穴。

医院，消化内科。

苏顾然将东西带给张德民，病房里，张德民连声感谢，只是此时他人已经虚弱得可以，体温持续上升，目前又开始干咳起来，她离开的时候张德民又进了卫生间，止泻药也没能起很大作用，她嘱咐了值班的护士一定要多照看一下，这才回去休息。

第二天上班，苏顾然第一件事就是来看张德民的情况，虽然使用了退烧药和止泻药，张德民的情况却并没有好转。

给张德民做了几项检查，检查结果还没有全部出来，张德民就出现了轻度意识障碍的症状，病情越来越复杂，起初只是腹泻和发烧的时候怀疑是急性胃肠炎，并不是什么大病，吃些药也就好了，但此时……

用药尽可能缓解张德民的症状,这两日苏顾然最常去的就是张德民的病房,查看情况,而就在这时,事情发生了让人意想不到的转变。

晚饭随便买了些东西吃,苏顾然回到宿舍已经很累,身上乏力,她躺在床上只觉得头沉得很,伸手一摸自己的额头有些发烫,又发烧了。

她并没有太在意,只当是最近工作忙累的,免疫力下降,找出退烧药吃了,躺在床上就睡了过去。

半夜醒来,她忽然觉得自己肠胃有些不舒服,去了趟卫生间,她自己也闹起了肚子,而且这一闹就是很凶,一晚上的折腾,早上的时候筋疲力竭地躺在床上,她的烧不仅没有退下来,反而高了上去。

她拿过电话给导师徐秋明编辑信息请假,然而症状描述到一半,她忽然意识到自己现在的症状同张德民前期的症状非常相似!

之前检查也好、查房也罢,都是她一直在张德民的身边,莫非……张德民得的是一种传染病?

她一面在心里安慰自己,现在自己这些症状并不能说明什么,不要吓唬自己,可这并没有让她轻松多少,万一,如果万一……

无论如何,她还是要将现在的情况告诉徐秋明。

短信发送出去,徐秋明很快给了回复,他对此也很紧张,显然没有想到会出现这样的情况,为了以防万一,张德民和苏顾然都要进隔离病房,再进行更全面的检查。

他的这一决定并没有做错,苏顾然的情况很快恶化。

她与张德民同样出现了呼吸困难的情况,一天天日渐虚弱，胃肠道、呼吸道甚至神经学的症状都先后出现，没有好转的迹象。

未知传染病病人在医院，小医生被传染，消化内科全部接触过病人的医护人员都被密切关注，情况确认前为避免不必要的恐慌，医院采取封消息的措施，然而消息还是不胫而走。

外科大楼里，宋乔生终于也听说了。

起初的时候，他还以为是谁恶意开的玩笑，然而看着冯易良认真的表情，宋乔生的脑海中有很长时间的空白，晴天霹雳都已不足够来形容，下一刻，他已经跑出了办公室，一路连电梯都等不及，直接奔向了内科大楼。

传染病……传染病……

他在心中默念着这三个字，心已经沉入谷底，却还存着一丝侥幸，只希望这一切都是假的。

怎么会这样？怎么会突然发生这样的事？

如果确诊了是什么病还好，可现在还是未知，苏顾然一个人在隔离病房，没有人能给她安慰和支持，会不会很害怕？

他想要看着她、陪着她，她生命中已经有了那么艰难的几年，他让她一个人挨过，而这一次……

他会在。

找到苏顾然所在的病房，站在门口，宋乔生只恨不得立即冲进去查看苏顾然的情况，却被病房门前的保安拦住，"这是隔离病房，除了主治病人的医生和护士外不让进。"

宋乔生态度坚决，"我是病人家属，一定要进去！"

保安的态度同样坚决，"不行，有什么事找院领导说去吧，上面要是同意了，你就可以穿隔离衣进去。"

找院领导……

宋乔生蹙眉，眼见着似是就要放弃，却在忽然间，他转身推开病房门，飞快地闪身进去，而后将房门关上，一系列动作一气呵成，完全出乎了保安的意料。

他没穿隔离衣，硬闯了隔离病房。

"先生！先生！"

保安在外面着急地大叫，怎么这个穿着白大褂的医生一点也不守医院的规定？他赶忙打电话去上报。

听到动静，躺在病床上的苏顾然有些奇怪地望向门口的方向，不知道发生了什么，就见一个人身上没有穿隔离衣走进了房间，她震惊地瞪大了眼睛，是宋乔生！

"宋乔生，你来做什么？快出去！"苏顾然说着，不由剧烈地咳嗽起来，她赶忙用被子遮住自己大半张脸，她不想让宋乔生看到自己这么虚弱难看的样子，更怕自己的病飞沫传染上宋乔生。

他径自走到她的床边，怕她被自己憋着，伸手要将被子从她的脸上掀下来，"顾然，对不起，我来晚了。"

他来晚了，当她最先开始难过害怕的时候，他总是不在她的身边。

她转过身去背向他，拼命地用手捂住自己的嘴，又因为呼吸困难，她费力地用鼻子吸气，胸口剧烈地起伏着，却依旧觉得快要窒息。

宋乔生看着心疼，自她的身后，伸出手去将她的手从嘴上挪开。

她用力挣脱他的手，可性别差异，她此时又这般虚弱，怎么挣脱得了？最后反倒是整个人都被宋乔生带进了怀里。

鼻翼处已然酸得厉害，苏顾然将脸埋在床上，不想让他看到自己哭了。

一个人，刚进来的时候虽然虚弱无力，却也觉得没有关系，她自己就是医生，在这里，她可以冷静地考虑一下张德民还有自己的病情，可是她并没有自己以为的那么厉害。

这样一间不大的病房，四面白壁，每天会有人穿着厚厚的隔离服给她送药进来，前后短短几分钟的时间，定时定点不变，可她的症状却并没有什么好转。

她看着头上的天花板，费力地呼吸，一咳嗽就好像心肝脾肺都要跟着被咳出来一样，有的时候还会恶心呕吐，她扶着墙走进卫生间，趴在马桶前许久，直到后来腿麻了，她转了个身靠在一旁的墙角上剧烈地喘息，那个时候，狭小的卫生间里，她忽然感觉到一种恐惧。

她控制不住自己去想，如果她的生命真的要结束在这里，她该怎么办？

她是这样胆小，她害怕失去，更害怕死亡。

她也会愤怒，也会不甘，为什么上天一次又一次地对她这么残忍？她怀抱着最好的愿望，想要救死扶伤、想要去帮助别人，可自己却被传染！

她想起有一种传言说人死前会把自己的人生像过电影一般过一遍，而后她自己开始回想，回想那些对她而言重要的人，她的母亲、父亲，她想起钱倩倩，这段时间没和钱倩倩联系，不知道如果自己真的有个万一，钱倩倩得知这个消息的时候会怎么样，以钱倩倩的性格，大概会以为是在诓她吧！

苏顾然想着钱倩倩可能出现的表情，明明已经难受得厉害，竟然还能轻笑一声出来。

第二十五章　此生不顾

然后，宋乔生。

如果宋乔生知道了会怎么样？

应该会很担心也很着急，也许会穿着隔离服进来看她，又也许会去翻看她的病历想要查明她到底得了什么病，又或者会想帮她找专家来会诊……

卫生间的水龙头有些松了，会有水慢慢渗出成水珠落下，滴答、滴答的，在这个安静的小空间里那样的清晰。

她低头看着自己，只有自己，收起腿双手环住自己膝头，恐惧、孤单，她以为自己可以承受得来，可现在终于骗不了自己，她多希望这个时候能有人来握住她的手，如果这真的是她最后的时光，她希望那个人能陪着她，不要离开。

她其实一直想要的，莫非就是一个人的陪伴？一个人能将她妥帖收藏，免她颠沛流离、无枝可依，因为太过在意，所以害怕失去，比起失去，她宁可从开始就不曾拥有，可在这样的时候，她内心的脆弱显露无遗。

她控制不住自己去想他，她的口中不停地念着他的名字：宋乔生、宋乔生、宋乔生……

他是她最大的遗憾。

可遗憾也好，她不要让他知道这件事，她不想让他担心难过，她想他在外面好好的。

但他还是来了，以一种她完全意想不到的方式出现在她的面前。

他闯进了她的隔离病房，没有穿隔离服，连口罩都没有戴！

她的心里又急又怕，"宋乔生，你是不是疯了？"

她听到自己的声音粗嘎，还带着些哭腔，真是难听得要命。

他却温柔地一笑,"顾然,我很清醒。"

清醒地看着自己做出疯狂的事情,清醒地为了一个人,不顾一切。

他甘之如饴。

她的眼泪洇开在枕头上,身上所有的痛都抵不过此时心里的难过,"你怎么这么笨?如果你想帮我,就应该好好地在外面,查明我到底得了什么病才是最关键的啊!"

他一向冷静自持,怎么偏偏在这个时候,就这样不顾一切地冲了进来?

他总是说她笨,可在这个时候,他怎么比她还笨?

"也许吧,可是我怕你一个人在这里会害怕。"

他知道自己的举动很冒失、很傻、很疯狂,可是事情关系到苏顾然,他只是没有办法让自己更理智一点,去做那些理智的事!

放下所有,他所想的只是和她在一起,陪着她,不计后果。

别说了,别再说了,宋乔生!

苏顾然将手伸向背后用力推开他,"你走,快走,离开这里!"

即使心中万般不舍,可她终究只希望他能好好的!

握住苏顾然的手,十指相扣,宋乔生牵唇,他露出了一个释然的笑容,"顾然,你还不明白吗?我出不去了,直到你好起来,之前,我会一直陪着你在这里。"

我不会离开了,顾然,任何人任何事都不会再让我离开了,你还不明白吗?

她的声音都有些颤抖,"如果我……好不起来了呢?"

话音落,他将她抱得更紧,她能感觉到他的紧张,可是开口却还是一贯的冷静作风:"我会一直在这里,还有,我们一定会好起来的!"

他俯身,在她的颊边轻轻落下一吻。

正午的阳光自被封死的小窗口照进,明媚而温暖,驱散了她世界里积蓄多日的阴霾。

在这一刻,恐惧、愤怒、难过都已经渐渐消散,在宋乔生的怀里,她感觉到了一种安然,那是她这么多年都不曾体会过的。

他不会再离开。

她相信了。

上天为她安排了那么多的苦难,可上天给了她宋乔生,现在,她只觉得感激。

他们一定会好起来的。

曾经迷信过、疯狂过、等待过、遗憾过,可这一生,又有多少人能为你此生不顾?

所幸有宋乔生,也只有宋乔生,会为了苏顾然,不顾此生。

幸得一顾然,不负此良生。

尾声

半个月后。

病房里,苏顾然收拾好东西,等着去办出院手续的宋乔生回来。

这半个月里,她做了许多的检查,最终确诊为军团菌病,这是一种呼吸道传染病,但不通过人人传播,因为陪伴在她身边的宋乔生无恙,问题是出在了张德民所住酒店的中央空调上,她去帮张德民取东西的时候不幸被感染。

确定病因后,苏顾然服用了相应药物治疗,病情很快好转,今天就是她的出院日。

将包的拉链拉好,她坐在病床上,环视着这间病房。

细想起这段时间发生的一切,苏顾然尚有几分难以置信,她经历了一场很糟糕很糟糕的噩梦,然后,在这场噩梦中出现了最美好的梦境。

她想起每一次她咳嗽的时候见血,宋乔生紧张的样子;想起每一次胃肠道不舒服吐出来后不想吃东西,宋乔生都会在一旁耐心到不可思议地哄着她;因为虚弱太瘦,输液的时候护士很难将针扎进血管,经常会鼓包,他就自己给她扎,宋大医生扎针的时候镇定自若,一扎完了就一脸心疼地看着她问:"疼不疼?"

她撇嘴,"疼。"然后又咧嘴冲他一笑,"说明我感觉灵敏!"

她也出现过意识障碍这样的神经学症状,她醒来的时候,就看到床边这位一贯冷静的神经科医生长舒了一口气,面上的庆幸与欣喜毫不遮掩。

军团菌病的诊断确定的时候,她长舒了一口气,还好是这样,她就不用担心他被传染了。

他会好好的。

他们都能好好的。

宋乔生的父母曾经来过,他的母亲竭力想要劝他回家,但宋乔生的态度坚决,宋母最终也只能无奈地叹了一口气,自己的儿子为了苏顾然连隔离病房都闯了,她又还能怎么样呢?

院里的处分决定已经下了,三年之内宋乔生是没有任何晋升机会的,她和宋志民都觉得宋乔生真是糊涂到家了,原本大好的前程,此刻又被苏顾然给耽误了,但宋乔生本人对此倒是平静,只是淡淡地说了一句:"这是我该承担的。"

冥顽不灵!

终究还是妥协,将带来的保温桶递给了宋乔生,"梨汤,给她喝了吧!"但她说话的时候还是刻意没有去看苏顾然。

有些事,还需要时间和耐心解决。

钱倩倩来看她的时候,和她说起古月集团要被晋城集团吞并了,因为宋乔生提起的侵权诉讼,古月集团在新药的宣传和营销上原本投入了大量本金,此时俱是亏损,他们原先与晋城集团谈合并,阳奉阴违,一变再变,晋家的人显然不会由着他们闹下去,这两个月来早有准备对古月集团进行压制。

也就是这时,本地的另外一家公司里抓出了一个商业间谍,这人被捕后交代出了当年受雇于胡家窃取钱氏资料的事,胡静颜父亲被捕入狱,古月集团股市一日之间崩盘,晋城集团顺势将古月集团吞并。

这么多年过去,胡家终究是为自己的行为付出了代价。

苏顾然记得钱倩倩说这些时,险些要哭出来,这是钱倩倩的心结,这么多年的委屈、埋怨命运的不公,如今终于可以放下。

秋意渐浓,阳光明媚,真是一个收获的好时节。

思绪渐渐走远,就在这时,门口那边忽然传来了动静,她抬头,是宋乔生回来了。

他的手里拿着出院的单据,还有一个袋子里装的都是药,他将袋子递给她,"你看下这些药,回去记得吃!"

苏顾然接过,自然地低头在袋子里翻看着都有些什么药,嘴里喃喃地抱怨道:"好多药啊,感觉这段时间我都成药罐子了!"

正说着,余光一瞥,她忽然注意到袋子里面有一个红色的东西,应该并不是药盒,她觉得奇怪,伸手去摸出来一看,突然怔在了那里。

这是……戒指盒!

她还在震惊的时候,手上的东西就已经被宋乔生拿了过去,她看着他打开盒子,露出的果然是一枚订婚戒指,他单膝触地,将戒指举到她的面前。

他的神情格外严肃,还透着些紧张,声音却是那样的坚定:"顾然,听说你住进隔离病房的那一天,我和上天打了一个赌,只要你能好起来,我绝不会再离开你,顾然,请你答应我,让我陪伴你剩下的人生,好吗?"

他目光灼灼地看向她,呼吸都不由变得小心翼翼。

在他的注视中,她红了眼眶。

"宋乔生,你进来的那天,我就在心里和自己打了一个赌,只要我们能好好地出去,我就绝不会让你再离开我!"

她向宋乔生伸出左手,开口,声音已经哽咽:"我答应。"

这一刻的感觉,用欣喜若狂都不够形容,宋乔生从盒子中取出戒指,以手稳著称的外科医生在这一刻竟然有些颤抖,他将戒指格外小心地戴在苏顾然的无名指上,然后,握住她的手,变成十指相扣的姿势。

"宋太太?"

"嗯?"

"我喜欢你。"

听到这四个字,苏顾然不禁莞尔,眼泪却掉得更凶,她忽然就想起了很多年前还在玩魔方的男孩别扭地说:"我才不喜欢她这样的爱哭鬼呢!"

那个时候,他们甚至还不清楚什么叫作喜欢,一晃就已经过了这么多年。

相识二十三年,零两个月。

唇畔的笑意更深,她启唇:"我也是。"

"我爱你。"

阳光正好,洒在他的身上,就像他一样让人心生温暖。
苏顾然俯身,慢慢地、慢慢地,轻吻在了他的唇上。
这一刻,仿佛永远。

——全文完——